Ludwig Thoma
Die Lokalbahn

SERIE PIPER
Band 1300

Zu diesem Buch

Um die Ziegelei eines reichen und adligen Industriellen zu begünstigen, soll laut Regierungsbeschluß eine neue Bahnlinie eine Viertelstunde von der Kleinstadt Dornstein entfernt verlaufen. Bürgermeister Rehbein, der, um Protest beim Minister einzulegen, in die Hauptstadt gefahren ist, läßt sich dort nur den für die Stadt nachteiligen Beschluß bestätigen, gibt aber nach der Rückkehr zu verstehen, daß er sich mutig für die Stadt eingesetzt habe. In nahezu revolutionärer Stimmung wird er trotz der Niederlage gefeiert, bis sich die hitzigen Dornsteiner nach wenigen Stunden ihres treuen Untertanengeistes besinnen und ihren Bürgermeister mit der allerdevotesten Bitte um Entschuldigung beim Minister beauftragen. Außerdem enthält der Band die Einakter »Die Medaille«, »Erster Klasse« und »Säuglingsheim«.

Ludwig Thoma (1867–1921) studierte in München und Erlangen Rechtswissenschaft und ließ sich zunächst in Dachau, später in München als Rechtsanwalt nieder. Nebenbei begann er zu schreiben; erste Erzählungen erschienen in der *Augsburger Abendzeitung* und in der *Jugend.* 1899 wurde Thoma Redakteur der satirischen Zeitschrift *Simplicissimus.* Seine Satiren und Erzählungen, seine Romane und Theaterstücke zeigen ihn als einen genauen Beobachter der menschlichen Gesellschaft und des bäuerlichen Lebens seiner Heimat. Heute gilt Thoma als der bedeutendste bayerische Schriftsteller des 20. Jahrhunderts.

Ludwig Thoma

DIE LOKALBAHN

und andere Stücke

Textrevision und Nachwort von
Jean Dewitz

Piper
München Zürich

Von Ludwig Thoma liegen in der Serie Piper bereits vor:

Heilige Nacht (262)
Moral (297)
Der Wilderer und andere Jägergeschichten (321)
Münchnerinnen (339)
Tante Frieda (379)
Magdalena (428)
Jozef Filsers Briefwexel (464)
Agricola (487)
Hochzeit (501)
Der Ruepp (543)
Der Münchner im Himmel (684)
Andreas Vöst (806)
Der Jagerloisl (925)

Das Thoma Buch. Von und über Ludwig Thoma in Texten und Bildern (641)

Weitere Werke sind in Vorbereitung.

ISBN 3-492-11300-1
Neuausgabe März 1991

Umschlag: Federico Luci,
unter Verwendung des Motivs »Idylle auf dem Kleinstadtbahnhof«
(Bilderdienst Süddeutscher Verlag, München)
Gesamtherstellung: Clausen & Bosse, Leck
Printed in Germany

INHALT

Die Medaille

Komödie in einem Akt

PERSONEN

Steinbeissel, Regierungsdirektor
Heinrich Kranzeder, Kgl. Bezirksamtmann
Amalie, seine Frau
Karl von Hingerl, Assessor
Jakob Lampl, Metzgermeister
Josef Hahnrieder, Ökonom
Michael Sedlmaier, Ökonom
Johann Grubhofer, Ökonom
Josef Merkl, Ökonom
Anton Häberlein, Lehrer
Peter Neusigl, Bezirksamtsdiener
Walburga Neusigl, seine Frau
Babette, Anna – Dienstmädchen bei Kranzeder

Zeit: Gegenwart.
Ort: Kleine Stadt in Altbayern.

Salon bei Bezirksamtmann Kranzeder; geschmacklos tapeziert und möbliert.
In der Mitte mehrere Tische zu einer Festtafel zusammengestellt.

Erste Szene

Bezirksamtmann. Seine Frau. Babette.

BEZIRKSAMTMANN: Babette, es fehlen noch zwei Stühle. Holen Sie zwei aus dem Schlafzimmer.
FRAU BEZIRKSAMTMANN: Die altdeutschen? Die geschnitzten?
BEZIRKSAMTMANN: Ja. Warum?
FRAU BEZIRKSAMTMANN: Was fällt dir ein? Das ginge mir ab, unsere Renaissancestühle!
BEZIRKSAMTMANN: Schon gut, schon gut. Babette, holen Sie die Sessel aus dem Bureau.
BABETTE: Ja, gnä Herr. *Ab.*

Zweite Szene

Bezirksamtmann. Seine Frau.

BEZIRKSAMTMANN: Du bist heute so aufgeregt. Was hast du?
FRAU BEZIRKSAMTMANN: Frag noch! So eine Verschwendung! Zwei Gänse müssen in die Küche, der Weinkeller wird geplündert, vom Konditor wird eine Torte geholt. Und für wen? Für was?
BEZIRKSAMTMANN: Aber Amalia!
FRAU BEZIRKSAMTMANN: Sei ruhig! Meinen Salon muß ich abtreten, den Gang muß ich mir verschmutzen lassen. Und alles, weil der Herr Bezirksamtsdiener Neusigl die silberne Verdienstmedaille bekommen hat! Wo ist denn dein Orden?
BEZIRKSAMTMANN: Daß ihr Frauen so gar keine Vernunft habt!
FRAU BEZIRKSAMTMANN: Natürlich! Das ist unvernünftig. Meinst du, ich sehe nicht, wie dieses Pack mit jedem Tag hochmütiger wird? Die Neusigl findet es kaum der Mühe wert, mich zu grüßen.
BEZIRKSAMTMANN: Ja, aber ...
FRAU BEZIRKSAMTMANN: Kein aber! Diese subalterne Person darf sich das nicht erlauben.

Bezirksamtmann: Ich kann doch nicht die Frau meines Amtsdieners zur Rede stellen.
Frau Bezirksamtmann: Kannst du nicht? Was kannst du überhaupt?
Bezirksamtmann: Amalia!
Frau Bezirksamtmann: Schweig! Ist es vielleicht nicht wahr, daß dein eigener Amtsdiener dir vorgezogen wird?
Bezirksamtmann: Vorgezogen! Da hört sich doch …
Frau Bezirksamtmann: Ja, vorgezogen.
Bezirksamtmann *heftig:* Der Mann ist fünfzig Jahre im Dienst. Verstehst du nicht? Fünfzig Jahre. Er bekommt die Medaille nicht für ein besonderes Verdienst; er hat sie abgesessen, einfach abgesessen. Wie man das eben absitzt.
Frau Bezirksamtmann: So? Und darum muß ich zusehen, daß du ein sündteures Festessen gibst, daß mir der Salon und der Gang verschmutzt wird. Das ist mir eine nette Logik!
Bezirksamtmann: Da wären wir nun glücklich wieder da, wo wir anfingen.
Frau Bezirksamtmann: Du hast es scheinbar nicht vermocht, mich zu überzeugen.
Bezirksamtmann: Auf diesen Erfolg rechne ich schon lange nicht mehr.
Frau Bezirksamtmann: Spotte nur! Das fehlt noch, um deiner Rücksichtslosigkeit die Krone aufzusetzen. Nicht bloß, daß du mich von der Frau deines Untergebenen mit Füßen treten läßt …
Bezirksamtmann: Aber …
Frau Bezirksamtmann: Es ist so! Aber nicht genug damit, du verlangst sogar, daß ich niedrige Dienste leiste, um den Triumph dieser Kreatur zu erhöhen. Das ist schändlich! Das ist empörend!
Bezirksamtmann *der verzweifelt auf und ab gegangen ist, bleibt vor ihr stehen:* Amalia, bist du imstande, mich zwei Minuten ruhig anzuhören?
Frau Bezirksamtmann *sehr energisch:* Nein!
Bezirksamtmann: Dann beantworte mir wenigstens die Frage, wer hat von dir verlangt, daß du bei dieser … bei dieser Sache tätig sein sollst?

Frau Bezirksamtmann *sehr getragen:* Das wollte ich sehen, von wem ich mir Befehle erteilen lasse.

Bezirksamtmann: Von niemand, natürlich von niemand! Beruhige dich nur! Glaubst du, daß es mir Freude macht, mit diesen Leuten ein paar Stunden zusammenzusitzen?

Frau Bezirksamtmann *zuckt die Achseln:*

Bezirksamtmann: Das ist eben eines der vielen Opfer, welche wir der Staatsraison zu bringen haben.

Frau Bezirksamtmann: Das sagst du so ziemlich jedesmal, wenn du ins Wirtshaus gehen willst.

Bezirksamtmann: Wir müssen unter das Volk. Wir haben nicht das Recht, uns daheim auszuleben. Einerseits sollen wir den Ideenkreis der unteren Klassen kennenlernen, anderseits sollen wir den Leuten Gelegenheit geben, der Regierung ... äh ... der Regierung menschlich näher zu treten.

Frau Bezirksamtmann: Das sind große Worte für Biertrinken und Tabakrauchen.

Bezirksamtmann: Laß diese Bitterkeiten. Mir ist es so peinlich wie dir, mit meinem Amtsdiener Neusigl von einem Tische zu essen. Aber die Sache hat einen Zweck. Und darum tu ich es. Du weißt, der Minister hat erst kürzlich wieder im Landtage erklärt, daß wir in der Provinz die regierungsfreundliche Gesinnung erhalten müssen; wir sollen die Väter unserer Bezirke sein; er beurteilt seine Beamten hauptsächlich danach, ob sie beliebt sind.

Frau Bezirksamtmann: So? Du mußt also jeden Bauernlümmel zum Essen einladen, damit er dich lieb gewinnt? Wer bezahlt das? Vielleicht der Herr Minister?

Bezirksamtmann: Laß mich doch ausreden. Ich werde nicht jeden einladen; ich ziehe nur ein paar Leute von Einfluß bei; Landräte, unsere Abgeordneten, hie und da einen Bürgermeister. Heute ist eine passende Gelegenheit. Ich werde dem Neusigl seine Medaille überreichen; dabei läßt sich eine Rede halten. Ein paar Worte, die das Publikum gern hört. Das spricht sich herum.

Frau Bezirksamtmann: Das hättest du auch ohne Festessen und im Bureau abmachen können.

Bezirksamtmann: Gewiß. Aber ich habe einen besonderen Grund, die Leute länger bei mir zu halten. Regierungsdirektor Steinbeißel kommt.

Frau Bezirksamtmann: Der wird entzückt sein, wenn er mit deinem Bezirksamtsdiener dinieren darf.
Bezirksamtmann: Bei seiner Ankunft ist das Essen vorbei. Aber er soll uns noch hier treffen; er soll sehen, wie ich auf die Intentionen des Ministers eingehe; verstehst du?
Frau Bezirksamtmann: Dabei ist viel zu verstehen!
Bezirksamtmann: Also erschwere mir die Aufgabe nicht. Wenn nicht Direktor Steinbeißel seine Ankunft ausdrücklich gemeldet hätte, wäre es mir doch nicht im Schlafe eingefallen, den Neusigl in meinen Salon hereinzulassen. Da kommt schon mein Assessor.

Dritte Szene

Assessor von Hingerl. Die Vorigen.

Assessor: Habe die Ehre, guten Morgen zu wünschen, Herr Bezirksamtmann; habe die Ehre, gnädige Frau.
Bezirksamtmann: N'Tag!
Frau Bezirksamtmann: Guten Morgen, Herr Assessor.
Assessor: Herr Bezirksamtmann waren so liebenswürdig, mich zu dem Diner einzuladen.
Bezirksamtmann: Ja. Ich wünschte Ihre Anwesenheit. Die Sache ist immerhin nicht ohne Bedeutung.
Assessor: Fünfzig Jahre ist eine lange Zeit.
Bezirksamtmann: Allerdings. Und ich habe das auch vollständig anerkannt.
Assessor: Der Mann kann zufrieden sein mit der zugedachten Ehrung. Das ist eine seltene Auszeichnung.
Frau Bezirksamtmann: Vielleicht kommt das überhaupt nirgends vor, als bei uns.
Bezirksamtmann: Herr Assessor, haben Sie den Fall Hupflauer erledigt?
Assessor: Gewiß, Herr Bezirksamtmann. Ganz nach Ihren Intentionen.
Bezirksamtmann: Der Mann erhält die Wirtschaftskonzession nicht.

Assessor: Ich glaubte, Herr Bezirksamtmann wollten sie ihm erteilen?

Bezirksamtmann: Wollte ich, ja. Will ich nicht mehr. Das Gesuch wird abgewiesen.

Assessor: Ich werde den Beschluß abändern.

Bezirksamtmann: Gut. Apropos, Sie könnten heute eine Rede halten.

Assessor: Sehr gerne. Wenn mir Herr Bezirksamtmann angeben wollen, auf wen.

Frau Bezirksamtmann: Auf Herrn Neusigl natürlich.

Bezirksamtmann: Wer spricht von Neusigl?

Frau Bezirksamtmann: Dann vielleicht auf die Frau Gemahlin des Jubilars.

Bezirksamtmann: Du bist heute scherzhaft aufgelegt, Amalia. Herr Assessor, Sie können auf das Amt toasten, dem der Mann dient, auf den Amtsvorstand. Ich finde, daß sich das gehört.

Assessor: Wenn mir Herr Bezirksamtmann die Bemerkung gestatten, ich wollte das ohnehin.

Bezirksamtmann: Gut. Ich will damit nur vermeiden, daß es ein anderer tut.

Vierte Szene

Jakob Lampl. Die Vorigen.

Lampl: Grüß Gott, Herr Bezirksamtmann. Do san ma.

Bezirksamtmann: Ach, das ist schön, Herr Lampl. Amalia, hier ist unser bewährter Landtagsabgeordneter, Herr Metzgermeister Lampl, von dem ich dir schon öfter erzählt habe.

Frau Bezirksamtmann *kühl:* So? Kann mich nicht erinnern.

Bezirksamtmann: Meinen Assessor kennen Sie ja?

Lampl: Ja. Mir san scho öfters z'sammkemma.

Assessor: Amtlich. Gewiß.

Bezirksamtmann: Nun, wie geht es, Herr Lampl?

Lampl: Ja, muaß scho toa. 's Wetter halt, 's Wetter sollt anderst sei. Viel z' trucka is.

Bezirksamtmann: Die a[illegible] Dürre ist der Landwirtschaft wenig zuträgl[illegible]

LAMPL: Freili. Aba da kannst nix machen, des muaß ma scho nehma, wia's kimmt.
BEZIRKSAMTMANN: Leider, leider, Herr Lampl.
LAMPL: An andersmal regent's dafür wieder mehra; da hört's nacha glei gar nimmer auf.
BEZIRKSAMTMANN: Stimmt, stimmt.
FRAU BEZIRKSAMTMANN: Das ist merkwürdig interessant.
LAMPL: Da ham Sie recht, Frau Bezirksamtmann, des sag i aa oft. Des is ganz merkwürdi heutzutag. I ko's net glaaben, daß 's früherszeiten aa'r a so g'wen is.
BEZIRKSAMTMANN: Im Landtage gibt es viel Arbeit, Herr Lampl?
LAMPL: Ganz richtig.
BEZIRKSAMTMANN: Es wird noch manche Woche vergehen, bis das Budget durchberaten ist?
LAMPL: Der Bidsche? Ja, des is a Teufelsg'schicht. Und der Haufen G'setzer! I woaß gar net, wo s' as alleweil herbringen.
BEZIRKSAMTMANN: Die legislatorische Tätigkeit steht eben unter dem gewaltigen Drucke der Neueinführung des bürgerlichen Gesetzbuches.
LAMPL: Mhm! Bereits. Was gibt's denn nacha heut z'essen, Herr Bezirksamtmann?
FRAU BEZIRKSAMTMANN: Hast du keine Dinerkarten drucken lassen, Heinrich?
LAMPL: Des brauchts net, mir wern's a so aa kenna, was kimmt, Frau Bezirksamtmann.
FRAU BEZIRKSAMTMANN: Wenn Sie glauben.
LAMPL: Hamm mer Eahna halt a bissel Umständ g'macht? Hamm's recht aufkochen müassen, Frau Bezirksamtmann?
FRAU BEZIRKSAMTMANN: Ich habe das meiner Köchin überlassen.
LAMPL: Ja so. No, de werd scho aa was z'sammbringa. Des is scho a große Ehr für den alten Neusigl, Herr Bezirksamtmann.
BEZIRKSAMTMANN: Ich gehe von dem Prinzip aus, Herr Lampl, daß die staatliche Oberaufsicht gerade mit der Anerkennung einer verdienstvollen Tätigkeit Gutes leistet. Einerseits ist die öffentliche Erzeigung des Dankes von ethischem Werte, andererseits wirkt sie anregend und ermunternd.

LAMPL *zieht die Tabaksdose:* Amal schnupfen schadt net. Mögen'S a Pris? Lotzbeck Nummera zwoa.
BEZIRKSAMTMANN *nimmt eine Prise und wirft sie heimlich weg:* Danke. Ja, was ich sagen wollte, Herr Lampl. Gerade in der Provinz heraußen muß der Amtsvorstand auch für das Kleinste Fürsorge zeigen, den Mittelpunkt bilden. Er vertritt einerseits den Willen des Staates, andererseits vermittelt er die aus dem Bedürfnisse herausgewachsenen Wünsche der Untertanen. Die Rede, welche Seine Exzellenz neulich in der Kammer hielt, war mir aus dem Herzen gesprochen.
LAMPL: Er ist a ganz a g'führiger Mo, unser Minister.
BEZIRKSAMTMANN: Hatten Sie schon öfter Gelegenheit, mit Exzellenz Rücksprache zu nehmen?
LAMPL: Ja, mir kemman öfter z'samm im Ausschuß.
BEZIRKSAMTMANN: Sie sagen auch, nicht wahr, er ist außerordentlich weitblickend? Er beherrscht sein Ressort mit einer geradezu verblüffenden Detailkenntnis!
LAMPL: Ja; er redt wia 'r an anderner Mensch aa. Ganz deutsch.
BEZIRKSAMTMANN: Das freut mich von Ihnen zu hören. Ich hegte schon längst den Wunsch, mich mit Ihnen einmal auszusprechen.
LAMPL: Is scho recht. Ah, da kimmt ja der Hahnrieder, und der Sedlmoar! Hamm'S de aa'r eing'laden?

Fünfte Szene

Die Vorigen. Hahnrieder. Sedlmaier.

BEZIRKSAMTMANN: Gewiß. Die Herren sind ja beim Landrate. Guten Morgen! Das ist schön, daß Sie gekommen sind.
SEDLMAIER: S'Good, Herr Bezirksamtmann!
HAHNRIEDER: S'Good.
BEZIRKSAMTMANN: Amalie, das sind die Herren vom Landrat, Herr Ökonom Sedlmaier, Herr Ökonom Hahnrieder.
HAHNRIEDER, SEDLMAIER: S'Good!
BEZIRKSAMTMANN: Meinen Assessor kennen Sie?
HAHNRIEDER: Jawohl!

Sedlmaier: Mi kennen ins guat.
Assessor: Gewiß! Gewiß!
Hahnrieder: Jessas, der Lampl is aa do!
Lampl: Allerdings. Du, gestern bin i bei dir drauß'd g'wen.
Hahnrieder: Woaß scho. Mei Bäurin hat ma's g'sagt. Hätt'st gern a Kaibi kaaft?
Lampl: Ja. Aba des kost ja net zahl'n. De verlangt vierz'g Pfenning fürs Pfund lebat. Des ist ja narrisch.
Hahnrieder: De hat recht g'hat.
Lampl: Freili! So muaß ma reden! Do is glei gar mit'n Handlen.
Hahnrieder: Ös Metzger dauert's mi scho. Ös verhungert's no alle mitanand.
Lampl: Wer woaß, ob's net no amal so weit kummt. Ös Bauernluada hätt's enker Freud dro.
Sedlmaier: Do host recht!
Lampl: Aber des sag i dir, Hahnrieder, leichter kaaf i dir was ab, als wia deiner Bäurin. Mit die Weibsbilder kost gar nix richten.
Frau Bezirksamtmann: Hast du noch mehr Gäste eingeladen, Heinrich?
Bezirksamtmann: Hm! Äh! Es fehlen noch zwei Herren vom Distriktsausschuß und Lehrer Häberlein.
Sedlmaier: An Lehrer Häberlein hab i laaffen seh'gn.
Lampl: Der kimmt net z'spat, Herr Bezirksamtmann, wenn's was z'essen gibt.
Frau Bezirksamtmann *zum Assessor:* So was von ordinär!
Assessor: Gnädige Frau wundern sich etwas über den Ton?
Frau Bezirksamtmann: Wundern? Nein! Hier in Bebenhausen wundere ich mich über gar nichts mehr.
Assessor: Allerdings. Denken Sie nur, gnädige Frau, der Kaufmann Altenberger ist gestern total betrunken im Straßengraben gefunden worden.
Frau Bezirksamtmann: Nein? Wirklich?
Assessor: Er hat im Hirschen bis zwei Uhr gezecht. Vier ganze Flaschen Deidesheimer! Er soll sich dann sehr unanständig über die hiesigen Beamtenfrauen geäußert haben.
Frau Bezirksamtmann: Dieser gemeine Mensch!
Assessor: Er sagte, in ganz Bebenhausen gäbe es überhaupt keine Damen, sondern nur Weiber.

Frau Bezirksamtmann: So eine Frechheit!
Assessor: Ich weiß es vom Amtsrichter Winkler. Der erfuhr es heute beim Frühschoppen.
Bezirksamtmann: Herr Assessor, wie viel Uhr haben Sie?
Assessor: Fünf Minuten nach halb eins.
Bezirksamtmann: Ich habe die Einladung auf halb ein Uhr anberaumt.
Lampl: Da kimmt der Häberlein scho.
Sedlmaier: Der Gruabhofer is aa dabei, und der Merkl.

Sechste Szene

Die Vorigen. Merkl. Grubhofer. Häberlein

Bezirksamtmann: Die Herren haben etwas auf sich warten lassen.
Häberlein: Ich bitte tausendmal um Entschuldigung, Herr Bezirksamtmann. Der Bader hat mich beim Rasieren geschnitten, und ich konnte ... ich konnte ...
Bezirksamtmann: Schon gut. Die Verzögerung war nicht erheblich.
Lampl: Und 's Essen ist aa no net anganga. Sie hamm no nix versaamt, Herr Häberlein.
Bezirksamtmann: Amalie, die Herren vom Distriktsausschuß, und Lehrer Häberlein.
Grubhofer: So? Des is d' Frau? Freut mi auffallend.
Merkl: S'Good!
Bezirksamtmann: Herr Assessor, ordnen Sie an, daß Neusigl geholt wird.
Assessor ab. Bald darauf zurück.
Bezirksamtmann: Nun! Sie kennen den Anlaß unserer heutigen kleinen Festlichkeit? Meinem Amtsdiener ist für seine treu geleisteten Dienste die silberne Medaille allergnädigst verliehen worden.
Merkl: Mir ham's vernommen; gesting is im Wochablatt g'standen.
Lampl: Der alte Krakler tuat jetzt lang gnua mit.

SEDLMAIER: Fufzig Jahr! Wann ma's richti bedenkt, is a lange Zeit.
HAHNRIEDER: Und er is allaweil a rechtsinniger Mo g'wen. Da hat's koan Stolz geben. Ganz frei.
GRUBHOFER: Net wia's oft Beamte gibt, de moanen, für an Bauernmenschen braucht mi koan Respekt net z'hamm.
BEZIRKSAMTMANN: Ich höre mit Vergnügen, daß Sie mit meinem Bediensteten zufrieden waren. Ich sehe strenge darauf, daß die Leute im Verkehre Höflichkeit bewahren.
LAMPL: Da hat si nia nix g'feit. Da kimmt er scho daher.
MERKL: Jetzt wenn mi a Musi hätten, kunnt ma'r an Tusch blasen.

Siebente Szene

Die Vorigen. Peter Neusigl und seine Ehefrau Walburga treten ein. Neusigl altväterischer Gehrock, in der Hand einen Zylinderhut; weiße Haare und weißen Schnurrbart; sympathisches Äußeres. Seine Frau trägt altmodisches, schwarzes Seidenkleid, bunten Schal darüber, Riegelhaube.

BEZIRKSAMTMANN: Neusigl, ich habe Sie hierher bestellt. Sie wissen, welche Ehre Ihnen widerfahren ist. Ich habe beschlossen, Ihre Auszeichnung nicht unbeachtet vorübergehen zu lassen. *Frau Neusigl zieht umständlich ein Taschentuch hervor und setzt sich in Positur.*
LAMPL: Jetzt brauchen'S no net woana, Frau Neusigl; des kimmt erst später.
BEZIRKSAMTMANN *zu Neusigl:* Ich habe aus den angegebenen Gründen einen Mittagtisch veranstaltet, an dem Sie teilzunehmen haben.
NEUSIGL *gerührt:* Aba, Herr Bezirksamtmann, so aa Ehr! I woaß gar net, wia r'i mi verhalten soll. Des is ja z'viel. *Neusigl stellt sich an das obere Ende des Tisches.*
BEZIRKSAMTMANN: Schon gut. Setzen Sie sich! Dort unten hin. Herr Lampl sitzt neben mir. Herr Assessor neben meiner Frau. Die andern Herren wollen nach Belieben Platz nehmen.

LAMPL: Also jetzt gratulier i dir, Neusigl. Hast do an Orden dergabelt, du elendiger Bazi!
NEUSIGL: I dank dir schö, Lampl, i woaß, daß du's guat moanst.
GRUBHOFER: Mach mei Gratulation.
MERKL: Des hamm'S guat geben, Herr Neusigl.
HAHNRIEDER: Net auslassen, Herr Neusigl!
SEDLMAIER: Freut mi auffallend.
HÄBERLEIN Dem Verdienste seine Krone! Ihnen und der Frau Gemahlin meine herzlichsten Glückwünsche.
NEUSIGL: Die Herren sand alle so freundli; des is ja z'viel.
FRAU NEUSIGL: Wir wissen ja gar nicht, wie wir ins zum verhalten haben.
BEZIRKSAMTMANN: Ich bitte, Platz zu nehmen. *Die Gäste nehmen umständlich Platz.*
BEZIRKSAMTMANN: Herr Lampl, bitte hierher!
LAMPL: I hätt mi gern zum Hahnrieder abi g'sitzt.
BEZIRKSAMTMANN: Ich möchte Sie neben mir haben.
LAMPL: So? No, nacha is mir aa recht. *Babette und Anna tragen die Suppe auf, das Servieren beim Bezirksamtmann und seiner Frau beginnend. Frau Neusigl bindet ihrem Mann die Serviette um den Hals.*
FRAU NEUSIGL: Du mußt Obacht geben, Peter, auf dein schönes G'wand.
MERKL *zu Babette:* Gib mir nur außa, Madel. I ko mit dem Schöpflöffi net hantieren.
GRUBHOFER *zu Anna, ihr die Serviette gebend:* Da, des kost wieder nehma. Des braucht's it.
HAHNRIEDER *zu Babette:* Suppen mag i ganz weni, aba zwoa Knödel gibst mir no. *Die Mädchen sind mit dem Servieren fertig. Der Bezirksamtmann, seine Frau und der Assessor beginnen zu essen. Die übrigen sitzen schweigend. Sie warten auf das Tischgebet. Da niemand vorbetet, fängt jeder still zu beten an, nachdem er vorher das Kreuz geschlagen hat. Der Bezirksamtmann bemerkt es, hört zu essen auf und nimmt eine andächtige Miene an.*
ASSESSOR *mit schnarrender Stimme:* Mahlzeit, gnädige Frau! Darf ich Ihnen Brot anbieten? *Der Bezirksamtmann wirft ihm einen strafenden Blick zu.*
ASSESSOR: Ach so! Parrdong! *Nimmt den Kneifer ab und sitzt*

in steifer Stellung, bis die übrigen wieder ein Kreuz machen und zu beten aufhören.

LAMPL: Amen! Guaten Appetit allerseits! *Die andern antworten durcheinander: guaten Appetit!*

HÄBERLEIN *aufstehend:* Ich wünsche wohl zu speisen, Herr Bezirksamtmann und Frau Gemahlin!

BEZIRKSAMTMANN: Ich danke!

ASSESSOR: Mahlzeit!

LAMPL: Die Knödel sand ausgezeichnet.

FRAU NEUSIGL: Ja, das muß man sagen, großartig. Und gerade das Rechte haben sie. Das muß man erraten bei die Knödel. Ich nehme zwei Semmeln, schneide sie dünn, nehme ein Ei und Milch und weiche sie tüchtig ein. Dann tue ich die Leber hinzu. Ein bißchen Majoran vermehrt den Geschmack. Nehmen Sie auch Majoran, Frau Bezirksamtmann?

FRAU BEZIRKSAMTMANN: Kennen Sie den Baron Schenkenstein persönlich, Herr Assessor?

ASSESSOR: Gewiß. Er war Hauptmann im vierten Re'ment. Ich machte in seiner Kompagnie das Manöver mit.

FRAU NEUSIGL: Der Majoran steht nicht jedem an; mein Mann kann den Geschmack gut leiden, aber sein Bruder, der Oberaufseher in Laufen, zum Beispiel, mag ihn gar nicht.

FRAU BEZIRKSAMTMANN: Die Baronin Schenkenstein war meine intimste Freundin im Institute.

FRAU NEUSIGL: Vielleicht mag der Herr Bezirksamtmann auch keinen Majoran?

BEZIRKSAMTMANN: Herr Lampl, wie sind die Aussichten für unsere Bahn? Glauben Sie, daß im Plenum eine Majorität für dieselbe zu finden ist?

LAMPL: I woaß net. Da laßt si heut no nix sagen.

BEZIRKSAMTMANN: Es wäre schade, wenn das Projekt wieder zurückgestellt würde; ich habe die Notwendigkeit der Trasse ausführlich begründet.

MERKL: Mir in Günzhausen reißen ins ganz weni um de Bahn.

GRUBHOFER: Ja, des woaß mi scho. Bal oaner in Günzhausen glaabt, daß de herobern Gemeinden Puachschlagen, Niederroth oda Lautabach an Profit hätten, nacha seid's ös glei dagegen.

MERKL: Des muaßt net sag'n, Gruabhofer! Mi san durchaus gar

net so neidi. Aba was hamm mi denn von dera Bahn? Den ganzen Winter kriag'n mi koa Holzfuhr nimma, koa Ziegelfuhr geht aa nimma; do stengan dir d' Roß fünf Monat an Stall und kost d' as umansinscht fuattern.

HAHNRIEDER: Des sell gieb i zua, aba dafür geht mehra Handel mit'n Troad und mit'n Viech.

LAMPL: Mit dein Viechhandel balst mir net gehst! Do han i gestern gnua g'habt von deiner Bäurin.

BEZIRKSAMTMANN: Herr Hahnrieder hat recht. Der einzelne muß sich eben unterordnen, wenn Verschiebungen in der ökonomischen Lage durch den Fortschritt bedingt werden. Einerseits ...

SEDLMAIER: Ja, Fortschritt! Des müassen mi erst sehg'n, ob des a Fortschritt is.

MERKL: Jetzt hast amal was Richtig's g'sagt, Sedlmoar. I sag überhaupts, daß für ins Bauern de Bahna koa Fortschritt san, und daß 's überhaupts besser war, wenn's koane Bahna net gab.

ASSESSOR: Aber erlauben Sie, Verehrtester, das sind doch Ansichten, die ... hm ... äh ... heutzutage nicht mehr ganz auf der Höhe ...

BEZIRKSAMTMANN: Herr Assessor, reichen Sie mir den Brotkorb herauf!

MERKL: Des woaß mi scho, daß mi Bauern net so g'scheit sei kinna, wia de Herrn, de wo auf des studieren.

BEZIRKSAMTMANN: Herr Landrat, ein jeder kann von seiner Stelle aus das Rechte wirken. Es wäre töricht, die hohe Bedeutung des Bauernstandes zu verkennen.

HÄBERLEIN: Wie nützlich ist der Bauersmann!
Er bauet uns das Feld.
Wer eines Bauers spotten kann,
Der ist ein schlechter Held.

Wenn sie erlauben, Herr Bezirksamtmann, zu bemerken. *Babette und Anna kommen mit den Fleischschüsseln und stellen sie auf den Tisch.*

BEZIRKSAMTMANN: Darf ich bitten, Herr Lampl; die Herren nehmen sich doch. Herr Grubhofer?

GRUBHOFER: Mir kriag'n gnua, Herr Bezirksamtmann. Z'erscht kimmt der Jubilar. Nur fest zuag'langt, Herr Neusigl!

NEUSIGL: Na, na; i kimm z'letzt; na, na! Des derf nit sei, Herr Gruabhofer.

GRUBHOFER: Ja, was waar denn dös? *Gibt Neusigl mehrere Stücke Fleisch auf den Teller.*

SEDLMAIER: Net schenieren! Heut san Sie die Hauptperson. Und d' Frau Jubilarin net vergessen!

FRAU NEUSIGL: Ja, aber na, Herr Sedlmaier! Mir wissen ja gar nicht, wie mir uns zum verhalten haben.

BEZIRKSAMTMANN: Sie haben sich nicht mehr als Reichstagskandidat aufstellen lassen, Herr Lampl?

LAMPL: Na; i mog nimma. I war oamal drin im Reichstag. Des hat mir g'langt.

ASSESSOR: Na, so'n Winter in Berlin. Ich stelle mir das ganz erträglich vor.

LAMPL: A jeder nach sein Gusto. I war in de drei Jahr, wo i Abgeordneter war, zwoamal droben, z' Berlin. Mi kriagen's nimma. Pfüat di Good!

BEZIRKSAMTMANN: Jedenfalls ist die Ausübung des Mandates mit großen Opfern verbunden.

LAMPL: Dahoam versaamt ma sei G'schäft, und droben ko ma do nix ausrichten.

MERKL: Und muaß zuaschaug'n, wia s' mit die G'setzer an Bauernstand ruinieren.

BEZIRKSAMTMANN: Ich erhoffe von der nächsten Legislaturperiode eine wesentliche Besserung der Verhältnisse.

MERKL: I net.

HAHNRIEDER: Vo Berlin is no nia was G'scheidts kemma.

BEZIRKSAMTMANN: Die Reichsregierung befindet sich in einer schwierigen Lage. Einerseits sollen die Interessen der Produzenten gewahrt werden, andererseits bestehen Rücksichten auf den Konsumenten.

LAMPL: Bal mar' abar de umbringt, de, wo produzier'n, nacha werd's mit 'n Konsumier'n aa bald gar sei.

MERKL: Des is a richtg's Wort.

BEZIRKSAMTMANN: Die Regierung ist sicher bestrebt, hier den goldenen Mittelweg zu finden. Man wird an maßgebender Stelle immer mit der Tatsache rechnen, daß der brotschaffende Stand gewisse Rechte hat.

HÄBERLEIN: Und darum sei der Bauernstand
Uns aller Ehre wert;
Denn kurz und gut, wo ist das Land,
Das nicht der Bauer nährt?

ASSESSOR: Man muß sich in Deutschland an den Gedanken gewöhnen, daß wir uns eben zum Industriestaat heraus entwikkeln.

MERKL: So?

ASSESSOR: Ja. Wenn der Getreidebau sich nicht mehr rentiert, warum baut man nicht was anderes? Das ist doch kolossal einfach.

MERKL: Was taten denn Sie bauen?

ASSESSOR: Ich? Na, vielleicht so ... so Rüben, ja, Rüben, oder Gartenpflanzen oder ...

LAMPL: Oder Rosen und Veigerl. De riachen recht guat. *Die Bauern lachen.*

ASSESSOR: Ich habe mich vielleicht nicht gemeinverständlich genug ausgedrückt. Ich will sagen, wenn eine Produktionsart nicht rentiert, wählt man einfach eine andere.

MERKL: Ham'S des alles aus die Büacher g'lernt?

LAMPL: Was taten Sie sagen, Herr Assessor, wenn ma'r Eahna auf oamal bloß den dritten Teil von Eahnern G'halt auszahl'n tat?

ASSESSOR: Wie?

LAMPL: Ja, an dritten Teil. Und bal Sie Eahna beschwer'n taten, wurd Eahna g'sagt: Wissens was, Herr Assessor, bal's Eahna z'weng is, schauen'S Eahna um an anders Brot. Was taten Sie da sagen?

ASSESSOR: Aber erlauben Sie! Das ist doch ganz was anderes! Das ist doch ein kolossaler Unterschied! Ich habe ...

BEZIRKSAMTMANN: Reichen Sie mir das Gemüse herauf, Herr Assessor!

ASSESSOR: Bitte, hier. Aber das ist doch ein kolossaler Unterschied. Ich habe durch meine Studien und Examina das wohlbegründete Recht erworben ...

BEZIRKSAMTMANN: Sie haben in die Debatte über die Dienstbotenordnung eingegriffen, Herr Lampl?

LAMPL: Ich hab amal frisch von der Leber weg g'redt, was des für Zuaständ' san am Land heraus.

Bezirksamtmann: Eine gewisse Dienstbotenkalamität ist nicht zu leugnen.
Hahnrieder: Des ist fei net bloß a bisserl; des is scho viel.
Sedlmaier: Wo des no hinkumma soll, des siech i überhaupts net.
Grubhofer: Der Bauer geht z' Grund durch die Deanstboten.
Merkl: Des is der Fortschritt.
Bezirksamtmann: Wir verkennen die Sachlage keineswegs, und ich kann Sie versichern, die Regierung ist bestrebt, diesen Mängeln abzuhelfen.
Sedlmaier: Des werd guat sei.
Merkl: Ja, und an Glauben braucht's aa. I sag des, Herr Bezirksamtmann, da is gar nix mehr zum Richten, da is überhaupts scho Matthäi am letzten.
Bezirksamtmann: Jede Zeit hat mit gewissen Schwierigkeiten zu kämpfen.
Merkl: Aba net mit solchene.
Hahnrieder: Früherszeiten is besser g'wen. Des woaß mi no guat, daß a Knecht 's Jahr vierz'g und fufz'g Gulden kriagt hat, 's Essen, wia's der Brauch g'wen is, und koa Bier gor it.
Sedlmaier: Jetzt ko ma's nimma derzahlen. Der Herr Knecht verlangt zwoahundertfufz'g und dreihundert Mark und 's Bauernessen is eahm nimmer guat gnua.
Merkl: Und balst eahm bei der Arndt net alle Täg 's Bier außifahrst, laaft er dir mittendrin davo.
Assessor: Gegen das Entlaufen hat das Gesetz Strafbestimmungen, die wir sehr energisch anwenden.
Merkl: O mei, da balst net gehst. Wer amal schlecht is, paßt auf des aa nimmer auf.
Bezirksamtmann: Richtige Mittel müssen bei richtiger Anwendung Erfolg haben.
Lampl: Na, na, Herr Bezirksamtmann, des laßt si net leugna; des Kreuz mit de Deanstboten werd alleweil größer. De Leut hamm koa Anhänglichkeit mehr, san mit nix mehr z'frieden, alles lauft in d' Stadt nei.
Frau Bezirksamtmann: Die weiblichen Dienstboten könnten ruhig draußen bleiben; was wir vom Lande beziehen – ich danke.

FRAU NEUSIGL: Das ist wahr, Frau Bezirksamtmann. Mit die Mädchen heuntzutage, das ist rein gar nicht mehr zum dermachen. Wenn ich denke, was früher eine hat können müssen, und was eine hat arbeiten müssen, und wie das heunte ist, nein! Ich sag oft, das ist nicht zum dermachen. Haben Sie auch solche Erfahrungen, Frau Bezirksamtmann?
FRAU BEZIRKSAMTMANN: Anna, wärmen Sie die Teller besser; der meinige war kalt.
ANNA: Ja, gnä Frau.
FRAU NEUSIGL: Ich sag oft zu meinem Mann; Peter, sag ich, mit unserem Mädchen ist es rein nicht mehr zum Aushalten.
FRAU BEZIRKSAMTMANN *zum Assessor:* Die Person hält sich einen Dienstboten!
ASSESSOR: Unglaublich!
FRAU NEUSIGL: Erst gestern hat sie wieder beim Abspülen die Handhebe an meiner Kaffeetasse verbrochen. Elis, hab ich gesagt, Elis, wer hat die Handheb' weggeschlagen? Wo? fragt sie ganz unschuldig, als ob sie gar nichts wissen täte. Stellen Sie Ihnen nicht so, hab ich g'sagt ... *Der Bezirksamtmann, seine Frau und der Assessor zeigen ihre Ungeduld, indem sie recht hörbar mit ihren Bestecken hantieren.*
FRAU NEUSIGL: Stellen Sie Ihnen nicht so, Elis, sag ich, heunte vormittag war die Tasse noch ganz. Wer ist sonst in die Küche gekommen? *Der Bezirksamtmann räuspert sich; seine Frau klopft heftig mit dem Messer auf den Tellerrand und ruft: Babette!*
FRAU NEUSIGL: Und wenn sonst niemand in der Küche war, hab ich gesagt, kann es doch sonst niemand getan haben. Oder glauben Sie vielleicht, sag ich ...
FRAU BEZIRKSAMTMANN *klopft wiederholt heftig:* Babette!
BABETTE: Ja, gnä Frau?
FRAU BEZIRKSAMTMANN: Ich habe der Anna gesagt, daß sie die Teller gut wärmen soll.
BABETTE: Ja, gnä Frau.
FRAU NEUSIGL: Oder glauben Sie vielleicht, sag ich, daß ich es getan habe? Was meinen Sie, daß sie gesagt hat? Des woaß i net, hat sie gesagt.
ASSESSOR: Die Person ist großartig.

Frau Bezirksamtmann: Fabelhaft.

Frau Neusigl: Ja, das ist wahr. Das hab ich auch zu meinem Mann gesagt, gelt Peter? Wenn sie's nur wenigstens eingestehen würden.

Neusigl: Ja … Ja. *Babette und Anna kommen mit neuen Servierplatten.*

Lampl: Ja, was siech i da, a Ganserl!

Grubhofer: Derer bin ich aa net feind.

Bezirksamtmann: Die Geflügelzucht macht erfreuliche Fortschritte im Bezirke. Als ich hieher kam, lag sie noch sehr im argen.

Sedlmaier: Mi kümmern uns net um an Hennerstall; des is der Bäurin ihre Sach.

Bezirksamtmann: Ich möchte die nationalökonomische Bedeutung der Geflügelzucht nicht unterschätzt wissen. Sie liegt teils in der Fleisch-, teils in der Eierproduktion.

Hahnrieder: Aba in Woazen laffen's fei scho gern eini, de Henna. I schimpf oft mit meiner Bäurin.

Assessor: Die Tiere sind doch kolossal harmlos.

Häberlein: Keinen Tropfen Wasser trinkt das Huhn,
Ohne einen Blick zum Himmel aufzutun,

wenn Sie mir erlauben, Herr Assessor.

Bezirksamtmann: Ich befinde mich ganz im Einklange mit den hühnerologischen Vereinen, welche die Kochinchinahenne durch das deutsche Huhn verdrängen wollen.

Lampl: Jetzt mir san d' Hendeln am liebsten am Spiaß.

Frau Neusigl: Man drehe sie gleichmäßig um und beschmiere sie fleißig mit Butter.

Lampl: Ganz richtig, und a kloans bisserl Petersili net vergessen, Frau Neusigl.

Peter Neusigl: Mei Frau kocht fei guat; des muaß mar' ihr lassen.

Frau Neusigl: Wär doch eine Schand, wenn ich das net könnt. Ich war zwölf Jahr lang Köchin beim Graf Rotenhan.

Assessor *zur Frau Bezirksamtmann:* Wenn man diese Person sprechen hört, könnte man glauben, daß sie alle Tage gebratenes Fleisch essen.

Frau Bezirksamtmann: Glauben Sie nur ja nicht, daß sich die

Leute einschränken. Die essen besser, als mancher hohe Beamte.

BEZIRKSAMTMANN: Wollen Sie noch herausnehmen, Herr Lampl?

LAMPL: O ja! So a Gans is a liabs Viecherl. Wissen's aa, Frau Bezirksamtmann, wo a Gans am schönsten is?

FRAU BEZIRKSAMTMANN: Ich kenne diese Rätsel nicht.

LAMPL: Auf an Kartoffelsalat. *Lacht selbst sehr laut. Der Bezirksamtmann lächelt säuerlich; seine Frau zuckt die Achseln; sie und der Assessor sehen sich verständnisvoll an. Die übrigen lachen laut.*

SEDLMAIER: Auf an Karoffelsalat is a Gans am schönsten, ha, ha!

MERKL: Dös macht er wiada guat, der Lampl.

FRAU NEUSIGL: Der Herr Lampl hat überhaupts einen scherzhaften Hamor, wie der seelige Herr Graf oft gesagt hat. Wenn er gut aufgelegt war, hab ich ihm erzählen müssen. Wally, hat er gesagt, kommen Sie nach Tisch herein, sagt er, und erzählen Sie mir was von zu Hause. Sie haben so einen freiwilligen Hamor, hat er gesagt.

ASSESSOR: Unfreiwilligen meinte er wohl? Was?

FRAU NEUSIGL: Das weiß ich nimmer so genau. Eine hamoristische Ader hab ich, das hat er oft gesagt.

HAHNRIEDER: Auf an Kartoffisalat is a Gans am schönsten, ha, ha! Ja, der Lampl!

LAMPL: Wenn i a Gans iß, muaß i allaweil an den alten Raingruber denken. Du hast 'n ja kennt, Neusigl, gel?

NEUSIGL: Freili; an Raingruber von Pellham.

MERKL: Von dem der Weidhofer sein Hengst kaaft hat?

LAMPL: Ja, der. Der hat allaweil g'sagt: Lampl, hat er g'sagt, a Gans is a dummer Vogel, sagt er. Oane is z'weni, hat er g'sagt, und zwoa san z'viel.

MERKL: Der hat überhaupts essen könna. I war amal mit eahm beim Unterwirt in Herrnhofen. Da hat er vier Leberwürscht und drei Bluatwürscht auf oan Sitz z'sammpackt. Ganz frei, und hat 'n net z'rissen.

LAMPL: Oane is z'weni, hat er g'sagt und zwoa san z'viel.

HÄBERLEIN: Eine jut jebratene Jans ist eine jute Jabe Jottes, wenn Sie erlauben, Herr Bezirksamtmann.

Bezirksamtmann: Herr Grubhofer, ich werde demnächst eine Ausschußsitzung anberaumen. Es handelt sich um die Günzhauser Distriktsstraße.
Grubhofer: So? Do derfen mir wieder zahl'n.
Bezirksamtmann: Die Zustände sind nicht mehr haltbar.
Grubhofer: Da sollen halt die Sünzhauserer amal herg'numma wern. De fahren alle Johr mit ihre schwaren Holzfuhren d' Straßen z'samm und der Distrikt muaß eahna wieder recht schö herrichten. Freili!
Merkl: Du muaßt net so daher reden, Gruabhofer. Mir Günzhauserer zahlen aa fürs Distriktskrankenhaus, und san do lauter Niederrother Deanstboten drin, weil's net gnua z'essen kriagn bei enk.
Grubhofer: Du, b'sinn di fei a weni! Des muaßt dir g'nau überlegen, was d' sagst. Hast g'hört?
Lampl: Was war den jetzt dös? Ös werd's do net streiten mitanand! Gruabhofer!
Grubhofer: Er derf ins Niederrother do net beleidingen!
Lampl: Is ja grad a Spaß g'wen. Merkl, sei staad!
Frau Bezirksamtmann: Freust du dich recht auf den Herrn Regierungsdirektor, Heinrich?
Bezirksamtmann: Er muß bald kommen, Ich denke, in einer halben Stunde.
Frau Bezirksamtmann: Es wird reizend werden.
Lampl *schlägt an das Glas und erhebt sich zu einer Rede:* Hochgeehrte Festversammlung! Indem daß wir heute so freidig zusammensitzen, missen wir auch bedenken, was uns so schön zusammengeführt hat. Denn es ist ein seltenes Fest, das wo wir feiern, es ist ein erhabenes Fest, es ist … es ist ein Fest. *Neusigl und seine Frau setzen sich in Positur. Frau Neusigl zieht wieder umständlich ihr großes Sacktuch aus der Tasche.* Indem wir das fünfzigjährige Jubiläum des Herrn Peter Neusigl von hier zu feiern gedenken. Wir alle kennen ihn, wir alle schätzen ihn, wir alle lieben ihn. *Frau Neusigl schluchzt und beginnt zu weinen.* Er hat seinem Könige treu gedient, fünfzig Jahre lang und er hat seine Pflicht erfüllt, und er hat alles mit Freiden getan. Und er laßt noch nicht aus. Aber auch sonst ist er ein rechtsinniger Mann gewesen. Wo es oft Beamte gibt, die wo glauben, daß das Volk

wegen ihnen da ist. Nein, hochgeehrte Festversammlung, das war durchaus nicht der Fall. Herr Peter Neusigl hat keinen Stolz nicht kennt. Er ist ein Volksfreind, er ist ein Menschenfreind. Und darum hat ihn auch der König ausgezeichnet, und darum zeichnen auch wir ihn aus, indem daß wir sagen: Wer treu gedient hat seine Zeit, dem sei ein volles Glas geweiht! Der Herr Peter Neusigl soll leben hoch! hoch! hoch! Mit gedämpfter Stimme: Hoch! *Die Anwesenden erheben sich. Die übrigen stoßen nach kräftigen Hochrufen mit Neusigl an. Der Bezirksamtmann, seine Frau und der Assessor bleiben auf ihren Plätzen und setzen sich gleich wieder, nachdem sie zögernd aufstanden.*

NEUSIGL: Ja, des ist ja z'viel, Lampl, des is ja z'viel!

FRAU NEUSIGL: So eine schöne Red! Ich hab weinen müssen, wie er das alles so daher bracht hat.

HÄBERLEIN: Was der Mann kann, zeigt seine Rede an.

HAHNRIEDER: Was wahr is, muaß ma sagen. Der Neusigl hat si rechtschaffen plagt.

SEDLMAIER: Und hat's Herz auf 'n rechten Fleck.

NEUSIGL: I woaß gar net; die Herren sand alle so freundli zu mir. Des is ja z'viel. *Er begibt sich mit einem Glas Wein in der Hand zum Bezirksamtmann, Frau Neusigl hinter ihm.*

NEUSIGL *fortfahrend:* Wenn der Herr Bezirksamtmann erlauben, trink ich ... trink ich auf Ihnen Ihr Wohlsein.

BEZIRKSAMTMANN: Schon gut, Neusigl, schon gut.

FRAU NEUSIGL: Gesundheit und ein langes Leben, Herr Bezirksamtmann, und daß Sie auch recht bald einen Orden kriegen.

BEZRIKSAMTMANN *räuspernd:* Setzen Sie sich wieder; schon gut. *Die Beiden begeben sich unter vielen Bücklingen wieder auf ihren Platz zurück.* Ihre Rede war ja recht wirkungsvoll, Herr Lampl.

LAMPL: A jedesmal g'lingst's mir net a so, Herr Bezirksamtmann; hat's Eahna g'fallen?

BEZIRKSAMTMANN: Hm; die Rede war zwar nicht im Programm vorgesehen, aber ich wiederhole, sie war recht wirkungsvoll.

LAMPL: No, des is ja d' Hauptsach. A Programm brauch ma net; des is allaweil a zwungene G'schicht. I sag's oft in unser'm Veteranaverein; nur net lang umschneiden; wenn's Zeit is, red i scho, wia mir der Schnabel g'wachsen is; d' Hauptsach is, daß de Leut g'fallt.

ASSESSOR: Es ist Usus, daß Reden angemeldet werden.

LAMPL: Ko scho sei. Aba glauben Sie, Herr Assessa, daß der Neusigl deswegen beleidigt is?

ASSESSOR: Es handelt sich vielleicht doch nicht bloß um den Herrn Bezirksamtsdiener.

BEZIRKSAMTMANN: Die Sache ist erledigt. Ich trinke auf Ihr Wohl, Herr Lampl.

LAMPL: 's Wohlsei, Herr Bezirksamtmann.

FRAU BEZIRKSAMTMANN: Auf daß du auch bald einen Orden bekommst, Heinrich!

BEZIRKSAMTMANN: Ich danke dir herzlich, Amalie.

LAMPL: No, des werd net ausbleiben; waar net übel.

NEUSIGL: Ja, unser Herr Bezirksamtmann, da fehlt ja gar nix, Des is a Mo. Ich sag's oft zu meiner Alten, so einen Eifer, wie unser Herr Bezirksamtmann hat, das ist großartig. Net, wia's damals brennt hat in Schneidsee? Kaum, daß die Meldung kemma is, san mir schon draußd g'wen, i und der Herr Bezirksamtmann. Mir san die ersten g'wen an Ort und Stelle, und hamm die Feuerwehr dirigiert.

FRAU BEZIRKSAMTMANN: Der Herr Neusigl und du ... so?

NEUSIGL: Ja, und wia des Hochwasser g'wen is, wo 's de Gündinger Brucken ei'grissen hot. Do san i und da Herr Bezirksamtmann den ganzen Tag draußd g'wen.

LAMPL: Des war vor sechs Jahr. San Sie damals scho hier g'wen, Herr Bezirksamtmann?

BEZIRKSAMTMANN: Nein, ich übernahm das hiesige Amt vor fünf Jahren.

NEUSIGL: Ah freili, des is ja der Herr Bezirksamtmann Pirnsteiner g'wen, ganz richti. Des war aa 'r a liaber Mo, der hat nix g'macht, vor er net z'erscht mi g'fragt hat. Neusigl, hat er oft g'sagt, um Ihnen is schad. Sie hätten einen ausgezeichneten Kopf g'habt. Da laufen viele hohe Herren rum, die wo froh wären, wenn sie Ihnen Ihren Verstand hätten. Drum hat er mi auch allaweil z'erscht g'fragt.

HÄBERLEIN: Soll dein Tun mir wohl gefallen,
Nimm dir guten Rat von allen.

BEZIRKSAMTMANN: Ich finde es ziemlich heiß. Neusigl, öffnen Sie das Fenster. *Neusigl eilt dienstfertig an das Fenster und öffnet es.*

FRAU NEUSIGL: Das ist wahr. Der Herr Pirnsteiner hat oft zu mir g'sagt: Tun Sie fein auf unsern Peter aufschauen; das ist ein heller Kopf.

HÄBERLEIN: Neig dein Ohr, auf daß es höre
Weisen Rat und fromme Lehre.

FRAU NEUSIGL: Der Bruder von meinem Mann, der Oberaufseher in Laufen, sagt jedesmal, wenn er uns besucht, der Peter hätt' kein Jurist werden sollen, bei der Medizin hätt' er's viel weiter bracht. Er is auch viel zu bescheiden; anderne, die lang nicht den Kopf haben, wie er, drucken sich vor und kommen in die höchsten Stellen, aber mein Mann, der laßt jeden vor.

NEUSIGL: Ja no, die Mittel hamm halt g'fehlt, die Mittel. Jetzt sitz i do.

LAMPL: Mir san froh, daß d' do bist, alte Hütten. Stoß o; sollst scho glei leben! Schaug mir'n net o! Mögst vielleicht gar no Minister wer'n mit an Schiffhuat und gold'ne Ornament hint aufipappt. Jetzt g'hörst scho amal uns.

SEDLMAIER: Und herlassen tean mir Eahna nimmer.

HAHNRIEDER: A guater Amtsdeana is besser wia r' a schlechter Bezirksamtmo, des sag i.

GRUBHOFER: Zu dem G'schäft braucht ma r' aa richtige Leut.

HÄBERLEIN: Es ist kein Stand so klein,
Man kann darin doch wichtig sein.

LAMPL: Was hätt'st denn davo, balst in der Stadt drin allaweil auf'n Parkettboden umanand rutschen derfest?

NEUSIGL: Wahr is scho! Am End is a so viel schöner. *Stößt mit den Nächstsitzenden an.*

FRAU BEZIRKSAMTMANN: Wann kommt denn endlich der Herr Regierungsdirektor?

BEZIRKSAMTMANN: Ich sage dir ja, ich erwarte ihn jeden Augenblick.

FRAU BEZIRKSAMTMANN: Das alles ist unerträglich.

BEZIRKSAMTMANN: Ich bitte dich, mir die Situation nicht noch peinlicher zu machen. *Zu Lampl.* Wollen Sie eine Zigarre von mir probieren, Herr Lampl?

Lampl: Allerdings. *Nimmt aus dem dargebotenen Etui.*
Bezirksamtmann: Die Zigarren sind gut. Ich beziehe sie en gros von einem Beamtenkonsumverein.
Lampl *probierend:* Hm! Ja, san net schlecht.
Sedlmaier: Die besten Zigarren hat unser Kramer g'habt, der Prechtl Xaver; lauter g'sprenkelte, oane, wie die ander.
Grubhofer: Die g'sprenkelten san die besten.
Sedlmaier: Ja. Und d' Hauptsach, guat g'lagert waren die Zigarren. Über sein Laden war a Backofen, do hat si d' Wärm allaweil rüber g'schlagen; do san dir de Zigarren so trucka worn, wia Stroh. De ham brennt, Herrschaftseiten, wia r' a Schnellfeuer.
Grubhofer: A guate Zigarr, des is was wert.
Hahnrieder: Und a Glaserl Wei dazua.
Lampl: Und a recht a nudelsauberes Maderl daneben, gel Schlauberger? Ja, Herr Bezirksamtmo, so war's recht, wann ma'r halt no jünger waaren.
Frau Bezirksamtmann: Il est horrible avec ces bêtises! Il est un affront avec ces hommes.
Assessor: Vous avez droit, vous avez tout droit, madame, il est importable.
Lampl: Aha, des is französisch. Des kenn i no von anno siebazgi her.
Bezirksamtmann: Sie haben den Feldzug mitgemacht, Herr Lampl?
Lampl: Freili, und der Hahnrieder aa, gel?
Hahnrieder: I glaub's wohl.
Lampl: Beim vierten Jägerbataljon, zwoate Kumpanie.
Hahnrieder: Unterm Hauptmann Reisberger.
Bezirksamtmann: Das ist eine schöne Erinnerung.
Lampl: Ja, i möcht's net hergeben.
Hahnrieder: Da is oft lusti g'wen; oft a wieder net, wia's grad auftroffa hat.
Assessor: Das Ball-jon hat oft im Feuer gestanden?
Hahnrieder: Dös glaab i. Weißenburg, Wörth, Batzailes; da hat's anderst g'schnallt, mei Liaba, da hätten'S g'schaugt!
Assessor: Ich kenne das. Ich habe als Reserveoffizier das große Kaisermanöver mitgemacht.
Hahnrieder: Ja, Manöver! Des is ja gor nix! Aba im Feld

draußd, bal's allaweil herschiaßen, Freunderl, daß da Dreck aufspritzt! Do kunnten'S was spanna.
ASSESSOR: Ich hoffe, daß wir auch noch mal zum Handkuß kommen.
LAMPL: Na, des wünschen'S Eahna ja net, Herr Assessar; des waar a groß Unglück. Des kann si oaner bloß wünschen, der's net kennt.
ASSESSOR: Ach was! Auf dem grünen Rasen zu fallen im frischen, fröhlichen Krieg, das ist der schönste Tod!
LAMPL: Der Tod is gar nia schö, net amal dahoam. Des san bloß solchene Redensarten.
MERKL: I bi scho liaba a lebendiger Hund, als wia r'a toter Professa.
ASSESSOR: Es gibt Gott sei Dank noch höhere Gesichtspunkte; nicht alle Leute kleben am Dasein.
LAMPL: Auweh! Des hätt i liaba net g'hört. Wissen'S, Herr Assessa, mir hamm unser Schuldigkeit tho, anno siebazgi, weil's amal sei hat müassen. Dabei san net viele Sprüch g'macht worn. Des is erscht die neue Mod. Aba mir san deswegen scho do g'wesen.
BEZIRKSAMTMANN: Gewiß. Die Truppen haben sich zur vollen Zufriedenheit der betreffenden Regierungen verhalten.
ASSESSOR: Gestatten, Herr Bezirksamtmann, ich bin der letzte, der das bestreiten möchte, allein ...
BEZIRKSAMTMANN *mit erhobener Stimme ihn unterbrechend:* Die maßgebenden Stellen haben einerseits die Siege, andererseits die Disziplin der beteiligten Soldaten des öfteren lobend erwähnt.
ASSESSOR: Ich möchte nie das Gegenteil behaupten.
LAMPL: Es is net so bös g'moant g'wesen. De junga Leut hamm halt an Eifer. No, i muaß sagen, es is wieder lustig g'wen aa. Woaßt a's no, Hahnriader, wia ma auf Paris marschiert san?
HAHNRIEDER: Do hamm ma mehra Wei trunken, wia Wasser. Und guat war er.
LAMPL: Und de Madeln! Herrschaftseiten, des hat mi oft g'reut, daß ma allaweil glei wieda furt hamm müassen.
HAHNRIEDER: Leider, leider!
LAMPL: Woaßt a's no, in Epernei?
HAHNRIEDER: Freili woaß i's. Do is mir was schö's passiert. Mir san in's Quartier kemma. Koa Mensch net dahoam. I geh

über d' Stiegen nauf, klopf überall'n o, rührt si nix. Auf oamal hör i was hinter a Tür. I tauch a bissel ani und die Tür gibt noch. Jetzt geht im Zimma drin a G'schroa o, des is ganz aus g'wen. Wia'r i schaug, is a Frauenzimmer. Nimma jung; sie hat so a kloas Schnurrbartl g'habt, so a bissel ... so ... als wia d' Frau Bezirksamtmann. De is auf die Kniea niederg'fallen und woant und bitt. Was willst denn? sag i, i vasteh di ja net. Da woant's allaweil no mehra. Jetzt bin i aba gifti wor'n. Du alte Trummel, hab i g'sagt, moanst vielleicht, i möcht was? Da schneidst di, hab i g'sagt, so an alt's Fell rührt koa boarischer Soldat net o. Dös muaß sie vastanden hamm, denn nacha hat's aufg'hört.

LAMPL: Ja, bal's aba a junge g'wen waar, Hahnriader?

HAHNRIEDER: Do garantiert der Staat net.

SEDLMAIER: Du bist allemal an alter Spitzbua g'wen.

LAMPL: I glaab, er waar heunt no net sauber.

HAHNRIEDER: Du hast recht, sollst leben, alter Schwed, Tropf elendiger!

HÄBERLEIN *singt ziemlich stark lallend:*

Wer will unter die Soldaten,
Der muß haben ein Gewehr;
Das muß er mit Pulver laden
Und mit einer Kugel schwer.

LAMPL: Ja, was is denn mit 'n Herrn Häberlein? I glaab glei...

SEDLMAIER: Der wird heunt no; i kenn eahm guat.

HÄBERLEIN *wie vorher:*

Der muß an der linken Seiten
Einen scharfen Säbel ha'n,
Daß er, wenn die Feinde streiten,
Schießen und auch fechten kann.

LAMPL: Er ko halt net viel vertragen.

FRAU BEZIRKSAMTMANN: Der Empfang für den Herrn Regierungsdirektor wächst sich immer feierlicher aus.

BEZIRKSAMTMANN: Hm; ja! Herr Häberlein, ich habe Nachricht, daß Herr Regierungsdirektor Steinbeißel kommt.

HÄBERLEIN *verständnislos glotzend:* S... S... So?

BEZIRKSAMTMANN *mit starker Betonung:* Der Herr Regierungsdirektor Steinbeißel.

Häberlein: S... S... So? De... Der Stei... Stei... Steißelbein kommt ... s ... so?

Assessor: Die Sache wird direkt peinlich.

Frau Bezirksamtmann: Ich habe das kommen sehen, aber natürlich ...

Bezirksamtmann: Ich werde im rechten Momente die richtigen Anordnungen treffen.

Lampl: So a kloa's Räuscherl macht ja nix. Des vergeht glei wieder.

Sedlmaier: Des passiert eahm öfter. Er trinkt allaweil so staadlusti weiter.

Frau Neusigl: Ein schwarzer Kaffee tut oft Wunder. Ich weiß noch recht gut, vor zwei Jahr; da hat der Bruder von meinem Mann, der Oberaufseher in Laufen, bei uns ein bißchen zu viel erwischt; das heißt, damit ich es recht sage, er war bloß so, wie man zu sagen pflegt, etwas ... etwas angesäuselt. Und da hab ich...

Assessor: Herr Bezirksamtmann, gestatten Sie vielleicht, daß ich jetzt einen Toast ausbringe?

Bezirksamtmann: Warten Sie noch, bis der Herr Regierungsdirektor kommt; es kann nur mehr einige Minuten dauern. *Die Unterhaltung wird immer lebhafter. Es sprechen alle miteinander. Ziemlicher Lärm. Gelächter.*

Frau Neusigl: Dann nehmen Sie eine Limonade, Herr Häberlein, und legen Ihnen einen kalten Umschlag über. Sie werden sehen, das hilft Ihnen, gerad so, wie meinem Schwager.

Häberlein: He... helfen? Ich brauch do... doch keine Hi... Hilfe?

Frau Neusigl: Nein, nein. Ich sag ja bloß, wenn, für den Fall, daß ...

Grubhofer: Des kon i dir fei net vagessen, Merkl, vastehst? Des mit die Niederrother Deanstboten.

Merkl: Was brauchst denn du ins Sünzhauserer so hart reden? Is dir scho amal oaner was schuldi blieben?

Grubhofer *mit dem Zeigefinger drohend:* Des hätt'st net sag'n soll'n, Merkl; des hätt'st dir überlegen müaßen.

Merkl *immer lauter:* Is dir scho amal oaner was schuldi blieben?

Grubhofer *ebenso:* Des kunnt di fei reu'n, Manndei, des sag i dir, des hätt'st da guat überlegen müaßen.
Merkl *sehr laut:* Hat di scho amal oaner net zahlt?
Lampl: Jetzt fanga's scho wieder o! Ös seids aba do scho elendige Kampeln.
Merkl: Muaß i mi denn alles g'fall'n lassen?
Assessor: Vielleicht wäre es doch gut, wenn ich den Toast ausbringen würde?
Grubhofer: Du brauchst di gor nix g'fallen z'lassen, aba du hättst des net sagen derfa, von de Deanstboten. Hast g'hört?
Merkl *sehr laut:* Wos?
Lampl: Guat war's scho, Herr Bezirksamtmann, wenn jetzt a Red kummet.
Bezirksamtmann *nervös die Uhr ziehend:* Ich erwarte jeden Augenblick die Ankunft des Herrn Regierungsdirektors.
Lampl: Muaß der bei der Red dabei sei?
Bezirksamtmann: Ich habe das im Programm so vorgesehen.
Frau Bezirksamtmann: Wo ist denn das Programm bei dieser – – dieser Kirchweih?
Grubhofer *immer lauter:* Und überhaupts is bei mir no koa Deanstbot vahungert.
Merkl *ebenso:* Hat di scho amal oaner net zahlt?
Frau Bezirksamtmann: Ich bitte Sie, Herr Assessor, sprechen Sie!
Bezirksamtmann: Aber …
Frau Bezirksamtmann: Ich will es. *Der Assessor erhebt sich halb, Hahnrieder steht rasch auf und klopft stark an sein Glas. Der Assessor setzt sich wieder.*
Hahnrieder: Hochgeehrte Festversammlung?
Lampl: Pst! Pst!
Grubhofer *schreiend:* Du bist ja a ganz schlechter!
Lampl: Herrgott, seid's amal staad!
Sedlmaier: An Ruah geben!
Lampl: Der Hahnriader will reden. Pst! *Es wird ruhig.*
Frau Neusigl *im Gespräch fortfahrend zu Häberlein:* Und dann essen Sie morgen einen recht stark gesalzenen Hering.
Häberlein: Wa… Warum?
Frau Neusigl: Ich mein bloß.

LAMPL: Pst!

HAHNRIEDER: Meine Herren! Kameraden! Oha, jetzt waar i beinah in mei Veteranared neikemma. Hochgeehrte Festversammlung! Wir haben mit geziemenden Worten gefeiert den wohlgeborenen Herrn Peter Neusigl von hier. Wir müssen uns jetzt nach wem andern umschauen, wo noch nicht gefeiert worden ist. Wenn ich so im Kreise herumschaue, dann sehe ich jemand, der kann's nicht erwarten, daß ich ihn nenne.

BEZIRKSAMTMANN *räuspert sich heftig; indigniert zum Assessor:* Nachdem Sie doch einmal das Wort hatten ...

ASSESSOR: Pardon! Ich ...

LAMPL: Pst! Pst!

HAHNRIEDER *fortfahrend:* Es gibt jemand, der hat schon Angst, daß wir ihn vergessen, und er zappelt mit den Füßen vor lauter Ungeduld ...

FRAU BEZIRKSAMTMANN: Gratuliere, Heinrich!

ASSESSOR: Fabelhafte Taktlosigkeit! *Bezirksamtmann rückt sehr unruhig auf seinem Sessel.*

LAMPL: Pst!

HAHNRIEDER: Er zappelt mit den Füßen und kann es nicht erwarten. Und wen meine ich? *Sieht spaßhaft im Kreise herum.* Wen habe ich auf der Latten? Den, wo ich anblinzle, der ist es ... es ist ... es ist unsere Frau ... Frau ... die Frau Neusigl ist es. *Der Bezirksamtmann, der Assessor und die Frau Bezirksamtmann sehen sich bedeutungsvoll an und zucken die Achseln. Die andern lachen.*

ASSESSOR: Man erlebt immer eine neue Überraschung.

FRAU BEZIRKSAMTMANN: Das ist stark.

LAMPL: Pst!

HAHNRIEDER: Wir müssen sie loben, wenn es ihrem Peter auch schon nicht recht ist, weil er meint, sie wird ihm zu stolz. Aber er hat eine Medaille gekriegt, da muß sie wenigstens eine ehrenvolle Erwähnung kriegen. *Starkes Lachen.*

FRAU NEUSIGL: Aber Herr Hahnrieder, Sie sind einer!

HAHNRIEDER: Wenn sie nicht so auf ihn aufgeschaut hätte, dann hätte er seinen Dienst nicht so lange machen können ...

NEUSIGL: Das ist wahr!

HAHNRIEDER: Sie hat ihrem herzallerliebsten Peter gut aufgekocht, daß er nicht von der Kraft gekommen ist. *Frau Neusigl zieht wieder ihr Taschentuch hervor.* Sie hat ihn mit Liebe gepflegt, aber auch mit Strenge, wenn er zu spät heimgekommen ist. Ich will nichts verraten, aber der, den wo es angeht, der wird es schon wissen. *Starkes Lachen.*

FRAU NEUSIGL *steckt das Taschentuch wieder ein:* Nein, Sie sind einer!

HAHNRIEDER: Und in der Früh, da hat sie ihn rechtzeitig fortgeschickt, wenn es ihn auch gar nicht gefreut hat, weil er im Bett hätt bleiben mögen, ich weiß schon warum. *Sehr starkes Lachen.*

FRAU NEUSIGL: Na, so was!

NEUSIGL: Des is a Tropfenberger!

HÄBERLEIN *singt lallend mit Hätscher:*

Das ist die Liebe, hupp!
Das ist die Liebe,
Das ist die Liebe ... lie... lie, hupp!

LAMPL: Pst! Staad sei!

HAHNRIEDER: Darum, weil sie eine richtige Köchin ist, hat sie dem Peter das Leben nicht versalzen, aber sie hat ihm auch nicht zu viele Süßigkeiten der Liebe gegeben. *Lachen.* Durch dieses rufen wir am heutigen Freidentage: Die Frau Neusigl soll leben hoch! hoch! hoch! Mit gedämpfter Stimme hoch! *Bezirksamtmann, seine Frau und der Assessor bleiben sitzen. Die übrigen drängen sich lachend und lärmend um die Eheleute Neusigl und stoßen an.*

LAMPL: Gel, Frau Neusigl, der hat's Eahna g'sagt?

SEDLMAIER: Auweh, Peter! Der hat di aufbracht.

FRAU NEUSIGL: Nein, eine solchene Verlegenheit, Sie sin einer! Da hört sich alles auf.

HAHNRIEDER: Is ja alles wahr, was i g'sagt hab', gel Peter?

NEUSIGL: No, a bisserl was is scho dro.

FRAU NEUSIGL: Schamst dich nicht, so was zum sagen?

HÄBERLEIN *singend:* Das ist die Liebe, Lie... liebe, hupp! *Die Gäste setzen sich nieder.*

LAMPL: Siehgst, Hahnrieder, du bist a solches Viech, aba grad koa G'schäft ko ma mit dir macha.

HAHNRIEDER: Wenn i recht dumm waar, gang's leichter, moanst. Gel?

Lampl: Allerdings; aba gar z' g'scheidt is aa nix. Mit dein Viechhandel derfst hoamgeh.
Hahnrieder: Des druckt di halt, han?
Lampl: Is ja wohr! Vierz'g Pfenning! Achtadreiß'g waar aa no a Wort, aba vierzig des is ja narrisch. Paß auf, Hahnriader, weil ma so schö beinand san, schlagst ei. Achtadreiß'g, nacha g'hört 's Kaibi mei; werd nix mehr g'redt. Also, gelt scho?
Hahnrieder: I mog it.
Lampl: Des reut di, so lang als d' lebst.
Hahnrieder: Vo mir aus. I mog halt net.
Lampl: Also is nix. Aba deswegen sag i do, daß dei Red schö war, gelten'S, Herr Bezirksamtmann?
Bezirksamtmann: Ich bin im allgemeinen kein Freund von solchen Späßchen.
Assessor: In Gegenwart von Damen würden solche neckische Andeutungen besser unterbleiben.
Frau Bezirksamtmann: Mich wundert heute gar nichts mehr.
Lampl: Ja, was waar denn dös? Des is ja bloß lusti, und is ganz was Natürlichs, daß ma verheirate Leut a bissel aufzwickt.
Assessor: Das ist Ansichtssache.
Lampl: Eahna Vorfahrer, der Herr Assessa Nagel war net a so. Dem is a Witz net leicht scharf gnua g'wen.
Bezirksamtmann: Der Herr Kollega Nagel, welcher jetzt Bezirksamtmann in Dingelstetten ist?
Lampl: Ja. Herrschaft, hat der G'schichterln erzählen kinna. De war'n pfeffert!
Bezirksamtmann: Er hat sich im hiesigen Distrikte sehr eifrig für die Moorkultur interessiert und manches Gute geschaffen.
Lampl: Des is a lustiger Herr g'wen. Wann i denk, was der für G'schichterln g'wißt hat!
Bezirksamtmann: Die Birkenpflanzungen im Gräbenried sind sein Werk.
Lampl: Der hat Sachen erzählt, daß ma si glei buklat hat lachen müassen. Amal hat er was zum besten geben, wart! Wia is jetzt des g'wesen? Ja, so hat's g'hoaßen: Reiseerlebnisse eines Flohes. Ha! Ha! Ha! Des is a saftige G'schicht! Ha! Ha! Ha! Des muaß i Eahna verzählen. Ha! Ha! *Lacht so unbändig, daß er nicht zusammenhängend sprechen kann.*

BEZIRKSAMTMANN: Die Gräbenrieder Kultur ist ein deutlicher Beweis dafür, wie nützlich die Birke …

LAMPL: Also da is amal a Floh g'wesen; haha! ha! Der … ha, ha, ha! der is auf seiner Wanderschaft auf an Platz kemma, ha, ha! wo's eahm ausnehmend guat g'fallen hat. Der is … ha, ha, ha … der is … ha, ha! Wo moanen'S, daß der g'wen is?

BEZIRKSAMTMANN: Erzählen Sie mir die Geschichte auf meinem Bureau, Herr Lampl.

LAMPL: Warum denn? Koa jung's Madel is ja net do.

BEZIRKSAMTMANN: Ich ersuche Sie wirklich …

BEZIRKSAMTMANN: Derf's d' Frau Gemahlin net hören? No, vo mir aus. Aba ha, ha, ha! Wissen tuat sie's guat, des Platzerl ha, ha, ha!

FRAU BEZIRKSAMTMANN *wütend:* Erfordert die Staatsraison, daß dieses Volksfest noch lange dauert?

BEZIRKSAMTMANN: Nur keinen Eklat, wegen der paar Minuten!

FRAU BEZIRKSAMTMANN: Ich habe es satt! Ich bleibe nicht mehr.

BEZIRKSAMTMANN: Babette!

LAMPL: Des is schad, daß i de G'schicht net erzählen derf. Was der Floh alles derlebt hat, ha, ha!

BEZIRKSAMTMANN: Babette!

BABETTE: Ja, gnä Herr!

BEZIRKSAMTMANN: Fragen Sie beim Postbräu nach, ob Herr Regierungsdirektor Steinbeißel schon eingetroffen ist.

BABETTE: Ja, gnä Herr!

FRAU BEZIRKSAMTMANN: Aber eilen Sie! *Babette ab. Die Unterhaltung wird auch am unteren Tischende lebhafter.*

SEDLMAIER: Gruabhofer und Merkl, ös müaßts mitanand o'stoßen. Gebt's nach!

MERKL: I mog it.

HAHNRIEDER: Der Streit hat koan Wert. Es is bloß a Spaß g'wen.

MERKL: I mog it, sag i.

GRUBHOFER: Du brauchst scho net mögen. Paß auf, des hast net umasunst g'sagt, daß mir insere Deanstboten nix z'essen geben.

MERKL: Is dir in Sünzhausen scho amal oaner was schuldi blieben?
GRUBHOFER: Des mach i advikatisch.
MERKL: Vo mir aus, daß d'as woaßt, du ganz Schlechter!
GRUBHOFER *schlägt bei jedem dritten Wort mit der Hand auf den Tisch:* Wos hast g'sagt? Wos bin i? Wo steht des, daß du des sag'n derfst? Des muaßt du aufweisen.
HAHNRIEDER: Jetzt bist aber staad! Was waar denn des? Du bist do net im Wirtshaus!
MERKL: Wos braucht denn er mi ...
SEDLMAIER: Ganz staad seid's, alle zwoa! Schamt's enk do!
FRAU NEUSIGL: Geh, sind's doch ruhig, Herr Merkl!
NEUSIGL: An mein Jubiläum werd's do net raffen!
FRAU NEUSIGL: Was sagt denn der Herr Bezirksamtmann! Und erst sei Frau! Ma sieht's ihr an, wie arg ihr des is, daß unser schönes Fest g'stört wird.
HAHNRIEDER: Es is jetzt scho wieder guat. Jetzt kummt nix mehr vor.
FRAU NEUSIGL: Hoffentlich! Du, Peter, ich setz mich ein bissel zu der Frau Bezirksamtmann nunter, daß sie doch eine Ansprache hat!
NEUSIGL: Freili, da hast ganz recht. *Frau Neusigl nimmt ihren Stuhl und stellt ihn zwischen den Bezirksamtmann und seine Frau, macht einen Knix und setzt sich dann.*
FRAU NEUSIGL: Mit Erlaubnis!
LAMPL: Je, d' Frau Neusigl. Kemmen'S zu uns rauf?
FRAU NEUSIGL: Ich muß mich doch ein bissel umschauen.
LAMPL: Uns geht's guat. Ich hätt beinah a G'schicht verzählt von an Floh. Aba der Herr Assessa derf's net hören. Der kunnt verdorben wer'n.
FRAU NEUSIGL: Das wird wieder was sein. Is scho besser, wenn Sie's nicht erzählen.
LAMPL: Hamm's a kloane Ahnung?
FRAU NEUSIGL: Man kennt die Herren schon, wenn's einmal lustig sind. Wissen'S Frau Bezirksamtmann, da sind alle Herren gleich. Sie werden auch schon die Erfahrung gemacht haben.
LAMPL: U jegerl! D' Weiberleut bal alloa beinand san, da wer'n aa net lauter Rosenkränz bet'.

Frau Neusigl: Solchene Geschichten werden unter uns Damen doch schon nicht erzählt.
Lampl: Sie san a guat's Hascherl. Aba Sie hamm ja an Peter alloa da drunt lassen! Der werd glei s' Woana ofanga.
Frau Neusigl: Der kann's oft länger ohne mich aushalten.
Lampl: Na, na! Glei gehst rauf, Peter! Da sitz di neben mir her!
Neusigl: Wenn's erlaubt is. *Er steht auf und stellt seinen Stuhl zwischen Bezirksamtmann und Lampl.*
Bezirksamtmann: Hier wird Herr Regierungsdirektor sitzen.
Lampl: Lassen'S nur mi arranschieren, Herr Bezirksamtmann. Unsern Jubilar müassen wir da hamm. Do sitz di her!
Neusigl: Aba ...
Lampl: Net lang reden, sag i.
Bezirksamtmann: Einen Moment können Sie Platz nehmen. *Neusigl setzt sich.*
Frau Neusigl: Nein, wie uns das freut, daß Sie einen solchen Anteil an uns nehmen, Frau Bezirksamtmann, das ist gar nicht zum Sagen.
Frau Bezirksamtmann: Wo bleibt Babette so lang?
Bezirksamtmann: Sie könnte schon da sein.
Frau Neusigl: Das Mahl ist sehr gelungen. Gekocht war ausgezeichnet. Besonders die Gans war sehr mürb.
Neusigl: Ja, diese Ehrung! Des is scho großartig! Des tat net a jeder!
Frau Neusigl: Und wissen'S Frau Bezirksamtmann, es is ja auch wegen die Leut. Man wird ganz anderst ästimiert. Erst gestern hat die Kaufmann Liegel g'sagt: o mein, sagt sie, was ist denn auch dabei? Er kriegt halt, hat sie gesagt, so eine silberne Medaille angehängt, die, wo, sagt sie, höchstens fünf Mark wert ist. Wenn sie ihm zwanzig Mark bar geben täten, könnt er sich wenigstens eine Hosen kaufen. Die Leut verstehen das gar nicht so; die denken ganz anders, wie unsereins. Jaja. –
Frau Bezirksamtmann: Wo bleibt dieses faule Frauenzimmer?
Neusigl: Ma muaß sagen, was recht is. I hab scho viel Vorg'setzte g'habt, aba über'n Herrn Kranzeder steht nix auf.
Lampl: Bist z'frieden damit?
Neusigl: Um des wird unseroaner net g'fragt. Des woaß i scho.

Aba des derfst mir glauben, es gibt net viel, die wo das Talent haben von unsern Herrn Bezirksamtmann. Und wer tat des glei, daß er unseroan so ehren möcht?

LAMPL: Der Herr Bezirksamtmann werd halt mit dir aa z'frieden sei, net?

NEUSIGL: Allerdings, aba da gibt's viele, die wo des net so achten.

FRAU NEUSIGL: Du mußt nicht so bescheiden sein, Peter. Wissen's Frau Bezirksamtmann, mein Mann ist schrecklich, was das anbelangt. Erst vor acht Täg hab ich mich wieder ärgern müssen. Da ist der Marktschreiber mit seiner Frau in die Kirch gangen. Die hat gar nicht gewußt, wie sie sich drehen muß, weil sie einen neuen Hut aufgehabt hat; eine Feder, so lang. *Zeigt es.* Was tut mein Peter? Steht er nicht auf und macht der Person Platz?

BABETTE *tritt herein:*

FRAU BEZIRKSAMTMANN *wütend:* Endlich kommen Sie einmal! Wo stecken Sie?

BEZIRKSAMTMANN: Ist Herr Regierungsdirektor schon hier?

FRAU BEZIRKSAMTMANN: Reden Sie doch!

BABETTE: Eine schöne Empfehlung vom Herrn Posthalter, und er weiß gar nichts. Es ist niemand da.

BEZIRKSAMTMANN: Das verstehe ich nicht. Es ist drei Uhr durch.

BABETTE: Vielleicht ist er beim Neuwirt?

BEZIRKSAMTMANN: Nein, das ist ausgeschlossen. Nun weiß ich nicht, wie ich daran bin.

FRAU BEZIRKSAMTMANN: Das ist doch sehr einfach. Wir verlängern das Fest; es ist ja so nett!

LAMPL: Des is a Wort. Wenn der Herr kimmt, is recht; wenn er net kimmt, is aa gleich. Mir bleiben beinand.

FRAU NEUSIGL: Und sind recht gemütlich. *Babette ab.*

NEUSIGL: Machen's Eahna nix draus, Herr Bezirksamtmann. Es is ja schö, daß Sie so an hohen Herrn zu meiner Ehrung herb'stellt hamm. I nimm's als empfangen.

FRAU BEZIRKSAMTMANN: Siehst du, Heinrich.

BEZIRKSAMTMANN: Eine Viertelstunde warte ich noch. Meinst du nicht?

FRAU BEZIRKSAMTMANN: Du hast meinen Rat nicht gewünscht.
FRAU NEUSIGL: Wo bin ich stehen blieben? Ja, bei der Frau Marktschreiber. Denken Sie Ihnen nur, mein Mann geht aus dem Betstuhl heraus und macht der Person Platz. Ich hab zu ihm gesagt, wie kannst du so was tun? Was ist denn der Herr Marktschreiber? hab ich gesagt. Ein Gemeindebeamter ist er halt. Was sollen die Leut denken, Frau Bezirksamtmann, wenn mir als Staatsbeamte solchene Leut vorlassen? Und besonders wegen so einer Person! Einen Hut hat sie aufgehabt, sag ich Ihnen ...
HÄBERLEIN *klopft heftig an das Glas:* Si... Si... Silentium!
SEDLMAIER: Je, der Herr Lehrer!
HÄBERLEIN: Ho ... hochgeehrte Versamm... Versammlerung! Lie... liebe Chr... Christengemeinde! *Häberlein hat sich hinter seinen Stuhl gestellt, den er krampfhaft festhält. Dabei wackelt er stark und hat Mühe, stehen zu bleiben.* Wi... wir haben noch ei... eine Pf... Pf... Pflicht zu erfüllen. Es gi... gibt ein S... S... Sprichwort, da... da... das heißt: Beim Br... Br... Braten gedenkt man d... der Hau... Hausfrau. Ja ... haben wir an die Hau... Hausfrau gedenkt? O... ho... ho... o nein! Und we... wenn wir es ni... nicht bald tun, wa... was wird s... sich de... der ho... ho... hochwürdige Ge... Gemahl denken? *Unbändiges Lachen.*
LAMPL *ruft:* Aba Herr Lehrer!
BEZIRKSAMTMANN *sehr zornig:* Herr Häberlein, ich wundere mich über Ihr Benehmen.
ASSESSOR: Es ist skandalös.
LAMPL: Herr Bezirksamtmann, lassen'S 'n, er versteht Eahna do nimmer.
HÄBERLEIN: Also ha... haben wir es ge... gehört, der He... Herr Bez... Bez... Bezirksamtmann wu... wundert sich schon. Und wa... warum s... sollen wir sei... seine Ge... Gemahlin nicht feiern? Ist sie ni... nicht ein l... lebendiges Bei... Beispiel für da... das Wort: Ju... Jugend vergeht, Tu... Tugend besteht?
BEZIRKSAMTMANN: Ich kann das nicht länger dulden.
FRAU BEZIRKSAMTMANN *gleichzeitig aufspringend:* Eine Infamie!

LAMPL: Niedersitzen, Häberlein!
HÄBERLEIN: Wa... Warum? *Sedlmaier drückt ihn auf seinen Stuhl nieder. Allgemeiner Tumult.*
MERKL *schreiend zu Grubhofer:* Du ganz schlechter Kerl! Du Haderlump!
GRUBHOFER *noch lauter:* Wos? *Grubhofer faßt Merkl an die Kehle. Merkl schlägt auf Grubhofer los.*
GRUBHOFER: Hob i, du Herrgottsbazi!
MERKL: Sag's no amal! *Schlägt.* Do hast was! Und do hast was!
NEUSIGL, HANRIEDER, SEDLMAIER, LAMPL *schreiend:* Aufhören! Auslassen! Merkl! Schamt's Enk! Gruabhofer! *Im Geraufe fällt der Tisch um.*
FRAU NEUSIGL: Jesses! Jesses Mariand Josef! Unser Fest! Unser Fest!
FRAU BEZIRKSAMTMANN *wütend zu ihrem Mann, der ratlos dasteht:* Da hast du die Quittung für deine ... deine Dummheit! Willst du dir nicht einen Prügel holen? Herr Assessor, Ihren Arm! *Sie will mit dem Assessor rasch hinaus. In diesem Augenblick wird die Tür aufgerissen.*
BABETTE *ruft herein:* Der Herr Direktor ist da! *Regierungsdirektor Steinbeißel, ein streng aussehender Herr, tritt ein und blickt erstaunt auf die Balgerei.*
REGIERUNGSDIREKTOR STEINBEISSEL: Was ist das? Was soll das heißen?
BEZIRKSAMTMANN *stotternd:* Ich ... Ich habe im Sinne seiner Exzellenz zu ... zu handeln geglaubt ... und die allerhöchste Verleihung der Verdienstmedaille durch eine ... äh ... entsprechende ... äh ... Festlichkeit begangen.
REGIERUNGSDIREKTOR STEINBEISSEL *sehr gedehnt:* Soo?

Die Lokalbahn

Komödie in drei Akten

HANDELNDE PERSONEN

Friedrich Rehbein, rechtskundiger Bürgermeister von Dornstein
Anna Rehbein, seine Frau
Susanna, beider Tochter
Karl Rehbein, Major a. D., Bruder des Bürgermeisters
Frieda Pilgermaier, Schwester der Bürgermeisterin
Dr. Adolf Beringer, Amtsrichter, Bräutigam der Susanna Rehbein
Josef Schweigel, Brauereibesitzer
Franz Stelzer, Kaufmann
Anton Hartl, appr. Bader
Mathias Kiermayer, Schreinermeister
Xaver Gruber, Schlossermeister
Peter Heitzinger, Redakteur des Dornsteiner Wochenblattes
Alois Gschwendtner, Buchbindermeister
Jakob Lindlacher, Drechslermeister
Marie, Dienstmädchen bei Rehbein

Bürger von Dornstein, Frauen, Kinder, Musikanten
Zeit: Gegenwart
Ort: Dornstein, eine deutsche Kleinstadt.

ERSTER AKT

Garten
Der erste Akt spielt im Gartenzimmer der Wohnung des Bürgermeisters Rehbein. Großes Zimmer; nach rückwärts durch die Fenster und die offene Tür Blick in den sommerlichen Garten. Heißer Sommernachmittag.

Erste Szene

Frau Bürgermeister, ihre Tochter Susanna, Major Rehbein sitzen beim Kaffee.

MAJOR *über seine Zeitung wegblickend:* Der Fritz muß nun bald kommen?
FRAU BÜRGERMEISTER: Wenn er am Vormittag fertig wurde. *Seufzt* Ach ja!
MAJOR: Hm! *Liest wieder die Zeitung und raucht an der Pfeife.*
FRAU BÜRGERMEISTER: Ach Gott, ja! Suschen, gib mir den Honig. *Suschen reicht ihr die Schale; die Bürgermeisterin streicht Honig auf ihr Brötchen und seufzt wieder.* Wenn er nur schon wieder glücklich zu Hause wäre!
MAJOR *über die Zeitung weg:* Was soll ihm denn passieren? Gestern abend ist er in die Stadt, und heute kommt er wieder.
FRAU BÜRGERMEISTER: Er hat eine Unterredung mit dem Minister.
MAJOR: Das ist nicht immer angenehm, aber lebensgefährlich ist es nicht.
FRAU BÜRGERMEISTER: Mit dir kann man über so was nicht reden. *Zu Suschen* Gib mir nochmal den Honig!
SUSCHEN *reicht ihr die Schale:* Was tut Papa beim Minister?
FRAU BÜRGERMEISTER: Du weißt doch, wegen der Bahn.
SUSCHEN: Immer die Bahn!
FRAU BÜRGERMEISTER: Man hört nichts anderes mehr seit einem Jahr. Die Bahn, und die Bahn.
SUSCHEN: Mein Adolf sagt auch, es sei gräßlich.

MAJOR *brummig:* So?
SUSCHEN: Und er sagt, er wäre mit dem Streit gleich fertig, wenn er zu entscheiden hätte.
MAJOR: Sagt das der Adolf?
SUSCHEN: Ja, und er hat auch ganz recht.
MAJOR: Na, überall sind der Herr Amtsrichter nicht maßgebend.
FRAU BÜRGERMEISTER: Mir wäre alles recht, wenn Fritz sich nicht so weit einlassen würde.
MAJOR: Das muß er wohl oder übel.
FRAU BÜRGERMEISTER: Er hat die ganze Arbeit, und dazu die Aufregung.
MAJOR: Was ist denn dabei, wenn er dem Minister Vorstellungen macht?
FRAU BÜRGERMEISTER: Wenn er ruhig wäre! Aber, er war so wütend.
MAJOR *lacht:* Der Fritz?
FRAU BÜRGERMEISTER: Ja. Hättest du ihn nur gehört! In der Nacht hat er mit sich selber geredet, und beim Abschied sagte er, daß er einmal gründlich von der Leber weg reden wolle.
MAJOR: Die Fahrt in die Residenz dauert vier Stunden. Da vergeht ihm der Zorn, wie ich ihn kenne.
FRAU BÜRGERMEISTER: Du beurteilst ihn ganz falsch. Er kann schrecklich aufbrausen.
MAJOR: Wenn er's nur tät'!
FRAU BÜRGERMEISTER: Ja freilich!
MAJOR: Das hätte sich schon vor einem Jahr gehört.
FRAU BÜRGERMEISTER: Ich habe die größte Angst, daß er sich hinreißen läßt.
SUSCHEN: Adolf sagt oft, Papa sei viel zu frei in seinen Äußerungen.
MAJOR: Ja, wenn man eben so korrekt ist wie dein Amtsrichter.
SUSCHEN: Du bist immer gegen ihn, Onkel – und... *Von links tritt Dr. Beringer ein; blond, trägt Brille. Typus eines jungen Pedanten, Suschen springt ihm entgegen.*

Zweite Szene

Frau Bürgermeister. Suschen. Major. Dr. Beringer.

SUSCHEN: Servus, Schatz!
BERINGER: Aber Suschen! Guten Tag. Immer so burschikos!
MAJOR *hinter seiner Zeitung:* Gewöhn dir's ab, Susanna Rehbein!
BERINGER: Guten Tag, Herr Major.
MAJOR: Guten Tag.
FRAU BÜRGERMEISTER: Du trinkst mit uns Kaffee, Adolf?
BERINGER: Ich sollte eigentlich ins Bureau.
SUSCHEN: Nein. Du mußt bleiben.
BERINGER: Also auf eine Tasse. *Er setzt sich, Suschen stellt ihm eine Tasse hin und nimmt aus der Dose einige Stücke Zucker.*
SUSCHEN: Wieviel Zucker heute? Drei?
BERINGER: Du weißt, ich nehme mir selbst. *Nimmt sich aus der Zuckerdose etwas umständlich drei Stücke, Suschen legt die ihrigen auf den Tisch und schenkt ihm den Kaffee ein.*
BERINGER: Papa ist noch nicht zurück?
FRAU BÜRGERMEISTER: Nein; der Omnibus muß Verspätung haben.
BERINGER: An der Post habe ich ein paar Leute gesehen. Die erwarteten ihn scheinbar, das ist ja eine fürchterliche Wichtigkeit.
FRAU BÜRGERMEISTER: Gerade haben wir davon gesprochen.
SUSCHEN: Wer war an der Post?
BERINGER: Herr Stelzer und noch ein paar. Der Herr Schweigel natürlich.
SUSCHEN: Hast du mit ihnen geredet?
BERINGER: Nein. Ich bin froh, wenn ich nichts höre. Die Leute tun ja so, als ob die ganze Welt von ihrer Bahn abhinge.
MAJOR: Es ist doch klar, daß sie sich darum kümmern.
BERINGER: Gewiß. Aber das Ministerium hat definitiv entschieden, und da hilft alles Reden nichts mehr.
MAJOR: Man kratzt sich, wo's einen juckt.
BERINGER: Die Bahn ist ja genehmigt.
MAJOR: Aber wie! Der Bahnhof kommt eine Viertelstunde vor die Stadt hinaus.

BERINGER: Bis jetzt hat man zur nächsten Station drei Stunden mit dem Omnibus fahren müssen.
MAJOR: Das ist doch kein Grund, daß man die Bahn unpraktisch anlegt, wenn man sie schon einmal baut.
FRAU BÜRGERMEISTER: Ich habe gemeint, die ewige Streiterei nimmt ein Ende; warum ist jetzt auf einmal wieder der Spektakel?
MAJOR: Weil vorgestern ein Schreiben herauskam. Bis dahin hat man noch eine schwache Hoffnung gehabt.
BERINGER: Das Ministerium hat die Hetzerei satt bekommen und erklärt: »Entweder – oder.«
MAJOR: Sehr einfach. Entweder – oder.
BERINGER: Ja. Entweder kommt die Bahn dorthin, wo die Regierung sie haben will – oder sie kommt überhaupt nicht.
FRAU BÜRGERMEISTER: Mein Mann hat so eine Andeutung gemacht, aber er hat mir nichts Näheres gesagt.
MAJOR: Er ist ja deswegen in die Stadt, damit er den Minister noch umstimmt. Das wird was helfen! Wenn die Herren überhaupt sehen wollten, wäre es nicht zu dem Projekt gekommen.
BERINGER: Herr Major, ich habe als Jurist vielleicht so viel Verstand wie ein Normalbürger von Dornstein. Aber ich maße mir nicht an, in technischen Fragen mitzureden. Für mich ist maßgebend die Behörde; sie wird ihre Gründe haben.
MAJOR: Freilich hat sie Gründe. Aber keine sachlichen.
BERINGER: Ich muß wirklich bitten.
MAJOR: Bitten S' nicht lang und schauen Sie einmal her! *Er nimmt den Brotkorb und stellt ihn vor sich hin.* Das ist Dornstein. Verstanden?
FRAU BÜRGERMEISTER: Geht das schon wieder an?
MAJOR: Jetzt misch dich einen Augenblick nicht drein.
SUSCHEN: Ist das auch eine Unterhaltung?
MAJOR: Stillgestanden! Schauen Sie einmal her, Herr Amtsrichter! Ich habe ja nicht so viel Verstand wie ein Jurist, aber das kann ich Ihnen noch zeigen. *Nimmt wieder den Brotkorb.* Also, das ist Dornstein. Nicht wahr?
BERINGER *gelangweilt:* Nun ja.
MAJOR: Da rechts liegt Pertenstein. *Legt eine Semmel hin.* Von daher soll die Bahn gehen. Also, meint man, geht sie auf dem

schnurgeraden Wege hieher südlich. Der Boden ist eben und fest. Noch dazu käme der Bahnhof hart an die Stadt. Alle Gründe sind dafür. Aber nein, nichts da! Die Bahn muß da heroben *deutet* um die Stadt herum, durch nasses Terrain, schneidet den Garten vom Bierbrauer Schweigel mitten durch, und der Bahnhof liegt weitmächtig draußen. Sehen Sie da sachliche Gründe?
BERINGER *nervös:* Ich bin eben nicht Techniker. Ich sehe sie nicht, aber sie sind jedenfalls vorhanden.
MAJOR *sieht ihn einen Augenblick an:* Ja so. Da hätte ich mir die Arbeit sparen können. Tun wir den Bahnhof wieder weg! *Schiebt den Brotkorb zurück.*
FRAU BÜRGERMEISTER: Das ist auch das Gescheiteste. Ihr werdet ja doch nicht einig.
MAJOR: Allerdings.
BERINGER: Ich finde es – abgesehen von allem anderen – so zwecklos, an einer beschlossenen Sache rütteln zu wollen.
MAJOR: Auch dann, wenn man das Unrecht sieht?
BERINGER: Was, Unrecht!
MAJOR: Warum soll man Verstecken spielen? Jedermann weiß, daß der Baron Reisach für seine Ziegelei den Umweg durchgesetzt hat.
BERINGER: Er ist einmal der größte Industrielle im Bezirk.
MAJOR: Dann soll er sich selber ein Geleis bauen.
BERINGER: Ich begreife nicht, warum Sie sich darüber aufregen. Es muß Ihnen doch peinlich sein, wenn die Leute fortwährend über die Autorität losziehen.
MAJOR: Das ist mir ganz wurst. Ich begreife vielmehr nicht, wie einem bloß das gelten kann, was mit dem Amtssiegel petschiert ist.
BERINGER: Ich bin Beamter.
MAJOR: Wie ich jung war, hat man die Menschheit nicht in Beamte und sonstige Zweifüßler eingeteilt.
FRAU BÜRGERMEISTER: Jetzt hört aber auf!
SUSCHEN: Du bist recht garstig, Onkel!
BERINGER: Ich halte es für meine Pflicht, keine Kritik auszuüben.
MAJOR: Wenn man sieht, daß ein Unsinn gemacht wird, sagt man es frisch weg.

BERINGER *erregt:* Sie wollen doch nicht sagen, daß eine Behörde in ihrem Wirkungskreis einen Unsinn begeht?
MAJOR: Warum denn nicht? Halten Sie die Leute für unfehlbar?
BERINGER: In gewisser Beziehung – ja!
MAJOR *schlägt zornig auf den Tisch:* Drei Teufel übereinander! Da hört sich doch Verschiedenes auf.
FRAU BÜRGERMEISTER: Aber Schwager!
MAJOR: Das ist der richtige Hochmut! Deswegen werden heutzutag so viele Dummheiten gemacht! *Beringer ist aufgestanden, knöpft den Rock zu, nimmt den Hut und verbeugt sich sehr gemessen.*
BERINGER: Ich habe die Ehre.
SUSCHEN *steht ebenfalls auf:* Bleib, Adolf! Der Onkel meint es nicht so.
BERINGER *geht nach links:* Ich muß dir offen gestehen, daß mir derartige Szenen unangenehm sind. Meine Stellung erlaubt mir nicht, alles anzuhören. *Suschen schiebt ihren Arm unter den seinen; sie gehen zusammen links ab. Man hört Beringer noch unter der Tür sagen:* »Als Beamter habe ich gewisse Rücksichten zu üben...«

Dritte Szene

Frau Bürgermeister. Der Major.

FRAU BÜRGERMEISTER: Müßt Ihr denn immer streiten? Jedesmal fängst du an.
MAJOR: Da gehört eine Schafsgeduld dazu, wenn man so was hört.
FRAU BÜRGERMEISTER: Du bist schon zornig, wenn Adolf nur den Mund aufmacht.
MAJOR: Ich kann es nicht leiden, wenn einer sich stellt, als wenn er einen Ladstecken verschluckt hätte.
FRAU BÜRGERMEISTER: Mit dem Streiten wird auch nichts besser.
MAJOR: Es wird einem gleich viel wohler, wenn man seine Meinung heruntersagt.

Frau Bürgermeister *lebhaft:* Der Fritz! Da kommt der Fritz! *Durch die Gartentür treten ein Bürgermeister Rehbein, Bierbrauer Schweigel und Kaufmann Stelzer. Rehbein gutmütig, etwas altväterisch, in den fünfziger Jahren, Schweigel gesunder Bierbrauertypus, Stelzer mit kleinstädtischer Sorgfalt gekleidet, höflicher Kaufmann mit gewählter Sprechweise. Schweigel trägt diensteifrig den altmodischen Reisesack des Bürgermeisters.*

Vierte Szene

Frau Bürgermeister. Major. Bürgermeister. Schweigel. Stelzer.

Frau Bürgermeister *freudig:* Grüß Gott, Fritz!
Bürgermeister *sie auf beide Wangen küssend:* Grüß Gott, Mama! Da wären wir ja wieder daheim. So, Karl! *Schüttelt dem Major die Hand.* Das hätten wir überstanden. Wo ist den Suschen?
Frau Bürgermeister: Mit Adolf. Er ist gerade fort.
Bürgermeister: So, mit Adolf? Du, Mama, die Herren waren so liebenswürdig und haben mich an der Post abgeholt.
Frau Bürgermeister: Das ist nett von Ihnen.
Stelzer: Bitte sehr, Frau Bürgermeister. Nicht mehr wie billig. Als Vorstand des Gemeindekollegiums war es sozusagen meine Schuldigkeit. In dieser Beziehung.
Schweigel: Und mir hätten aa glei' wissen mögen, wia's ganga hat. Aba da Herr Bürgermoasta hat no koa Zeit g'habt zum verzählen vor lauter Freud, daß er wieda dahoam is.
Bürgermeister: Die Herren müssen zum Kaffee bleiben.
Frau Bürgermeister: Freilich. *Geht zur Tür links und ruft.* Marie, noch zwei Tassen! *Zu Stelzer und Schweigel.* Sie schenken uns doch die Ehre?
Stelzer: Bitte sehr, Frau Bürgermeister, die Ehre ist unsererseits. Wenn Sie erlauben, sind wir so frei.
Frau Bürgermeister: Wollen sich die Herren doch setzen. *Alle setzen sich.*
Bürgermeister: Das ist behaglich nach dem Trubel in der Stadt.

SCHWEIGEL: I bin aa jed'smal froh, wenn i wieda dahoam bi'.
STELZER: Unser Dornstein vereinigt sozusagen die Vorzüge des Stadt- und Landlebens! Man genießt die Ruhe und ist doch in den nötigen Lebensbedürfnissen nicht zu sehr beschränkt.
FRAU BÜRGERMEISTER: Aber erzähl doch, Fritz! Wie hat es gegangen?
SCHWEIGEL: Hamm S' an Minister troffen? *Zu Marie, welche den Kaffee gebracht hat und einschenkt.* A bissel mehr Milli, bitt schön.
MAJOR: Schieß mal los!
BÜRGERMEISTER: Es war ein heißer Tag, meine Herren. Ein sehr heißer Tag.
SCHWEIGEL: Und wer gibt nach? Mir oder de ganz andern?
BÜRGERMEISTER: Leider, meine Herren, zu meinem Bedauern *zuckt die Achseln*, ich konnte nichts mehr ändern.
SCHWEIGEL *heftig:* I hab's ja glei g'sagt. Da hat's koana glaab'n wollen. *Auf Stelzer deutend.* Da sitzt aa so oana, der allawei predigt hat: nur Ruhe – nur Ruhe! Jetzt hamm s' an Dreck. Entschuldigen schon, Frau Bürgermoasta.
STELZER: Wir, im Gemeindekollegium, glaubten, daß ein maßvolles Verhalten am besten sein würde.
SCHWEIGEL: Nix is – Hätt'n ma nur 's Maul besser aufg'rissen.
MAJOR: Also glattweg abgelehnt, Fritz?
BÜRGERMEISTER: Der Minister bleibt bei dem Entweder – Oder.
SCHWEIGEL: Und lacht uns brav aus.
BÜRGERMEISTER: Das nicht. Im Gegenteil. Es sind scharfe Worte gefallen.
SCHWEIGEL: Hoffentli, aba – –
STELZER: Lassen wir doch unsern Herrn Bürgermeister erzählen.
FRAU BÜRGERMEISTER: So fang doch einmal an, Fritz!
BÜRGERMEISTER: Gleich. Also ich fahre gestern früh in die Stadt. Sie können sich denken, in einiger Aufregung.
STELZER: Das läßt sich begreifen.
BÜRGERMEISTER: Ich komme an und werde gleich vorgelassen. Wie ich eintrete, sagte der Minister: »Ah, da ist ja mein lieber Bürgermeister von Dornstein!«

Schweigel *nachäffend:* »Mein lieber!« Da bals d' net gehst.
Bürgermeister: Ich sage: Exzellenz, ich komme heute in dringender Sache. »Weiß schon,« sagte er, »Sie wollen mich in der bewußten Angelegenheit sprechen.«
Schweigel: »Bewußt!« Dös is freili bewußt.
Bürgermeister: Dann sagte er: »Ich habe den guten Dornsteinern das Ultimatum stellen müssen. Die Sache geht sonst nicht vorwärts. Hoffentlich hat man sich jetzt eines Besseren besonnen.«
Schweigel *in den Tisch schlagend, daß die Tassen klirren:* Hast scho amal so was g'hört?
Stelzer: Die kommerziellen Interessen unserer Stadt sollten doch besser gewürdigt werden.
Schweigel *ungestüm:* Hamm Sie Eahna des g'fallen lassen?
Frau Bürgermeister: Was hast du gesagt, Fritz?
Bürgermeister: Mir ist das Blut siedheiß in den Kopf gestiegen. Ich denke mir, da hört sich doch die Gemütlichkeit auf.
Major: Ja, und?
Bürgermeister: Und... und ich trete einen Schritt zurück, und dann habe ich losgelegt. Aber gründlich! Exzellenz, sage ich, wo ist hier das Bessere? Warum, sagte ich, müssen wir uns eines Besseren besinnen? »Weil ich sonst nicht in der Lage bin, das Projekt zu befürworten,« sagte er.
Major: War's dann fertig?
Bürgermeister: Nein, dann ging es erst recht an. Ich dachte mir, jetzt ist schon alles gleich.
Schweigel *brüllt:* Bravo!
Bürgermeister: Das ist ein Zwang, sagte ich, ein unerhörter Zwang. Das lassen wir uns nicht bieten! Und dann redete ich mich in den Zorn hinein. Ich weiß auch nicht mehr jedes Wort, aber es war scharf.
Schweigel: Hamm S' aufdraht?
Bürgermeister: Ich sparte nichts, was gesagt werden mußte.
Frau Bürgermeister *ängstlich:* Aber Fritz!
Bürgermeister: Mama, es mußte sein.
Schweigel: Der werd g'schaugt hamm!
Bürgermeister: Er war sichtlich betroffen, als ich ging. Das hatte er sich wohl nicht erwartet.

FRAU BÜRGERMEISTER: Wenn er dir nur nichts nachträgt!
SCHWEIGEL: Ah was! Da san mir Dornstoana scho da! Dös vergessen mir Eahna net, Herr Bürgermoasta, daß S' so aufdraht hamm. Dös is ja großartig! Da! Geb'n S' ma Eahna Hand! *Schüttelt dem Bürgermeister kräftig die Hand.*
STELZER: Mir auch, wenn Sie erlauben, Herr Bürgermeister. Als Vorstand des Kollegiums, und in dieser Beziehung.
BÜRGERMEISTER: Ich danke Ihnen, meine Herren. Sie sind zu freundlich. Ich habe nur meine Pflicht getan.
MAJOR: Du bist ja ein Hauptkerl, Fritz!

Fünfte Szene

Suschen rasch von links. Die Vorigen. Alle sind aufgestanden.

SUSCHEN: Papa! Papa!
BÜRGERMEISTER *küßt sie:* Grüß' dich Gott, Suschen. So, mein Kind. Wo hast du Adolf gelassen?
SUSCHEN: Er muß noch arbeiten und kommt später.
BÜRGERMEISTER: Schön. Da wollen wir einen vergnügten Abend verleben. *Wendet sich wieder zu Schweigel und Stelzer.* Wie gesagt, meine Herren, nur meine Pflicht.
SCHWEIGEL: Na, na, Herr Bürgermoasta! Dös war schon mehr. Und wenn's aa nix g'holfen hat, dös vergessen mir Eahna net.
STELZER: Wir können mit Stolz darauf zurückblicken. *Der Bürgermeister geht mit Schweigel und Stelzer etwas nach rückwärts gegen die Gartentür zu. Er unterhält sich lebhaft mit ihnen, und man sieht immer wieder, daß Schweigel dem Bürgermeister kräftig die Hand schüttelt. Die Frau Bürgermeister, der Major, Suschen kommen mehr nach vorne.*
SUSCHEN: Mama, was wollen die Herren?
FRAU BÜRGERMEISTER: Ach Kind, dein Papa!
SUSCHEN *ängstlich:* Was ist denn?
FRAU BÜRGERMEISTER: Er hat wirklich einen schrecklichen Auftritt gehabt.
SUSCHEN: Beim Minister?
MAJOR: Ja, furchtbar! *Suschen blickt bestürzt auf die Mutter.*

Aus dem Hintergrund hört man Schweigel sehr laut sagen »Ein Manneswort! Ein deutsches Manneswort!«
SUSCHEN: Wenn ihm nur nichts geschieht, Mama!
FRAU BÜRGERMEISTER: Hoffen wir das Beste. Sei nicht zu ängstlich, Suschen! Wir dürfen den Kopf nicht verlieren. Komm, hilf mir abdecken! *Sie gehen zum Tisch und räumen das Kaffeegeschirr ab.*
FRAU BÜRGERMEISTER: Das wird noch alles recht werden. Er ist ja sonst gut angeschrieben.
SUSCHEN: Glaubst du wirklich?
FRAU BÜRGERMEISTER: Gewiß. Und laß nur auch den Adolf nichts merken! Da kommen noch ein paar Herren! Rasch, Suschen! *Frau Bürgermeister und Suschen mit dem Kaffeegeschirr links ab. Der Major folgt ihnen. Vom Garten herein treten Redakteur Heitzinger, Schlosser Gruber und Schreiner Kiermayer.*

Sechste Szene

Der Bürgermeister. Schweigel. Stelzer. Heitzinger. Gruber. Kiermayer. Der Major.

HEITZINGER: Guten Tag zu wünschen, Herr Bürgermeister!
KIERMAYER: Grüaß Gott beinand!
BÜRGERMEISTER: Grüß Gott, meine Herren!
HEITZINGER: Wir haben vernommen, daß der Herr Bürgermeister zurück sind, und bei der Aufregung in der Stadt möchten wir um Bescheid bitten.
KIERMAYER: Ma möcht sozusag'n sei G'wißheit hamm! Net wahr?
BÜRGERMEISTER: Leider, meine Herren, leider ist meine Nachricht keine günstige.
SCHWEIGEL: Nix is, Kiermayer! Abg'fahren san ma.
KIERMAYER: Also is so weit, daß mir zuaschaug'n müassen, wia die städtischen Interessen hintangesetzt wern.
GRUBER: Und die Dornsteiner G'schäftswelt.
HEITZINGER: Das ist die Behandlung des Mittelstandes.
BÜRGERMEISTER: Ja, es ist eine böse Sache, meine Herren.

GRUBER: San de Ziagelstoa vom Herrn Baron mehra wert als wia de ganz Stadt?

KIERMAYER: Gibt's da gar koane Mittel und Weg mehr?

HEITZINGER: Sollte die Presse nichts vermögen, Herr Bürgermeister?

BÜRGERMEISTER: Das ist alles umsonst.

SCHWEIGEL: Wir müassen no recht brav sei sonst kriag'n ma überhaupts gar koa Bahn.

GRUBER *laut:* Oho!

KIERMAYER: Dös woll'n ma sehg'n.

SCHWEIGEL: Da brauchst net warten; dös is uns schnurg'rad g'sagt wor'n. Geln S', Herr Bürgermoasta?

BÜRGERMEISTER: Allerdings.

KIERMAYER: Jetzt muaß i scho dumm frag'n: San denn mir gar nix? Mir san do gewissermaßen Bürger und zahlen, wia ma so zu sagen pflegt, unsere Steuern und Abgaben.

SCHWEIGEL: Und net z'weni!

KIERMAYER: Und net z'weni, ganz richtig! Is denn da gar koa Mensch net vorhanden, der wo sie rührt und sagt amal alles, was wahr is? Und schon glei a so, daß ma's überall vasteht! Herrschaftseiten überanand! Jetzt wurd i scho glei zorni aa!

HEITZINGER: Ich werde einen fulminanten Artikel schreiben.

SCHWEIGEL: Ah was! Mit dein Artikel, da kost dahoam bleiben!

KIERMAYER: Dös hätt si mündli g'hört, und auf der Stell!

SCHWEIGEL: Is scho g'schehg'n! Da brauchst di net kümmern. Und wia!

KIERMAYER: Wos? Vo wem?

SCHWEIGEL: Unsa Herr Bürgermoasta! Ha ha! Freunderl, der hat's eahm g'sagt!

KIERMAYER: Is wahr?

SCHWEIGEL: No, mei Liaba! Der hat si hi'g'stellt für uns! Der hat uns vertreten!

BÜRGERMEISTER: Sie dürfen überzeugt sein, daß nichts versäumt wurde.

KIERMAYER *lärmend:* Respekt, sag i, Respekt!

SCHWEIGEL: De Herren wissen jetzt, wo der Bartel an Most holt. Und daß mir aa no wer san!

KIERMAYER: Entschuldigen S', Herr Bürgermoasta, dös hab i ja net wissen könna!
GRUBER: Hat nacha des Reden was g'holfen?
BÜRGERMEISTER: Sie wissen, meine Herren, wenn sich die Regierung einmal ihre Meinung gebildet hat!
STELZER: Leider! Leider!
BÜRGERMEISTER: Wir dürfen uns keinen Hoffnungen hingeben.
GRUBER: Dös valernt ma scho heutzutag.
HEITZINGER: Bei der Untergrabung des Mittelstandes!
KIERMAYER: Aba wart's nur, Manndein, wenn die Wahlen kemma! Da zoag'n ma's eahna, bei die Wahlen!
BÜRGERMEISTER: Wie gesagt, wenn es Ihnen eine Beruhigung ist, die wahre Meinung der hiesigen Bürgerschaft kennt das Ministerium jetzt.
STELZER: Und in dieser Beziehung schulden wir Ihnen den größten Dank.
KIERMAYER und GRUBER *unisono:* Des tean mir aber aa!
SCHWEIGEL: Gott sei Dank, daß 's no Leut gibt, de 's Herz auf'n recht'n Fleck hamm!
GRUBER: Und a Schneid!
KIERMAYER: Mir lassen aa net aus. Und bal die Regierung, i sag' net mehra; Sie vastengan mi scho, Herr Bürgermoasta! Bal die Regierung!
HEITZINGER: Herr Bürgermeister, darf ich Sie um den genauen Wortlaut der Unterredung bitten?
BÜRGERMEISTER: Wozu?
HEITZINGER: Ich muß einen Leitartikel bringen. Einen gepfefferten.
BÜRGERMEISTER: Das ist nicht notwendig, Herr Heitzinger. Wirklich nicht. *Er geht mit Heitzinger nach rückwärts.*
HEITZINGER: Sie verkennen die Bedeutung der Presse, Herr Bürgermeister.
BÜRGERMEISTER: Durchaus nicht, aber ich bin kein Freund von den Geschichten. *Sie entfernen sich gegen die Gartentür zu. Heitzinger spricht lebhaft auf den Bürgermeister ein.*
SCHWEIGEL: Der Heitzinger is eine Wanzen.
KIERMAYER: Du, was hat denn der Bürgermoasta g'sagt?

SCHWEIGEL: Ah, Freunderl, der hat's eahna g'muckt!
GRUBER: Geh!
SCHWEIGEL: Mir lassen uns nix g'fallen, hat er g'sagt, mir Dornstoana, von koan Minister. Mir wollen unser Recht, geht's, wia's mog, sagt er.
KIERMAYER: Ah Herrschaft!
SCHWEIGEL: Ja, und koan Zwang leiden mir durchaus gar net. Mir san freie Bürger, hat er g'sagt.
KIERMAYER *sich auf die Schenkel patschend:* Freie Bürger!
SCHWEIGEL: Und der muaß erscht no auf d' Welt kemma, der uns schikanieren derf, hat er g'sagt.
KIERMAYER und GRUBER *reiben sich vor Vergnügen die Hände:* Haha! Herrschaftseiten! Haha!
SCHWEIGEL: Und so is weiterganga, in dera Tonart. I sag enk, des muaß an ganzen Auflauf geben hamm.
STELZER: Es war eine mutvolle Tat.
KIERMAYER *brüllt:* Respekt, sag i nomal! So is recht!
STELZER: Die Stadt sollte eigentlich ihrem Dankgefühl Ausdruck verleihen.
SCHWEIGEL: Scho deswegen, daß de drobern sehg'n, daß mir zum Bürgermoasta halten.
KIERMAYER: Und daß sie si grean und blau ärgern.
GRUBER: De müassen z'springa vor lauter Gift.
KIERMAYER: Mir müassen was arranschieren.
SCHWEIGEL: Dös verlangt der Anstand; er hat si aa für uns ei-'g'legt.
STELZER: Wenn mir die Herren erlauben, werde ich die Sache gleich in die Hand nehmen.
SCHWEIGEL: Dös tuast.
KIERMAYER: Da müassen mir uns aba tummeln! *Zum Bürgermeister, der mit Heitzinger wieder nach vorne kommt.* I geh jetzt; es is nimmer z' fruah.
GRUBER: I geh mit. Pfüat Gott, Herr Bürgermoasta!
STELZER: Ich habe die Ehre, mich zu empfehlen.
HEITZINGER: Ich muß auch noch in meine Offizin.
BÜRGERMEISTER: Dann adieu, meine Herren! Und nicht wahr, Herr Heitzinger, der Artikel unterbleibt bis auf weiteres?
KIERMAYER: Was ist, Schweigel? Kimmst net mit?

SCHWEIGEL: Na, i bleib no a bissel, wenn's der Herr Bürgermoasta erlaubt.
BÜRGERMEISTER: Ist mir ein Vergnügen, Herr Schweigel.
SCHWEIGEL: Nacha pfüat enk, und, Stelzer, gel du b'sorgst alles!
STELZER: Auf der Stelle. *Kiermayer, Stelzer, Gruber, Heitzinger gehen zur Gartentür hinaus. Kiermayer bleibt unter der Tür plötzlich stehen, kehrt um, geht gravitätisch auf den Bürgermeister zu und gibt ihm die Hand.*
KIERMAYER: Herr Bürgermoasta, ich hab koa Rednergab, aba Sie verstengan mi schon. I sag net mehra, wie dös: bal die Regierung!
BÜRGERMEISTER: Besten Dank, Herr Kiermayer. Ich weiß ja.
KIERMAYER: Bal die Regierung! *Geht langsam ab.*

Siebente Szene

Der Bürgermeister. Schweigel.

SCHWEIGEL *Der Bürgermeister steckt die Hände in die Hosentaschen und geht auf und ab. Schweigel setzt sich im Laufe des Gespräches auf den rechts vorne stehenden Rohrsessel. Es tritt allmählich Dämmerung ein:* I mag net hoam geh'. Die Fragerei is mir so z'wider. Sie wissen ja, wie die Frauen san.
BÜRGERMEISTER: Bleiben Sie hier! Wir trinken ein Glas Bier zusammen, wenn es Ihnen recht ist.
SCHWEIGEL: Warum nit? *Der Bürgermeister klingelt.*
SCHWEIGEL: Wissen S', Herr Bürgermoasta, i ko's meiner Alten aa net verdenken. Jetzt hamm ma den Garten Gott woaß wie lang, mir hamm selber so a bissel mit g'arbet, hamm unser Freud dro g'habt – und jetzt müassen mir zuaschaug'n, daß'n de Eisenbahn in der Mitt' ausanandschneidt.
BÜRGERMEISTER: Ja, ja! *Seufzt* Und was haben wir für Hoffnungen auf diese Bahn gesetzt! *Das Dienstmädchen tritt von links ein.*
BÜRGERMEISTER: Marie, holen Sie zwei Glas Bier!
MARIE: Ja, gnä Herr. *Ab.*

SCHWEIGEL: I saget no nix, wenn ma sehet, daß die Abtretung notwendig is zu'n allgemeinen Besten. Aber wenn man woaß, daß de ganze Stadt no dazua an Schaden davo hat, und daß 's grad zum Trotz g'schieht – da vageht oam da Glauben.
BÜRGERMEISTER: Ja, wirklich.
SCHWEIGEL: Es is scho merkwürdi heutzutag.
BÜRGERMEISTER: Sie können sich denken, wie mir dabei zumut ist. *Kleine Pause. Marie kommt von links mit Bier. Sie stellt die zwei Gläser auf den Gartentisch rechts.*
SCHWEIGEL: No, stoßen ma'r amal o! 's Wohlsei, Herr Bürgermoasta!
BÜRGERMEISTER: Prosit, Herr Schweigel! *Sie stoßen an und trinken.*
SCHWEIGEL: Warum s' grad mit uns a so umgengan?
BÜRGERMEISTER: Das haben wir nicht verdient.
SCHWEIGEL: I geh am Sonntag in mei Kirchen, i wähl anständig, i bi Veteran und Feuerwehrhauptmo, i bi überhaupt, wia ma sagt, a loyaler Bürger.
BÜRGERMEISTER: Das muß jeder zugeben.
SCHWEIGEL: Scheint aba net, oder vielleicht gilt dös nix mehr heutzutag.
BÜRGERMEISTER: Das wäre schlimm für den Staat, Herr Schweigel.
SCHWEIGEL: Allerdings. Also Prost, Herr Bürgermoasta!
BÜRGERMEISTER: Prosit! *Stoßen an und trinken.*
SCHWEIGEL: Guate Bürger braucht der Staat. Ja! Und bal oana so viel Steuern zahlt als wia'r i, nacha nimmt ma'r eahm sein Garten.
BÜRGERMEISTER: Nimmt ihm den Garten. *Der Major tritt von links ein.*

Achte Szene

Die Vorigen. Major.

SCHWEIGEL: Dös is net klug und weise, dös is net diplomatisch. Auf de Weis ziagt ma Sozialdemokraten her.

BÜRGERMEISTER: Hoffentlich nicht! Hoffentlich nicht!
SCHWEIGEL: Was denn? De, wo nix hamm, san's a so scho; jetzt brauchan bloß no de Sozialdemokraten wer'n, de wo was hamm; nacha werd's bald gar sei. Hab i recht, Herr Major?
MAJOR: Vollständig. Sie wollen also jetzt zur äußersten Linken übertreten, Herr Schweigel?
SCHWEIGEL: No, ma hat ja no sei Religion im Leib! Aba ma soll oan aa net zu stark reizen.
BÜRGERMEISTER: Es wird eben darauf gesündigt, daß der kernige Bürgerstand sich nicht vom rechten Weg abbringen läßt.
MAJOR: Der kernige Bürgerstand ist bloß selber schuld, wenn man ihm auf die Zehen tritt.
BÜRGERMEISTER: Erlaub du mir!
MAJOR: Jawohl. Jeder Stand wird so behandelt, wie er sich's gefallen läßt.
BÜRGERMEISTER: Wir lassen uns nichts gefallen, wir schweigen nur manchmal der staatlichen Ordnung zulieb.
MAJOR: Und aus sonstigen Gründen.
BÜRGERMEISTER: Wir wollen nicht mit der Regierung auf dem Kriegsfuß leben.
MAJOR: Ist ja nicht notwendig, aber die Bürger sollen sich wenigstens Respekt verschaffen.
BÜRGERMEISTER: Den Respekt verweigert man uns nicht.
SCHWEIGEL: Da taten mir aa no a Wörtl mitreden.
MAJOR: Ich kann nicht finden, daß der Bürgerstand mit besonderer Hochachtung behandelt wird.
BÜRGERMEISTER: Die Eisenbahnen sind nun einmal staatlich, und...
MAJOR: Es handelt sich nicht bloß um eure Bahn, und nicht bloß um euch Dornsteiner. Die Nichtachtung sieht man überall und bei jeder Gelegenheit.
SCHWEIGEL: Dös waar g'spaßi!
MAJOR: Man sieht auch recht gut, wo es bei den Bürgern fehlt.
BÜRGERMEISTER: Wo fehlt es?
MAJOR: An der richtigen Festigkeit.
SCHWEIGEL: Entschuldigen S', Herr Major, wenn i da aa'r a bissel mitred. Aba i moan, Sie gengan da entschieden zu weit.
MAJOR: Nein, nein, Herr Schweigel.

SCHWEIGEL: Wo steht denn dös, daß mir koa Festigkeit net hamm? Da müaßten mir aa was wissen. *Während der Szene ist es Nacht geworden. Schöne Mondnacht.*
MAJOR: Das zeigt sich überall.
BÜRGERMEISTER: Zum Beispiel?
MAJOR: Ihr nehmt tausend Rücksichten, auch da, wo ihr gar nichts davon habt. Ihr schimpft über Vorurteile und beugt euch davor. Ihr macht Opposition und schmeißt wieder um.
SCHWEIGEL: Ah! Ah! Sie san guat!
MAJOR: Man nimmt euch nicht ernst. Das müßt ihr doch selber sehen.
BÜRGERMEISTER: Du übertreibst aber wirklich, Karl.
SCHWEIGEL: Wia Sie so reden könna, Herr Major, wo Eahna Bruader ein solches Beispiel geben hat!
MAJOR: Ja so!
SCHWEIGEL: I glaab, daß dös a Festigkeit is, wenn ma si traut und an Minister a so z'sammpackt.

Neunte Szene

Die Frau Bürgermeister von links mit einer Gartenlampe. Die Vorigen.

FRAU BÜRGERMEISTER: Die Herren sitzen ja im Dunkeln.
SCHWEIGEL: I hab gar net g'merkt, daß's scho so spat is. Dös kummt vom Politisier'n.
FRAU BÜRGERMEISTER: Sie bleiben noch ein bißchen?
SCHWEIGEL: Na, na! I muaß jetzt hoam. Mei Alte woaß gar net, wo i bi.
FRAU BÜRGERMEISTER: Wir schicken unser Mädchen hinunter. Ein Glas Bier müssen Sie noch trinken.
SCHWEIGEL: No, vo mir aus. Aba wenn i nachgib, sagt der Herr Major wieder, daß mir Bürger koa Festigkeit hamm.
MAJOR: An der Festigkeit habe ich nie gezweifelt.

Zehnte Szene

Beringer und Suschen von links. Die Vorigen.

BÜRGERMEISTER: Grüß Gott, Adolf! Ich hab' dich noch gar nicht gesehen.
BERINGER: Grüß Gott! Nun, wie ist es gegangen?
BÜRGERMEISTER: Ich habe nichts ausgerichtet.
BERINGER: Das war vorauszusehen.
BÜRGERMEISTER: Reden wir nicht mehr davon! Wir wollen heute recht vergnügt sein. *Das Dienstmädchen bringt Bier, und stellt es auf den Tisch links.*
BÜRGERMEISTER: So. Platz nehmen. *Alle setzen sich.*
BERINGER: War der Minister gut gelaunt?
BÜRGERMEISTER *verlegen:* O ja! Gott!
SCHWEIGEL: Am Anfang vielleicht scho!
BERINGER: Wieso, am Anfang? *Schweigel lacht. Der Bürgermeister schnäuzt sich verlegen.*
BÜRGERMEISTER: Er war wie immer. Du weißt ja. Aber lassen wir das gut sein. Prosit! *Gegenseitiges Zutrinken.*
SCHWEIGEL: Herr Bürgermoasta, Sie san a Volksheld!
BERINGER: Lauter Anspielungen. Warum erzählst du nichts?
BÜRGERMEISTER: Es ist nichts zu erzählen, Adolf. Ich habe meine Pflicht getan, weiter nichts.
SCHWEIGEL: Sie san zu bescheiden, Herr Bürgermoasta!
BÜRGERMEISTER: Absolut nicht. Suschen, willst du nicht Klavier spielen?
SUSCHEN: Gerne. Was willst du hören?
BÜRGERMEISTER: Irgendwas. Das ist mir gleich.
SCHWEIGEL: Nur nix klassisch'. Dös is so fad!
SUSCHEN: Ich hole was Lustiges, Herr Schweigel. *Ab nach links.*
SCHWEIGEL: I muaß sag'n, Frau Bürgermoasta, Eahne Fräul'n Tochta g'fallt mir allaweil besser. So was Liabs!
FRAU BÜRGERMEISTER: Sie macht uns viel Freude.
BÜRGERMEISTER: Jawohl.
SCHWEIGEL: Und jetzt kriagt s' bald an braven Mo. Eahna Wohl, Herr Amtsrichter!
BERINGER *steif:* Sehr angenehm.

FRAU BÜRGERMEISTER: Wie geht es Ihrer Tochter im jungen Ehestand, Herr Schweigel?

SCHWEIGEL: I dank der Nachfrag. Guat! No, schlecht kann's ihr aa net geh.

FRAU BÜRGERMEISTER: Ihr Schwiegersohn hat ein großes Anwesen?

SCHWEIGEL: Ja. Und sie hat ja aa was Schön's mitkriagt. De Leuteln tean si ganz leicht.

FRAU BÜRGERMEISTER: Ihre Frau sagte mir neulich, es sei schon was Kleines auf dem Wege?

SCHWEIGEL: Freili! Jetzt wer'n ma bald Großvata. No, bei Eahna schlagt's aa no ei, Herr Bürgermoasta.

BÜRGERMEISTER: Stoßen wir darauf an! *Alle stoßen an. Beringer zurückhaltend. Suschen von links mit Notenblättern unter dem Arm.*

SCHWEIGEL: Haha! Fräul'n Suschen, wenn S' wisseten, auf was mir jetzt trunken hamm!

SUSCHEN: Darf man das nicht hören?

BÜRGERMEISTER: Das muß dir Adolf erzählen.

SCHWEIGEL: Recht hoamli. *Lachen. Man hört in der Ferne Musik einen Marsch spielen.*

MAJOR *zu Schweigel:* Prost!

SCHWEIGEL: Prost, Herr Major! I woaß net, i bin heut so lusti, trotz mei'n Garten. I glaab, dös kummt daher, weil i mi heut so über'n Herrn Bürgermoasta g'freut hab'.

BERINGER: Eine solche Geheimniskrämerei! Was ist denn passiert?

SCHWEIGEL: Dös will i Eahna scho sag'n, Herr Amtsrichter. Sehg'n S', Sie san was, Sie san a Beamter. Aba Sie derfen stolz sei, daß Sie an solchen Schwiegervater kriag'n. *Die Musik intoniert bedeutend näher wieder einen Marsch.*

MAJOR: Was ist das für eine Musik?

FRAU BÜRGERMEISTER: Ich habe schon vorhin was gehört. *Das Zimmermädchen stürzt atemlos durch die Gartentür herein.*

MARIE: Herr Bürgermeister! Herr Bürgermeister! Die Liedertafel kommt!

BÜRGERMEISTER: Wo? Zu wem?

MARIE: Zu uns. Sie wollen ein Ständchen bringen.

SUSCHEN: Dem Papa?

FRAU BÜRGERMEISTER: Fritz!

BÜRGERMEISTER: Nur geschwind meinen Gehrock! Marie! *Suschen und Marie eilig nach links ab. Gleich darauf kommen sie wieder mit dem Gehrock herein. Die Musik ist nun im Garten angelangt. Brausender Marsch. Lampionträger marschieren auf und bilden einen Kreis um die Liedertafelsänger. Während dessen ist die Unterhaltung im Verandazimmer weiter gegangen.*

BERINGER: Ich begreife das alles nicht.

SCHWEIGEL: Seh'gn S', Herr Amtsrichter. So ehrt die Stadt Eahnan Schwiegervater!

BÜRGERMEISTER: Schnell! Schnell! Meinen Rock! *Suschen und Marie helfen ihm hinein.*

FRAU BÜRGERMEISTER: Ach Gott, Fritz? Wenn ich mich nur recht freuen könnte! *Gruppe im Zimmer. Die Frau Bürgermeister lehnt sich an ihren Mann. Suschen legt die Hand auf die Schulter ihres Verlobten. Alle stehen. Die Musik schweigt plötzlich, und ein Quartett singt die erste Strophe des Liedes:*

Wer hat dich, du schöner Wald
Aufgebaut so hoch da droben?

Nach Beendigung der Strophe tritt Stelzer unter die Gartentür und spricht halb gegen die Zuschauer, halb gegen den Garten zugewendet:

STELZER: Unser mutiger Vorkämpfer, der allverehrte Herr Bürgermeister, soll leben hoch! Hoch! Hoch! *Die Leute im Garten stimmen brausend in den Hochruf ein. Die Musik spielt einen Tusch. Kiermayer, Stelzer, Heitzinger betreten das Zimmer. Der Bürgermeister geht auf sie zu.*

BÜRGERMEISTER: Aber, meine Herren! Diese Ehre! *Schüttelt jedem die Hand, dann tritt er unter die Gartentür und spricht halb zu den Zuschauern gewendet.*

BÜRGERMEISTER: Mitbürger! Dornsteiner! Sie haben mir eine Ehrung bereitet, die mich auf das Tiefste ergreift. Ich spreche Ihnen meinen Dank aus. Meinen innigsten Dank. Ich kann nicht mehr sagen, als daß ich allezeit für mein liebes Dornstein meine schwachen Kräfte einsetzen will, jetzt und allezeit. In guten und bösen Tagen. Mit Gut und Blut! Und in diesem Sinne stimmen Sie mit mir ein: unser Dornstein, hoch! Hoch! Hoch! *Die Leute im Garten, sowie Kiermayer, Heitzinger, Schweigel, Stelzer rufen mit. Die Musik spielt wieder einen Tusch. Die Liedertafel intoniert sofort den Sängerspruch:*

Schneidige Wehr,
Blanke Ehr,
Lied zum Geleit,
Gib Gott allezeit!

Während des Singens fällt der Vorhang.

ZWEITER AKT

Erste Szene

Gartenzimmer wie im ersten Akt. Schöner Sommermorgen. Der Bürgermeister sitzt links vorne auf einem Stuhl, eine Barbierserviette um den Hals, das Gesicht eingeseift. Neben ihm steht der Bader Hartl, welcher das Rasiermesser schärft. Rechts sitzt die Bürgermeisterin in einem Rohrsessel und strickt.

HARTL *das Messer streichend:* Ein sehr schöner Tag heute.
BÜRGERMEISTER *durch die Seife etwas am Sprechen gehindert:* Tja.
HARTL *rasiert:* Das Wetter hält. Wir haben Ostwind.
BÜRGERMEISTER *näselnd:* Das Barometer steht gut.
HARTL: Und wie haben Herr Bürgermeister geruht heute nacht?
BÜRGERMEISTER: Gut. Ganz gut.
HARTL: Solche Aufregungen verursachen gewöhnlich Schlaflosigkeit.
BÜRGERMEISTER: Ich bin etwas spät eingeschlafen.
HARTL: Das ist begreiflich nach dieser eklatanten Ehrung. *Er ist mit der einen Gesichtshälfte fertig und streicht wieder das Messer.*
HARTL: Dornstein hat sich förmlich selbst überboten. *Rasiert.*
BÜRGERMEISTER *näselnd:* Tja.
HARTL: Die Beleuchtung war großartig. Und der Gesang. Sehr gelungen.
BÜRGERMEISTER *mit etwas freierer Stimme:* Es war eine große Aufmerksamkeit.
HARTL: Verdientermaßen, Herr Bürgermeister.
FRAU BÜRGERMEISTER: Was sagt man denn so in der Stadt?
HARTL *immer rasierend:* Die Leute? Es herrscht eine gehobene Stimmung. *Kleine Pause*
HARTL *fortfahrend:* Natürlich gibt es ja auch mißgünstige Menschen.
FRAU BÜRGERMEISTER: Sie haben etwas gehört?
HARTL *zögernd:* Hm – ja. Wenn man ein offenes Geschäft hat.

Frau Bürgermeister: Wen meinen Sie?
Bürgermeister: Sie wissen, daß es unter uns bleibt.
Hartl: Den Schneider Wilberger.
Bürgermeister: Ach der! Den kennt man schon.
Hartl: Er hat sozusagen demonstriert.
Bürgermeister: So?
Hartl: Er hat nicht mitgesungen bei dem Ständchen.
Bürgermeister: Dann ist er halt weggeblieben. *Hartl ist mit dem Rasieren fertig und schüttet Wasser in seine Baderschüssel.*
Hartl: Der ganze Vorstand hat ihm zugeredet. Aber es war nichts zu machen, weil Herr Bürgermeister schon zwei Jahre keinen Anzug mehr bei ihm bestellt haben.
Bürgermeister: Aha!
Hartl *das Gesicht des Bürgermeisters abwaschend:* Er hat gesagt: Braucht der Bürgermeister meinen Anzug nicht, nachher braucht er meine Stimme auch nicht.
Frau Bürgermeister: Es zwingt ihn ja niemand.
Hartl: Man muß die Leute gehen lassen. *Trocknet den Bürgermeister ab. Fortfahrend:* Vielleicht hat er sich im Pfarrhof einschmeicheln wollen.
Bürgermeister: War es dem Hochwürdigen nicht recht? *Hartl packt während des folgenden langsam seine Gerätschaften ein.*
Hartl: Die Huldigung soll etwas verschnupft haben. Aber natürlich, ich bin nicht so eingeweiht.
Bürgermeister *aufstehend:* Der Pfarrer ärgert sich, weil er nicht derjenige war.
Frau Bürgermeister: Das kann man auch nicht behaupten.
Hartl: Der Herr Pfarrer war schon in aller Früh unterwegs. Und dann hat mir der Mesner solche Anspielungen gemacht.
Frau Bürgermeister: Auf das Ständchen?
Hartl: Tja. Er hat sich nicht so frei ausgesprochen, aber...
Bürgermeister: Von mir aus kann der Pfarrer sagen, was er will. Man kennt die Gründe.
Hartl: Es gibt immer eine gewisse Opposition. Und der Neid. Ja, ich wünsche guten Morgen, Herr Bürgermeister. Recht guten Morgen, Frau Bürgermeister!

FRAU BÜRGERMEISTER: Guten Morgen!
BÜRGERMEISTER: Adieu, Hartl. Und morgen um acht Uhr.
HARTL: Gewiß, jawohl. *Ab durch die Gartentür.*

Zweite Szene

Bürgermeister. Seine Frau.

FRAU BÜRGERMEISTER: Du solltest nicht so reden über den Herrn Pfarrer, wenn der Hartl dabei ist.
BÜRGERMEISTER: Ach was!
FRAU BÜRGERMEISTER: Der geht schnurstracks hin und erzählt es wieder.
BÜRGERMEISTER: Das soll er tun; meinetwegen.
FRAU BÜRGERMEISTER: Du glaubst nie, wie die Leute sind; er kann dir sehr schaden.
BÜRGERMEISTER: Sei doch nicht gar so ängstlich. Man meint schon, ich wäre von jedem abhängig.
FRAU BÜRGERMEISTER *seufzt*
BÜRGERMEISTER *stellt sich unter die Gartentür und blickt hinaus, die Hände auf dem Rücken. Er brummt vor sich hin:*

Wer hat dich, du schöner Wald
Tra... la... la!
Du schöner Wald!

FRAU BÜRGERMEISTER: Du, Fritz!
BÜRGERMEISTER *sich umwendend:* Ja?
FRAU BÜRGERMEISTER: Ist es wahr, daß du Abgeordneter werden willst?
BÜRGERMEISTER: Wer hat jetzt das wieder gesagt?
FRAU BÜRGERMEISTER: Die Frieda war vorhin da.
BÜRGERMEISTER: So? Na freilich! Die muß es wissen! Was hat sie denn da gesucht?
FRAU BÜRGERMEISTER: Sie hat dir gratulieren wollen.
BÜRGERMEISTER: Und dich ausfratscheln. *Er summt wieder:* Aufgebaut so hoch da droben? Schön war's doch! Der ganze Garten war voll Leuten.
FRAU BÜRGERMEISTER: Ich wollte, es wär' nicht gewesen!

Bürgermeister: Jetzt sei so gut und verdirb mir die Freude! *Kleine Pause*
Frau Bürgermeister: Du hast dich doch sonst nicht in die Politik eingemischt! Fang nicht auf deine alten Tage noch damit an!
Bürgermeister: Papperlapapp! Fällt mir ja nicht ein! *Unter der Gartentür erscheint Suschen mit einem Strauß frischer Rosen in der Hand.*

Dritte Szene

Die Vorigen. Suschen.

Bürgermeister: Na Suschen, ist Adolf nicht vorbei gekommen?
Suschen: Nein.
Bürgermeister: Das seh' ich. Sonst wären die Rosen fort.
Suschen: Ich habe eine Viertelstunde am Zaun gewartet.
Frau Bürgermeister: Er hat jetzt viel Arbeit.
Bürgermeister: Weil der Oberamtsrichter in Urlaub ist.
Suschen: Das hat er mir gestern gesagt.
Frau Bürgermeister: Vielleicht kommt er auch noch.
Suschen: Jetzt nicht mehr. Es ist schon neun Uhr vorbei.
Frau Bürgermeister: So spät? Da muß ich aber das Fleisch aufsetzen.
Suschen: Bleib nur, Mama. Ich gehe in die Küche.
Frau Bürgermeister: Dann gib acht, daß Marie die Bohnen gut schneidet.
Bürgermeister *indem er Suschen auf die Wange tätschelt:* Und versalz' uns die Suppe nicht gar zu stark, gelt?
Suschen: Nur ein bißchen. *Geht langsam nach links ab und nimmt die Rosen mit, welche sie vorher auf den Tisch gelegt hatte. Sie bleibt plötzlich stehen und wendet sich um.* Glaubt ihr, daß Adolf böse ist!
Frau Bürgermeister: Geh, was denkst du?
Bürgermeister: Habt ihr euch denn gezankt?
Suschen: Nein. Er war nur so sonderbar gestern abend.

BÜRGERMEISTER: Das meinst du bloß.
SUSCHEN: Ich weiß nicht; er hat fast nichts gesprochen und hat mir kaum gute Nacht gewunschen.
FRAU BÜRGERMEISTER: Die Männer sind launisch; daran gewöhnt man sich.
SUSCHEN *munter:* Vielleicht hat er wieder einen Fall studiert; da hört und sieht er nicht. *Ab.*

Vierte Szene

Der Bürgermeister. Frau Bürgermeister.

FRAU BÜRGERMEISTER: Ich bin selber unruhig, daß Adolf wegbleibt. Ich mochte es Suschen bloß nicht merken lassen.
BÜRGERMEISTER: Herrjeh! Seid Ihr Frauenzimmer! Immer voller Angst.
FRAU BÜRGERMEISTER: Weil er gerade heute nicht kommt. Sonst dächte ich nichts dabei.
BÜRGERMEISTER: Heute ist ein Tag, wie jeder andere.
FRAU BÜRGERMEISTER: Du weißt, was gestern war.
BÜRGERMEISTER: Kommst du schon wieder mit der Geschichte? Ist denn das so was Gräßliches, wenn mir die Liedertafel ein Ständchen bringt?
FRAU BÜRGERMEISTER: Aber der Anlaß!
BÜRGERMEISTER *etwas unruhig:* Der Anlaß! Mit deinem Anlaß! Hast du ein einziges unrechtes Wort gehört, gestern?
FRAU BÜRGERMEISTER: Nein.
BÜRGERMEISTER: Was willst du denn? Es war eine kleine Festlichkeit; ganz harmlos.
FRAU BÜRGERMEISTER: Man hat dich gefeiert, weil du so schroff aufgetreten bist.
BÜRGERMEISTER: Nanu! Und wenn? Wer kümmert sich darum? Wer soll sich um die Dornsteiner Liedertafel kümmern! Das sag mir einmal!
FRAU BÜRGERMEISTER: Auf jeden Fall kommt es in die Zeitungen.
BÜRGERMEISTER *etwas unruhiger:* Ah! Was denkst du denn? Übermorgen spricht kein Mensch mehr davon.

FRAU BÜRGERMEISTER: Das glaubst du selber nicht. Heute abend weiß es der Minister schon. So gewiß wie etwas.
BÜRGERMEISTER *lacht gezwungen:* Von wem? Von wem soll der Minister das wissen?
FRAU BÜRGERMEISTER: Da finden sich genug gute Freunde.
BÜRGERMEISTER: Ei du lieber Gott! Ist das eine Ängstlichkeit! Da hätte ich schon lieber auf die Ovation verzichtet.
FRAU BÜRGERMEISTER: Ich auch.
BÜRGERMEISTER: Die Freude daran hast du mir gründlich verdorben.
FRAU BÜRGERMEISTER *im Abgehen nach links:* Ich rede dir nichts ein, Fritz. Aber das mit der Politik sollst du bleiben lassen. *Ab. Der Bürgermeister räuspert sich und sieht einige Zeit gedankenvoll vor sich hin. Er nimmt eine Zeitung zur Hand, legt sie gleich wieder weg und seufzt.*

Fünfte Szene

Dr. Beringer. Der Bürgermeister. Amtsrichter Beringer tritt durch die Gartentür ein. Der Bürgermeister hat ihm den Rücken zugekehrt.

BERINGER *gemessen:* Guten Morgen!
BÜRGERMEISTER *sich rasch umwendend, freudig:* Ach, da bist du ja! Na also! Das war eine Aufregung den ganzen Morgen, weil du nicht da warst!
BERINGER *steif:* Hast du einen Augenblick Zeit für mich?
BÜRGERMEISTER: So eine Frage! Aber warte, ich will erst in der Küche Lärm schlagen. *Will nach links ab.*
BERINGER *hält ihn zurück:* Ich möchte mit dir allein reden.
BÜRGERMEISTER *sieht ihn etwas verblüfft an:* Auch recht. *Gemütlich* Aber weißt du, Suschen muß ich doch holen. Sie hat dich schon am Gartenzaun erwartet. *Will wieder ab.*
BERINGER: Nein; bitte bleib!
BÜRGERMEISTER: Wie du willst. Aber setz dich doch, und gib mal den Hut her!
BERINGER *setzt sich, behält aber den Hut in der Hand:* Ich danke.

BÜRGERMEISTER *jovial:* Junge, wenn dich vielleicht was drückt, du weißt...
BERINGER *brüsk:* Sag' mir offen, was war das gestern mit der Ovation?
BÜRGERMEISTER *unbehaglich:* Die Ovation? Gestern?
BERINGER: Ja.
BÜRGERMEISTER: Was damit war? Gott!
BERINGER: Du bist gestern immer meinen Fragen ausgewichen?
BÜRGERMEISTER: Ich?
BERINGER: Ja. Ich wollte wissen, wie die Audienz ausfiel. Aber... *Zuckt die Achseln.*
BÜRGERMEISTER: Ich habe keinen Grund, dir etwas zu verschweigen.
BERINGER: Warum hast du mir dann nichts erzählt?
BÜRGERMEISTER: Weil... weil es wirklich nicht der Mühe wert war.
BERINGER: So? Es genügte aber doch, um dir eine Ovation zu bereiten?
BÜRGERMEISTER *mit erkünstelter Lustigkeit:* Ha! Ha! Diese Juristen! Das klingt ja wie eine Untersuchung!
BERINGER: Mir ist die Sache absolut nicht spaßhaft.
BÜRGERMEISTER *patscht Beringer jovial auf das Knie:* Lieber Junge, sage mir; was willst du eigentlich wissen?
BERINGER *gereizt:* Laß mich das nicht immer wiederholen, bitte! Ich will wissen, welche Tatsache dieses sonderbare Ständchen veranlaßte?
BÜRGERMEISTER *verlegen:* Du lieber Gott? Die Bürgerschaft findet eben, daß ich in der leidigen Bahngeschichte ihre Interessen gewahrt habe.
BERINGER: Du bist aber abgewiesen worden?
BÜRGERMEISTER: Allerdings, ich...
BERINGER: Also! Für einen Mißerfolg wird man doch nicht gefeiert! Was ist denn das für eine Logik!
BÜRGERMEISTER: Die Leute wollten mir halt zeigen, daß sie mir keine Schuld beimessen.
BERINGER: Das drückt man gewöhnlich anders aus.
BÜRGERMEISTER *immer unruhiger, wischt sich die Stirn:* Es kam mir selbst durchaus unerwartet. Ich war gerade so überrascht wie du.

BERINGER: Was sollten dann die landläufigen Phrasen bedeuten? Von Mut und Vorkämpfer?

BÜRGERMEISTER: Das sind so Sprüche, wie man sie eben macht! Übrigens war es gewiß gut gemeint. Ja... du, jetzt muß ich aber wirklich Suschen holen, sonst... *Will links ab.*

BERINGER *hält ihn wieder am Arm zurück:* Du weichst mir also konstant aus?

BÜRGERMEISTER: Wie kommst du nur auf die Idee? Zwischen uns zwei gibt es doch keine Geheimnisse!

BERINGER *steht auf:* Ich kann dir nur sagen, diesen Mangel an Vertrauen finde ich sonderbar, sehr sonderbar.

BÜRGERMEISTER *schiebt seinen Arm unter den des Amtsrichters und geht mit ihm etwas nach vorne. In vertraulichem Ton:* Komm her, Adolf, und laß mich einmal reden! Nicht wahr?

BERINGER: Ich habe dich ja darum ersucht.

BÜRGERMEISTER: Eben. Siehst du, du bist jetzt Amtsrichter...

Beringer klopft ungeduldig mit dem Fuße auf den Boden.

BÜRGERMEISTER *fortfahrend:* Und du wirst später einmal Vorstand von einem Gericht. Nicht wahr?

BERINGER: Was soll das?

BÜRGERMEISTER: Siehst du, wenn du Vorstand bist, dann macht man dich für alles verantwortlich. Einfach für alles. Wenn ein Schreiber was Dummes macht, fragt man nicht den Schreiber, warum er was Dummes macht, sondern man fragt dich, warum du einen Schreiber hast, der was Dummes macht. Verstehst du mich?

BERINGER: Nein. Absolut nicht.

BÜRGERMEISTER: Aber es ist doch so einfach! Ich bin auch Vorstand und muß für alles herhalten, ob ich etwas dafür kann oder nicht.

BERINGER: Bist du jetzt fertig?

BÜRGERMEISTER *fährt sich mit dem Taschentuch über die Stirne:* Gott sei Dank, ja. Nur das will ich noch sagen, Adolf, wenn du einmal älter bist, wirst du sehen, daß die Verantwortlichkeit nichts Leichtes ist. Und jetzt haben wir uns hoffentlich verstanden? Nicht wahr?

BERINGER *setzt seinen Hut auf:* Vollkommen... Ich verstehe, daß du mir keine Aufklärung geben willst, und...

Bürgermeister: Aber...

Beringer: Und daß ich sie von anderer Seite erhalten muß. *Rasch ab durch die Gartentür.*

Bürgermeister *ihm nacheilend:* Du! hör doch! Junge.

Sechste Szene

Frau Bürgermeister rasch von links. Der Bürgermeister.

Frau Bürgermeister: War nicht Adolf da?

Bürgermeister *gedrückt:* Gerade ist er fort.

Frau Bürgermeister: Und war nicht bei Suschen? Fritz!

Bürgermeister: Was?

Frau Bürgermeister: Ihr habt euch gestritten? Wegen gestern?

Bürgermeister: Gestritten nicht; er hat nur gefragt...

Frau Bürgermeister *fängt zu weinen an:* Ich hab' es ja gewußt!

Bürgermeister *fährt sich erregt durch die Haare:* Nein, so was! Mama, geh! *Legt ihr die Hand auf die Schulter. Von links tritt Frieda Pilgermaier auf. Altmodische Kleidung. Hut mit auffallendem Blumenarrangement. Sie trägt einen kleinen Marktkorb. Lebhafte Gesten. Schreiende Stimme.*

Siebente Szene

Frieda Pilgermaier. Der Bürgermeister. Die Frau Bürgermeister.

Frieda: Da komm i ja grad recht zum Gratulier'n. *Frau Bürgermeister wendet sich schnell ab und trocknet ihre Tränen.*

Bürgermeister *mürrisch:* Guten Tag!

Frieda: Ich war schon amal da, heunt. In aller Früh.

Bürgermeister: Was willst du denn?

Frieda: Gratulier'n halt! Zu der Ehrung. Das is ja großartig g'wesen!

Bürgermeister: Mhm. Ja.

Frau Bürgermeister: Wir danken dir schön, Frieda.
Frieda: Das versteht si do von selber, daß die Familie an so was teilnimmt. No, ihr seid's ja auch recht vergnügt, wie ich seh.
Bürgermeister: Es geht.
Frieda: Es laßt sich denken. Wenn ma scho bei Lebzeiten an Fackelzug kriegt! Das passiert ja die wenigsten als a toter!
Frau Bürgermeister: Warst du da?
Frieda: Freili! Mit mein Mann. Hinter'm Garten sin' mir g'standen.
Frau Bürgermeister: Warum bist du nicht zu uns herein?
Frieda: Mei Mann hat g'meint, mir passen net in die vornehme G'sellschaft. Und nacha weiß ma ja net, ob ma net stört.
Bürgermeister: Immer die Redensarten.
Frau Bürgermeister: Du kommst doch sonst auch?
Frieda: Das scho, aba mei Mann is halt so. Er sagt, die klein Verwandten sieht ma net gern. De kann ma höchstens brauchen, daß s' ei'm mit da Leich geh'n.
Frau Bürgermeister: Geh, hör auf!
Frieda: A bissel was is schon dran. Übrigens habt's ihr's scho g'hört vom Schneider Wilberger?
Bürgermeister: Ja. Da bist du leider zu spät gekommen.
Frieda: Und vom Hochwürden an Herrn Pfarrer?
Bürgermeister: Auch schon. Du hast Pech heute.
Frieda: Der muaß si g'äußert hamm! Jessas, Mariand Josef!
Frau Bürgermeister: Mach es nur nicht so arg!
Frieda: So? Ja, wenn d'as du besser weißt!
Frau Bürgermeister: Wir haben nicht die Beziehungen.
Frieda: I weiß halt, was mir d' Köchin erzählt hat. Und des g'langt überall hin!
Frau Bürgermeister: Dann sag es halt!
Bürgermeister: Willst du die Geschichte vielleicht ratenweis absetzen? Damit der Genuß länger dauert?
Frieda: I hab euch bloß schonen wollen. Aber wenn's ihr wollt's! Also d' Köchin hat erzählt, so zorni hat si an Herrn Pfarrer überhaupts noch nie g'seh'n, und *schreiend* die ganze Ovation ist ein ewiger Schandfleck, hat er g'sagt, für die Stadt!
Bürgermeister *zornig:* Wenn nur er keiner ist!

FRAU BÜRGERMEISTER: Pst!
FRIEDA: Es ist überhaupts eine Auflehnung gegen den Staat und genau so schlecht wie jede anderne Revolution.
BÜRGERMEISTER *laut:* Was?
FRIEDA: Ja, und die Dornsteiner, hat er g'sagt, entwickeln sich allaweil schöner unter ihrem lieben Bürgermeister. Jetzt werden s' gar noch Sozialdemokraten!
BÜRGERMEISTER *der immer erregter wird:* Eine solche Unverschämtheit!
FRIEDA: Die nächste Predigt, hat er g'sagt, geht über die Pflichten gegen die gottgesetzte Obrigkeit. Da will er, hat er g'sagt, den Dornsteinern ein Licht aufzünden. Und an Herrn Bürgermeister auch!
BÜRGERMEISTER *zornig auf und ab gehend:* Ich will ihm was predigen! Ich will ihm was geben! *Seine Frau geht neben ihm her.*
FRAU BÜRGERMEISTER: Mach es nicht noch ärger! Es ist schlimm genug.
BÜRGERMEISTER: Das lasse ich mir nicht gefallen!
FRIEDA: Und das vom Schlosser Gruber wißt's vielleicht auch noch net.
BÜRGERMEISTER *bleibt stehen:* Was ist mit dem Gruber?
FRIEDA: Der hat auch net mittan, weil er die Arbeiten fürs Rentamt hat und mit der Regierung gut steh' muß.
BÜRGERMEISTER: Unsinn!
FRIEDA: Ja, Unsinn! Der Pedell von der Realschul soll bereits entlassen wor'n sei, weil er mitg'sungen hat.
BÜRGERMEISTER: Wer bringt denn die Dummheiten alle auf?
FRAU BÜRGERMEISTER: Wenn die eigenen Verwandten solche Geschichten herumtragen!
FRIEDA: Tut's nur net so beleidigt! I erzähl' ja bloß, was i hör'.
BÜRGERMEISTER: Und hilfst noch brav mit!
FRAU BÜRGERMEISTER: Es ist genug, wenn die fremden Leute jede Kleinigkeit aufbauschen.
FRIEDA: No, weißt, Anna, gar so a Kleinigkeit is das net, wenn der Minister gleich krank werd vor lauter Aufregung und sein Abschied nehmen muß.
BÜRGERMEISTER: Wer ist krank geworden?

FRIEDA: Der Minister. *Der Bürgermeister lacht gezwungen* Ja, das is schon wahr! Da brauchst net lachen!
BÜRGERMEISTER *wütend:* Herrgott! Seid ihr alle miteinander verrückt?
FRIEDA: Da müßt i scho bitten. Und überhaupts... *Der Major tritt rasch von links ein; er hält eine Zeitung in die Höhe.*

Achte Szene

Die Vorigen. Der Major.

MAJOR *ruft:* Das Neueste! Das Neueste!
BÜRGERMEISTER: Steht was im Wochenblatt?
MAJOR: Und wie!
BÜRGERMEISTER *nervös:* Gib her!
MAJOR: Nur Zeit lassen! Das muß ich vorlesen. Da schau her! Fett gedruckt: »Ein deutscher Mann!« Das bist du!
BÜRGERMEISTER: Der Kerl hat mir versprochen, daß er nichts schreibt.
MAJOR: Sei nicht undenkbar! Er streicht dich fein heraus. Also paß auf. *Liest vor:* »Seit Brutus, jenem bekannten Tyrannenhasser des weströmischen Reiches ist vielleicht niemand mehr mit so viel Recht gefeiert worden, wie gestern unser allverehrter Bürgermeister.«
FRAU BÜRGERMEISTER: Man kommt nicht aus der Unruhe.
MAJOR *fährt fort:* Galt es doch, ihm den Dank abzustatten für seinen echten Mannesmut, welchen man heute so selten antrifft. Galt es doch ihn zu ehren, weil er den hochmütigen Stolz des Ministers mit donnernden Worten beugte...
BÜRGERMEISTER: So ein Esel! So ein hirnverbrannter Esel!
MAJOR *fortfahrend:* und die zarten Ohren dieses Herrn rücksichtslos beleidigte.
FRAU BÜRGERMEISTER: Um Gottes willen!
FRIEDA *zur Bürgermeisterin:* Du hast as ja net glauben wollen!
BÜRGERMEISTER *zum Major:* Gib den Wisch her!
MAJOR: Gleich. Aber da am Schluß kommt noch ein Satz. *Liest.* »Welche Gefühle mögen den Minister beseelt haben, als Fried-

rich Rehbein vor ihm stand und ihn erbarmungslos vernichtete? *Mit erhobener Stimme.* Wahrlich, wir möchten nicht mit dieser Exzellenz tauschen!«

BÜRGERMEISTER *wütend:* Das ist zu viel! Das ist zu viel!

FRAU BÜRGERMEISTER: Jetzt versteh ich alles.

BÜRGERMEISTER: Wie habe ich diesen Menschen gebeten, daß er nichts schreibt!

FRAU BÜRGERMEISTER: Hättest du ihm nichts gesagt!

BÜRGERMEISTER: Wer denkt an so was? Aber die Zeitung darf nicht herauskommen!

MAJOR: Die ist schon heraus.

BÜRGERMEISTER: Ich gehe in die Druckerei.

MAJOR: Nur kalt! Was willst du denn dort?

BÜRGERMEISTER: Es muß was geschehen. Ich verklage den Kerl.

MAJOR: Dich hat er doch nicht beleidigt!

BÜRGERMEISTER: Der Mensch ruiniert mich ja! Er macht mich unmöglich!

MAJOR: Oho! Nur nicht gar so aufgeregt!

FRIEDA: Für euern Amtsrichter muß das aber peinlich sein!

FRAU BÜRGERMEISTER *sehr aufgeregt:* Wenn ich nur wüßte... Fritz!... Geh doch schnell!

FRIEDA: Mei Mann hat gleich g'sagt, der Amtsrichter wird schau'n, no dazu mit sein Beamtengiggel!

BÜRGERMEISTER *grob:* Dein Mann soll sich um seine Sachen kümmern!

FRIEDA: So? Is das vielleicht der Dank, wenn ma Mitleid hat?

BÜRGERMEISTER: Ich pfeif' auf dein Mitleid.

FRAU BÜRGERMEISTER *zieht Frieda beschwichtigend fort. Zu Frieda:* Komm mit in die Küche. Und du Fritz, eil dich! Gelt?

BÜRGERMEISTER: Gleich! Gleich! Wo ist denn mein Hut? Marie!

FRAU BÜRGERMEISTER: Ich schick' sie schnell.

FRIEDA: Reden werd ma wohl no derfen, wenn's die hohen Verwandten erlauben. *Frau Bürgermeister und Frieda links ab.*

Neunte Szene

Der Bürgermeister. Der Major.

BÜRGERMEISTER: Du mußt mich begleiten, Karl.
MAJOR: Schön. Aber ich seh' wirklich nicht ein, was du bezwecken willst.
BÜRGERMEISTER: Ich weiß selber nicht. Aber es muß was geschehen. Den Versuch muß ich machen. *Marie von links mit Hut und Stock.*
BÜRGERMEISTER: Schnell, Marie! So! *Setzt den Hut auf, nimmt den Stock. Marie ab.*
BÜRGERMEISTER: Also, Karl; gehen wir! *Er geht mit dem Major zur Gartentür. Unter derselben erscheint Amtsrichter Beringer.*

Zehnte Szene

Der Bürgermeister. Der Major. Beringer.

BÜRGERMEISTER: Du, Adolf?
BERINGER: Ich möchte dich allein sprechen.
MAJOR *sehr formell:* Ich will nicht stören. *Lüftet leicht den Hut und geht an Beringer vorbei in den Garten.*

Elfte Szene

Der Bürgermeister. Beringer. Beringer zieht das Dornsteiner Wochenblatt aus der Tasche.

BERINGER: Ich bin jetzt über die gestrige Ovation aufgeklärt.
BÜRGERMEISTER: Der Artikel? Gerade will ich in die Redaktion.
BERINGER *klopft mit dem Handrücken auf die Zeitung:* Ist das alles pure Erfindung?
BÜRGERMEISTER: Nein, das heißt...

BERINGER: Der Artikelschreiber weiß jedenfalls, warum er vor deinem Hause gesungen hat.
BÜRGERMEISTER: Das ist doch alles bodenlos dumm und übertrieben!
BERINGER: Die Ausschmückung, gewiß. Aber der Kern der Sache bleibt der nämliche.
BÜRGERMEISTER: Ich versichere dir, daß Heitzinger mir versprochen hat, nichts zu schreiben.
BERINGER: Das ist doch der deutliche Beweis, daß du etwas zu verheimlichen hattest.
BÜRGERMEISTER: Nein. Paß mal auf.
BERINGER: Bitte, wenn du mich hören willst. Ich werde sehr kurz sein. Du weißt, daß ich jeden Tag die Beförderung erwarte? *Der Bürgermeister nickt zustimmend* Und daß ich begründete Aussicht habe, als Staatsanwalt in das Justizministerium zu kommen?
BÜRGERMEISTER: Gewiß weiß ich das.
BERINGER: Ich habe nie Protektion gehabt; mir ist es nicht leicht gemacht worden. Von Anfang an nicht.
BÜRGERMEISTER: Du hast dir's sauer verdient.
BERINGER: Ich habe darum gearbeitet. Viele Jahre, und jetzt stünde ich vor dem Ziele. Endlich!
BÜRGERMEISTER: Jetzt hast du's auch in der Tasche.
BERINGER *heftig:* Nein, es ist alles in Frage gestellt. Im letzten Moment.
BÜRGERMEISTER: Wieso denn, Adolf?
BERINGER: Es wird bestimmt nichts daraus. Es ist so viel wie sicher, wenn... wenn...
BÜRGERMEISTER: Aber...
BERINGER: Du weißt recht gut, daß man alles mögliche in Betracht zieht. Daß wir auch nicht so ohne weiteres heiraten können. Man informiert sich ja sehr genau.
BÜRGERMEISTER: Ja... was?... Was?...
BERINGER: Ich verscherze alles. Mit einem Schlage. Und ich kann das nicht. So leid es mir tut, ich kann nicht. Ich darf mich nicht kompromittieren.
BÜRGERMEISTER *sehr bestürzt:* Was willst du damit sagen?
BERINGER: Daß ich von der Verlobung zurücktreten muß; so

schmerzlich mir das ist! *Der Bürgermeister sieht Beringer kurze Zeit schweigend an; dann geht er rasch auf ihn los und ergreift seine rechte Hand.*
BÜRGERMEISTER: Junge! Das war nicht dein Ernst.
BERINGER: Es liegt mir sehr ferne, jetzt zu scherzen.
BÜRGERMEISTER: Du willst doch nicht wirklich...?
BERINGER: Ich muß. *Wendet sich zum Gehen.*
BÜRGERMEISTER: Aber das ist ja alles Unsinn! Du! Hör doch! Junge! Das ist ja Unsinn!
BERINGER: Mache es mir nicht noch schwerer! Ich kann nicht anders. *Er geht zur Gartentür. Von links stürzt Suschen herein und umarmt ihn stürmisch.*

Zwölfte Szene

Der Bürgermeister. Beringer. Suschen.

SUSCHEN: Ich hab' doch deine Stimme gehört. Du! Gelt, du bist nicht böse? *Beringer macht sich sanft, aber bestimmt aus der Umarmung frei.*
BERINGER: Suschen... ich... ich... Papa wird dir alles sagen. *Geht bis zur Gartentür.*
SUSCHEN *bestürzt:* Adolf!
BERINGER *wendet sich auf den Schrei um:* Ich... darf nicht.

Dreizehnte Szene

Der Bürgermeister. Suschen.

SUSCHEN *geht auf ihren Vater zu, der bestürzt in der Mitte des Zimmers steht:* Papa, will mich Adolf nicht mehr?
BÜRGERMEISTER *stockend:* Es... es sieht so aus, Suschen.
SUSCHEN *legt heftig weinend den Kopf an seine Brust, schluchzend:* Aber – warum – denn?
BÜRGERMEISTER: Ich glaube beinahe, ich... ich habe dich durch meine Dummheit unglücklich gemacht, Suschen.

SUSCHEN *heftiger schluchzend:* Nein – – du nicht – – du guter Papa! Er – – hat mich – – wohl nie wirklich lieb gehabt.
BÜRGERMEISTER *streichelt ihr den Kopf:* Nicht weinen, Kindchen! Nicht so weinen!

Vierzehnte Szene

Von links Frau Bürgermeister, Frieda, der Major. Die Vorigen.

FRIEDA *laut:* Gel, ich hab's g'sagt! Da habt's as jetzt!
FRAU BÜRGERMEISTER *sehr bestürzt zu ihrem Mann:* Was ist mit Suschen?
SUSCHEN: Es ist alles aus, Mama.
FRAU BÜRGERMEISTER *ebenfalls weinend:* Aber – Kind!
FRIEDA: Wer hat jetzt recht g'habt?
MAJOR *zu Frieda:* Das ist die Hauptsache, daß Sie recht haben.
FRAU BÜRGERMEISTER: Aber was war denn, Fritz?
BÜRGERMEISTER: Er sagte, daß ich ihn kompromittiere.
FRAU BÜRGERMEISTER: Schau nach, Suschen! Geschwind! Vielleicht wartet er draußen.
SUSCHEN: Nein, Mama. Ich habe recht gut gemerkt, daß es vorbei ist.
FRAU BÜRGERMEISTER *fühlt Suschen an die Stirne:* Was hast du für einen heißen Kopf!
SUSCHEN: Laß mich. *Rasch nach links ab.*
FRAU BÜRGERMEISTER: Das ist ja ein Unglück.
FRIEDA: Und die Schand!
BÜRGERMEISTER: Ich kann es noch nicht glauben. Mir ist so, als wenn es nicht wahr sein kann.
FRIEDA: Ja, der Beamtengiggel!
FRAU BÜRGERMEISTER: Vielleicht hat er nur so im Zorn geredet. Er ist kein böser Mensch.
BÜRGERMEISTER: Er war nicht zornig, Mama. Ganz ruhig und überlegt.
FRAU BÜRGERMEISTER *wieder in Weinen ausbrechend:* Das arme, arme Ding! Muß so gestraft werden!
MAJOR: Geh, Schwägerin! Nimm's nicht so schwer. Es hätte was Schlimmeres passieren können.

FRIEDA: Da sieht ma wieder an Jungg'sellen. *Ahmt den Major nach.* »Es hätte was Schlimmeres passieren können.« Als wenn's noch was Ärgeres geben könnt'.
MAJOR: O ja, verehrte Frau Pilgermaier!
FRIEDA: Weil des kei Schand net is, wenn ma scho den größten Staat g'macht hat mit'n Herrn Schwiegersohn, und auf oamal is nix mehr!
FRAU BÜRGERMEISTER: Ich darf nicht daran denken. *Schluchzt* Vorgestern habe ich noch mit Suschen beim Kaufmann Stelzer Kissenüberzüge angesehen.
BÜRGERMEISTER: Es muß noch recht werden.
MAJOR: Und die Kissen kaufen wir schon noch für einen andern Mann.
FRIEDA: Weil ma so schnell wieder ein' find't.
MAJOR *zu Frieda:* Sie haben wirklich was Trostreiches an sich.
FRIEDA: Is ja wahr! I kann mi ärgern, wenn ma so daher red't.
BÜRGERMEISTER: Ich mache mir solche Vorwürfe, Mama!
FRAU BÜRGERMEISTER: Ich habe schon eine Ahnung gehabt, wie du fortgefahren bist.
BÜRGERMEISTER: Und wegen nichts! Rein wegen nichts!
FRIEDA: I geh jetzt. Soll i mi net z'erst nach'm Suschen umschau'n?
FRAU BÜRGERMEISTER: Nein.
FRIEDA: Ich hätt s' vielleicht trösten können, daß s' doch net gar so fassungslos is.
FRAU BÜRGERMEISTER: Laß sie jetzt allein.
FRIEDA: Wie d' meinst. Also adieu! Und nehmt's as halt als eine Fügung Gottes! *Links ab; unter der Tür dreht sie sich nochmals um.* I schick euch später mein Mann her. Nein, das wird eine Schwätzerei geben in dem Dornstein! *Ab.*
MAJOR: Das glaube ich auch.
FRAU BÜRGERMEISTER: Ich will zum Suschen hinauf.
BÜRGERMEISTER: Ja. Rede ihr zu! *Frau Bürgermeister langsam nach links ab; sie trocknet sich mit dem Taschentuch die Augen.*

Fünfzehnte Szene

Der Bürgermeister. Der Major. Der Bürgermeister sieht seiner Frau nach und seufzt tief auf.

BÜRGERMEISTER: Gestern so vergnügt, und heute! Das Unglück kommt über Nacht.
MAJOR: Jetzt, weißt, wenn deine Frau jammert, sage ich nichts. Aber dir steht das schlecht an.
BÜRGERMEISTER: Mich trifft es vielleicht noch härter.
MAJOR: Sei froh, daß der Kerl weg ist!
BÜRGERMEISTER: Was?
MAJOR: Na, vielleicht nicht?
BÜRGERMEISTER: Droben weint sich das Mädel die Augen rot, und ich soll froh sein!
MAJOR: Suschen nimmt es nicht leicht. Das ist ganz in der Ordnung. Aber du sollst weiter sehen!
BÜRGERMEISTER: Gerade, weil ich weiter sehe. Weil ich an die Zukunft denke.
MAJOR: Ist es nicht besser, daß ihr ihn jetzt kennen gelernt habt? Vor der Hochzeit? Hinterher wär's zu spät gewesen.
BÜRGERMEISTER: Da hätte er wenigstens nicht mehr zurücktreten können.
MAJOR: Das wäre aber ein Glück gewesen!
BÜRGERMEISTER: Du weißt nicht alles, Karl, sonst würdest du anders reden.
MAJOR: Ich weiß, daß er ein kalter Tropf ist. Das langt.
BÜRGERMEISTER: Er hat ja nicht schön gehandelt, aber...
MAJOR: Ach was, schön gehandelt! Das sind Sprüche. Er hat sich so benommen, wie's in seinem Charakter liegt. Kein Mensch kann aus seiner Haut hinaus.
BÜRGERMEISTER: Suschen hat ihn gerne.
MAJOR: Was versteht so ein Mädel? Sie wären doch nie glücklich geworden!
BÜRGERMEISTER: Das kann man nicht sagen.
MAJOR: Wie hat er sich denn gestellt, als Bräutigam? Der lederne, langweilige Kerl!
BÜRGERMEISTER: Das ist kein Beweis, daß er nicht ein guter Mann geworden wär.

MAJOR: Den Beweis hast du jetzt. Wenn du noch einen gebraucht hast.
BÜRGERMEISTER: Und es ist doch ein Unglück. Ich mache mir die schwersten Vorwürfe.
MAJOR: Das ist eben keine Vernunft.
BÜRGERMEISTER: Wenn du alles so wüßtest wie ich.
MAJOR: Ach was!
BÜRGERMEISTER: Nein, Karl! Schau, wenn es was Ernstliches gegeben hätte, das wäre ja auch traurig, aber... es wäre einmal nicht zu ändern. Aber so! Es ist zum Haar ausraufen!
MAJOR: Der Grund ist doch wirklich Nebensache.
BÜRGERMEISTER: Wenn aber gar keiner da ist!
MAJOR: Dann siehst du erst recht, daß ihr ihm nichts wert seid.
BÜRGERMEISTER: Du kannst mich nicht verstehen. Komm, setz dich einmal her. *Die beiden setzen sich rechts, einander gegenüber.*
BÜRGERMEISTER: Karl, die heftige Szene mit dem Minister – weißt du – an der Szene ist kein wahres Wort.
MAJOR *etwas erstaunt:* Kein wahres Wort?
BÜRGERMEISTER: Nein. Nicht die Spur davon. Die ganze Audienz hat zwei Minuten gedauert. Ich habe nicht mehr gesagt, als Grüß Gott und Adieu.
MAJOR: Na, hör mal! Daß du übertrieben hast, dachte ich mir. Aber daß du die ganze Geschichte aus der Luft greifst *lacht*, das hätte ich dir eigentlich nicht zugetraut.
BÜRGERMEISTER: Ich wollte es auch nicht.
MAJOR: Wer hat dich denn gezwungen?
BÜRGERMEISTER: Wie es halt geht. Ich war ja tatsächlich wütend auf den Minister.
MAJOR: Mhm!
BÜRGERMEISTER: Und... während der Fahrt in die Residenz habe ich mir ausgemalt, was ich ihm sagen werde.
MAJOR: In der Eisenbahn?
BÜRGERMEISTER: In der Eisenbahn, ja. Und im Vorzimmer. Im Vorzimmer auch noch. Und dann – – siehst du, Karl, ich kann furchtbar grob sein, rück–sichts–los, wenn jemand gegen mich grob ist. Aber wenn jemand höflich ist, da... da bring ich's eben nicht fertig.

MAJOR: Und der Minister war höflich?
BÜRGERMEISTER: Und wie! Er gab mir gleich die Hand. »Mein lieber Bürgermeister, es tut mir ja unendlich leid, aber es geht unmöglich anders.« Was hätte ich da sagen sollen? Wie hätte ich da brutal sein können?
MAJOR: Man hat dir Honig ums Maul geschmiert. Kenn' ich.
BÜRGERMEISTER: Ich habe überhaupt nichts gesprochen; ich wurde hinauskomplimentiert. Wie ich dann wieder in der Eisenbahn saß, habe ich mir vorgestellt, was ich eigentlich hätte sagen sollen.
MAJOR: Warum hast du dann hier geflunkert?
BÜRGERMEISTER: Du lieber Gott! Wie ich ankomme, steht schon der Schweigel da und der Stelzer. Brennend vor lauter Neugier. Aus jedem Haus schauen die Leute und grüßen. Daheim seid ihr und fragt mich aus. Überall ist die größte Erwartung. Da konnte ich doch nicht sagen, daß gar nichts gewesen ist.
MAJOR: Was willst du jetzt tun?
BÜRGERMEISTER: Wenn ich das wüßte! Ich kann doch nicht erklären, daß ich gelogen habe!
MAJOR: Das würde sich nicht gut ausnehmen.
BÜRGERMEISTER: Noch dazu, wo die Ovation war!
MAJOR: Jetzt mußt du schon dabei bleiben.
BÜRGERMEISTER: Nicht bloß wegen mir. Ich kann doch die Bürgerschaft nicht bloßstellen.
MAJOR: Es wäre eine verdammte Blamage.
BÜRGERMEISTER: Nein, es geht nicht. Es wäre undankbar, wo die Leute alle zu mir gestanden sind.
MAJOR: Dann bleib jetzt wenigstens fest.
BÜRGERMEISTER: Ich muß. Und weißt du, Karl, es tröstet mich auch etwas, daß die Bürgerschaft wie ein Mann zu mir hielt.
Schweigel tritt rasch durch die Gartentür ein. Er ist sehr erhitzt und wischt sich den Schweiß von der Stirne.

Sechzehnte Szene

Die Vorigen. Schweigel. Der Bürgermeister und der Major sind aufgesprungen.

SCHWEIGEL: Saxen! Saxen! Herrschaftssaxen!
MAJOR: Was ist denn los?
SCHWEIGEL: Ah was! Beim Stelzer drunten steht das ganze Gemeindekollegium beinander und steckt d' Köpf z'samm.
BÜRGERMEISTER: Warum?
SCHWEIGEL: Ja, wissen S', Herr Bürgermoasta, die Leut hamm Angst, ob Sie's Maul net do a bissel gar z'weit aufg'rissen hamm!

Vorhang

DRITTER AKT

Gartenzimmer wie in den zwei vorhergehenden Akten.

Erste Szene

Der Bürgermeister. Frau Bürgermeister. Der Major. Sie sitzen beim Kaffee. Der Major liest in der Zeitung. Der Bürgermeister hat sich auf seinem Sessel zurückgelehnt und ist in sehr gedrückter Stimmung.

FRAU BÜRGERMEISTER *zum Bürgermeister:* So trink doch deinen Kaffee.
BÜRGERMEISTER: Ich mag keinen.
FRAU BÜRGERMEISTER: Du mußt etwas zu dir nehmen.
BÜRGERMEISTER: Nein, danke. Wirklich nicht. *Frau Bürgermeister seufzt. Kleine Pause. Von links tritt Marie ein mit dem Brotkörbchen.*
BÜRGERMEISTER: Wo ist denn Suschen?
FRAU BÜRGERMEISTER: Wahrscheinlich oben. *Zu Marie* Haben Sie ihr nicht zum Kaffee gerufen?
MARIE: Ich habe geklopft. Aber Fräulein Suschen sagte, sie hätte Kopfweh. *Der Bürgermeister seufzt.*
MARIE: Ich glaube, Fräulein Suschen hat geweint, wie ich an der Tür war. *Kleine Pause.*
FRAU BÜRGERMEISTER: Hat sie gar nicht aufgemacht?
MARIE: Nein. *Frau Bürgermeister seufzt.*
FRAU BÜRGERMEISTER: Da, Marie, bringen Sie ihr schwarzen Kaffee, und – warten Sie – ein bißchen Honig, und eine Semmel. So! Und sagen Sie ihr, ich komme dann gleich hinauf.
MARIE: Ja, gnä' Frau. *Nimmt von der Frau Bürgermeister das Tablett mit Kaffee usw., links ab.*
FRAU BÜRGERMEISTER: Das Kind wird uns noch krank.
BÜRGERMEISTER *seufzt wieder.*
FRAU BÜRGERMEISTER: Und wer ist schuld?
BÜRGERMEISTER: Willst du mich auch quälen?

FRAU BÜRGERMEISTER: Es ist doch wahr.
BÜRGERMEISTER: Freilich ist es wahr. *Steht hastig auf und geht auf und ab* Alle hacken auf mich los. Mach es nur wie die anderen! Du hast ganz recht.
FRAU BÜRGERMEISTER: Du hast dir alles selbst getan.
BÜRGERMEISTER: Dreiundzwanzig Jahre sind wir verheiratet, und nie hat es einen Streit gegeben.
MAJOR *der bisher hinter seiner Zeitung geraucht hat:* Ja, ja! Politik verdirbt den Charakter.
BÜRGERMEISTER *bleibt stehen:* Du hast leicht spotten. Wärest du an meiner Stelle, dann verging dir der Spaß. *Er setzt sich nieder* Was über mich alles gekommen ist! An einem Tag!
FRAU BÜRGERMEISTER: Jetzt trink einmal deinen Kaffee, Fritz!
BÜRGERMEISTER: Mir schmeckt nichts. *Steht auf und geht nach links ab.*

Zweite Szene

Frau Bürgermeister. Der Major. Die Frau Bürgermeister setzt ihre Tasse zum Trinken an, stellt sie aber heftig nieder und schiebt sie mit energischer Bewegung in den Tisch hinein.

FRAU BÜRGERMEISTER: Da! Das soll jetzt so weiter gehen! Und ich muß zuschauen. Fällt mir gar nicht ein! Ich weiß, was ich tue. *Sie räumt das Geschirr zusammen, wobei sie Tassen und Teller heftig auf das Servierbrett stellt, mit den Löffeln klirrt usw. Der Major liest anscheinend eifrig in der Zeitung.*
FRAU BÜRGERMEISTER: Ja, die Männer! Das kann nicht nachgeben. Nur recht starrköpfig, daß um Gottes willen keine Perle aus der Krone fällt! *Sie wirft die Zuckerzange sehr heftig in die Blechdose und klappt diese laut zu.*
FRAU BÜRGERMEISTER: Nur recht rücksichtslos! Was liegt denn auch an der Familie. *Zum Major* Du hörst mich wohl gar nicht?
MAJOR *über seine Zeitung weg:* Doch. Du bist sehr vernehmlich.

FRAU BÜRGERMEISTER: Aber es ist dir nicht der Mühe wert, was zu sagen?
MAJOR: Wozu? Du unterhältst dich ja ganz famos mit dem Kaffeegeschirr.
FRAU BÜRGERMEISTER: Und du machst dich über alles lustig. Das ist deine Kunst.
MAJOR: Sag mal, Schwägerin, soll ich jetzt die Vorwürfe kriegen, vor denen Fritz ausgerissen ist?
FRAU BÜRGERMEISTER: Die gehen schon dich selber an.
MAJOR: Das ist sehr aufmerksam von dir, aber was habe ich eigentlich mit der ganzen Geschichte zu tun?
FRAU BÜRGERMEISTER: Natürlich nichts. Nicht das mindeste! – Wer ist denn schuld, wie du?
MAJOR: Ich?
FRAU BÜRGERMEISTER: Ja, du!
MAJOR *legt die Zeitung weg:* Na, Gott sei Dank, daß ihr das herausgeknobelt habt!
FRAU BÜRGERMEISTER: Fritz hat bloß wegen dir so gelogen.
MAJOR: Hat er dir gebeichtet?
FRAU BÜRGERMEISTER: Er hat mir alles gesagt.
MAJOR: Und da habt ihr euch geeinigt, daß ich der Sündenbock bin?
FRAU BÜRGERMEISTER: Er traute sich nicht die Wahrheit zu sagen, weil er Angst hatte vor deinen Witzen.
MAJOR: Das ist eine Auslegung!
FRAU BÜRGERMEISTER: Er tut jetzt auch nicht, was er selber möchte. Aus lauter Respekt vor dir.
MAJOR: Jetzt, da schau her!
FRAU BÜRGERMEISTER: Jawohl. Er wäre gleich zu Adolf hin und hätte sich ausgesprochen mit ihm. Aber wenn ich ihm zurede, heißt es: »Es geht nicht! Ich kann nicht. Karl heißt mich den größten Waschlappen, wenn ich es tue!«
MAJOR: Wär's vielleicht schön, wenn er ihm nachläuft? *Er steht auf; beide gehen nach vorn.*
FRAU BÜRGERMEISTER: Nachlaufen! Wie sich das großartig anhört! Das wäre schon was!
MAJOR: Jedenfalls eine Blamage.
FRAU BÜRGERMEISTER: Und wenn! Für sein Kind kann man sich auch einmal blamieren.

MAJOR: Wenn es noch was hätte davon!
FRAU BÜRGERMEISTER: Ach so! Du hast ja Fritz förmlich dazu gratuliert, daß Suschen sitzen bleibt.
MAJOR: Dazu nicht. Aber, daß ihr den Herrn losgeworden seid.
FRAU BÜRGERMEISTER: Weißt du, da muß ich schon sagen wie meine Schwester: so ungeschickt kann bloß ein Junggesell daher reden. Was wißt ihr von den Sorgen, die man mit Kindern hat.
MAJOR: Du hast wohl die Sorge, daß Suschen glücklich wird?
FRAU BÜRGERMEISTER: Eben deshalb.
MAJOR: Ist denn Heiraten wirklich alles, Schwägerin?
FRAU BÜRGERMEISTER *resolut:* Ja. Oder wenigstens die Hauptsache. Wenn ein Mädel nur eine richtige Versorgung hat. Alles andere kommt von selber.
MAJOR: Oder auch nicht.
FRAU BÜRGERMEISTER: Das Glück hat niemand in der Hand. Wenn man seinem Kind nur die Möglichkeit dazu verschafft.
MAJOR: Und das war hier der Fall, meinst du?
FRAU BÜRGERMEISTER: Ganz gewiß. *Der Major zuckt mit den Achseln.*
FRAU BÜRGERMEISTER: Was soll man denn verlangen? Er ist gesund, brav, hat eine sichere Stellung. Kann man sich eine bessere Partie denken? Lauter Prinzen gibt's halt nicht.
MAJOR: Und von der Neigung sagst du nichts? Sonst habt ihr sie immer im Mund.
FRAU BÜRGERMEISTER: Sie hat ihn gern. Und wie gern. Geh nur hinauf und schau, wie das arme Ding sich abgrämt!
MAJOR: Und er?
FRAU BÜRGERMEISTER: Er hat sie auch gut leiden können. Die heftige Zuneigung braucht es nicht.
MAJOR: So?
FRAU BÜRGERMEISTER: Nein. Das sagt jede vernünftige Frau. Die große Leidenschaft taugt gar nichts. Die hat keinen Bestand.
MAJOR: Die kleine scheint auch nicht herzuhalten.
FRAU BÜRGERMEISTER: Sie hält schon, wenn man erst verheiratet ist und sein anständiges Auskommen hat.
MAJOR: Ich wünsche deinem Suschen etwas Besseres als so einen Frosch.
FRAU BÜRGERMEISTER: Du warst immer gegen ihn.

MAJOR: Und hab' ich nicht recht gehabt? Beim ersten Schuß läßt er das Mädel im Stich.
FRAU BÜRGERMEISTER: Das wäre nie soweit gekommen, wenn Fritz nicht so bockbeinig gewesen wäre. Und heute ließe sich noch mit Adolf reden.
MAJOR: Du nimmst ihm das gar nicht übel?
FRAU BÜRGERMEISTER: Er ist am wenigsten schuld. Wenn das nicht gewesen wäre, hätte er nie daran gedacht, wegzugehen.
MAJOR: Aber, weil er Angst kriegte...
FRAU BÜRGERMEISTER: Er ist ein Mensch, der was auf sich hält, und der vorwärts kommen will.
MAJOR: Und dem alles andere wurscht ist.
FRAU BÜRGERMEISTER: Gerade, weil er so vorsichtig ist, wird eine Frau bei ihm ihre sichere Existenz haben.
MAJOR: Übertriebene Ansprüche an den Charakter stellst du wirklich nicht.
FRAU BÜRGERMEISTER: Charakter! Er hat Charakter genug.
MAJOR: Ah?
FRAU BÜRGERMEISTER: Wer sich eine solche Stellung erringt, muß schon Charakter haben.
MAJOR: Warum streiten wir eigentlich, Schwägerin? Du hast ja deinen Entschluß schon gefaßt.
FRAU BÜRGERMEISTER: Das habe ich auch.
MAJOR: Du wirst dem Herrn Amtsrichter sagen, daß er seiner Karriere nicht schadet, wenn er wiederkommt.
FRAU BÜRGERMEISTER: Er soll wenigstens wissen, woran er ist. Wenn er trotzdem wegbleibt, in Gottes Namen! Aber die Dummheit verschweigen, das tue ich nicht.
MAJOR: Er wird euch verzeihen. Suschen ist ja ein hübsches Mädel, kriegt auch was mit, und bis er wieder eine findet, das kostet ihm Zeit und Mühe.
FRAU BÜRGERMEISTER: Es kann ja sein, daß ich mir was vergebe. Die Leute würden es vielleicht schöner finden, wenn wir jetzt recht großartig beleidigt wären. Ich verliere aber gerne meinen Stolz, wenn nur das Kind glücklich wird.
MAJOR *hält ihr die Hand hin, jovial:* Geh her! Du bist eine brave Haut.
FRAU BÜRGERMEISTER *schlägt ein:* Lach nur über mich!

MAJOR: Das tu' ich nicht. Ich habe gestern und heut viele Redensarten gehört; vielleicht selber ein paar gemacht. Am Ende ist das natürlicher, was du sagst. Auch wenn du nicht recht hast.
FRAU BÜRGERMEISTER: Du mußt mir etwas versprechen, Karl.
MAJOR: Und was?
FRAU BÜRGERMEISTER: Daß du Fritz nicht in seinem Hochmut bestärkst, wenn Adolf wirklich zurückkommt.
MAJOR *lacht:* Das werde ich bleiben lassen. Der tut doch, was er will.
FRAU BÜRGERMEISTER: Nein, du! Wirklich! du hast einen solchen Einfluß auf ihn. Und es ist dir doch nicht gleich, wenn wir in dem Kummer weiter leben?
MAJOR: Das kann mir schon nicht gleich sein. Ich habe den Schaden daran. Das ist ja scheußlich, wie ihr jetzt herumsitzt.
FRAU BÜRGERMEISTER: Also versprich mir das!
MAJOR: Gut! Ich werde Fritz nicht in seinem Hochmut bestärken.
FRAU BÜRGERMEISTER: Ich dank' dir; auch für Suschen. *Marie kommt von links.*
FRAU BÜRGERMEISTER: Marie, räumen Sie ab, und wenn mein Mann fragt, sagen Sie ihm, daß ich fort bin und bald wieder komme.
MARIE: Ja, gnä' Frau. *Die Bürgermeisterin droht im Abgehen dem Major noch mit dem Zeigefinger; dann links ab.*

Dritte Szene

Der Major. Marie.

MAJOR *sucht in seinen Rocktaschen:* Marie, haben Sie meinen Tabakbeutel nicht gesehen?
MARIE: Da liegt er ja. Auf dem Tisch.
MAJOR: Ah, richtig. *Der Major geht zum Tisch und nimmt von Marie den Tabakbeutel in Empfang. Er stopft nachdenklich die Pfeife, wobei er mehrmals laut räuspert.*

Der Major *brummend:* Mich soll der Teufel in der Luft beuteln, wenn ich nochmal meine Nase hineinstecke. *Geht langsam nach links ab.*

Vierte Szene

Zuerst Marie allein, welche den Tisch abräumt. Dann treten durch die Gartentür Stelzer, Gruber, Kiermayer, Gschwendtner und Lindlacher ein. Alle tragen Gehröcke und altmodische Zylinder, die sie erst beim Eintreten des Bürgermeisters abnehmen.

Stelzer: Ist Herr Bürgermeister zu Hause?
Marie: Ja. Soll ich ihn holen?
Stelzer: Wenn Sie so gut sein wollen und sagen, daß wir da sind.
Marie: Gleich. *Ab nach links mit dem Kaffeegeschirr.*
Kiermayer: Du muaßt's Wort führ'n, Stelzer. Als Vorstand vom Kollegium.
Stelzer: In dieser Beziehung kann ich nicht umhin, wenn es mir auch unangenehm ist.
Gruber: Mir hamm uns do nix z'fürchten.
Kiermayer: Z'fürchten net; aba schö' is aa net. Heut so, morgen a so.
Gruber: Ja no! –
Gschwendtner: Wenn's amal das Interesse der Stadt erfordert!
Stelzer: Wir konnten gestern die Sachlage nicht so beurteilen.
Gruber: Und mir hamm eahm net o'gschafft, daß er 's Maul so weit aufreißt.
Kiermayer: Aba g'freut hat's uns.
Lindlacher: Dös hamm mir net so überlegt.
Stelzer: Wir können mit der Regierung nicht im Zwiespalt leben.
Gruber: Was hamm mir denn von dera Streiterei? Wir möchten unser Ruah!

LINDLACHER und GSCHWENDTNER *laut unisono:* Wir möchten unser Ruah!

STELZER: Wenn wir uns gegen die Behörden nicht mäßigen, is das ganze Bahnprojekt gefährdet.

KIERMAYER: Des ist ja richtig; des gib i zua.

GRUBER: Und koa Lateinschul kriag'n mir aa net. Seit zehn Jahr mach ma'r oa Eingab nach der andern, und jetzt waar alles umasunst.

STELZER: Wir dürfen unter keinen Umständen die Gunst der Regierung verscherzen.

GRUBER: Wenn ma was krieg'n will, muaß ma si aa was g'fallen lassen. Des is an alte G'schicht.

KIERMAYER: I bi ja selber net regierungsfeindli.

GRUBER: No also!

LINDLACHER: Im G'schäft hat ma'r an Verlust, und dahoam d' Vorwürf.

GSCHWENDTNER: Und wie waar's denn bei mir? Net? I bi Buachbinder und kriag vom Amtsg'richt d' Hypothekenbüacher zum Ei'binden. Auf oamal stand i do als a Revolutionär. De lasseten halt ihre Büacher ganz oafach bei an andern ei'binden. Und i hätt' an Dreck.

LINDLACHER: So geht's an jeden.

STELZER: Wir können die staatlichen Lieferungen nicht entbehren.

KIERMAYER: Des is mir alles recht, aba was soll denn jetzt da Bürgermoasta toa?

STELZER: Auf irgendeine Weise muß die Sache ins Geleise gebracht werden.

KIERMAYER: Wia denn?

GRUBER: Dös is sei Sach. Dafür is er Bürgermoasta.

LINDLACHER *grob:* Und werd zahlt von uns.

GSCHWENDTNER: Hat er den Karr'n einig'schoben, kann er'n wieda rausziagn aa.

KIERMAYER: Aber a Blamaschi is scho, a Blamaschi.

LINDLACHER: Auf dös bissel geht's net z'samm.

GRUBER: Dös hätt' er si z'erscht überlegen müassen. Was braucht er denn gar a so aufz'drah'n? A Minister is do aa'r a Mensch!

STELZER: Alles mit Maß und Ziel!
GSCHWENDTNER und LINDLACHER *laut unisono:* Mir möcht'n unser Ruah! –
KIERMAYER: Pst! Da kimmt er!

Fünfte Szene

Der Bürgermeister von links. Die Vorigen.

BÜRGERMEISTER: Guten Tag, meine Herren!
STELZER: Recht guten Tag!
DIE ANDEREN: S'Good, Herr Bürgermoasta –
BÜRGERMEISTER: Ich muß Ihnen nochmals meinen Dank aussprechen für gestern. *Verlegenes Schweigen. Stelzer hustet. Kiermayer schneuzt sich sehr laut.*
LINDLACHER *gedehnt:* Ja – ja!
GSCHWENDTNER: Jaa!
STELZER: Bitte sehr. Keine Ursache, Herr Bürgermeister.
BÜRGERMEISTER: Es wird mir unvergeßlich bleiben.
LINDLACHER *grob herausplatzend:* Uns aa! *Verlegene Pause.*
KIERMAYER: Jaa!
GSCHWENDTNER: So geht's oft –
GRUBER *zu Stelzer:* No, red halt amal!
STELZER: Gewiß. Herr Bürgermeister, wir kommen eigentlich in einer bestimmten Angelegenheit.
BÜRGERMEISTER *verbindlich:* Bitte, Herr Stelzer.
STELZER *etwas stockend:* Herr Bürgermeister waren – äh – so liebenswürdig, im Ministerium zu … zu opponieren. Wir haben unserer Freud' Ausdruck gegeben, in dieser Beziehung.
BÜRGERMEISTER: In erhebender Weise, Herr Stelzer.
STELZER: Jawohl, ja. Aber in den besseren Bürgerkreisen macht sich eine gewisse Strömung bemerkbar. Die Sorge um die Familie und das Geschäft übt einen starken Einfluß aus.
LINDLACHER: Und das Interesse der Stadt.
STELZER: Ganz richtig. Auch das allgemeine Wohl. In dieser Beziehung fürchtet man, daß wir überhaupt keine Bahn erhalten.

GSCHWENDTNER: Und koa Lateinschul.
STELZER: Und daß auch die Errichtung der Lateinschule unterbleibt.
BÜRGERMEISTER: Aber warum denn, meine Herren?
GRUBER *grob:* Da möcht i no lang fragen!
STELZER: Es ist bloß eine Stimme in den besseren Kreisen.
BÜRGERMEISTER: Sagen Sie mir nur einen vernünftigen Grund!
GRUBER *aufgeregt:* Jessas! Jessas!
LINDLACHER *heftig:* Zwanzgi für oan!
GSCHWENDTNER: Da braucht mo do koa Brillen, daß ma dös siecht!
BÜRGERMEISTER: Meine Herren, dieser Ton!...
STELZER *unterbricht ihn:* Verzeihung, Herr Bürgermeister! Herr Gruber! Meine Herren! Wir können doch mit Ruhe reden! Erlauben Sie, Herr Bürgermeister, wir sind hier sozusagen als Vertreter der öffentlichen Meinung. Wegen der Sorge um die Bahn.
LINDLACHER und GSCHWENDTNER *unisono:* Und d' Lateinschul!
STELZER: Es herrscht die Ansicht, daß Herr Bürgermeister die Opposition auf die Spitze getrieben haben. In dieser Beziehung.
BÜRGERMEISTER: Ich habe doch bloß Ihre Meinung vertreten!
STELZER: Ja, aber die Wahl der Worte, Herr Bürgermeister! Die Wahl der Worte!
GRUBER *grob:* Net gar a so aufdrah'n hätten S' sollen!
STELZER: Pst! Herr Gruber! Ich meine die Art und Weise, wie Herr Bürgermeister mit dem Minister umgegangen sind.
BÜRGERMEISTER: Sie befinden sich da in einem Irrtum, meine Herren!
LINDLACHER: Na! Na!
GSCHWENDTNER: Da gibt's koan Irrtum!
BÜRGERMEISTER: Die Sache ist aufgebauscht worden. Ich versichere Sie. Durch den dummen Artikel im Wochenblatt.
KIERMAYER: Herr Bürgermoasta, a bisserl is Eahna da Gaul durchganga; a bisserl!
GRUBER: Ja, a bisserl! Dös war scho viel!
BÜRGERMEISTER *zornig:* Sie trauen mir doch nicht zu, daß ich mich wie ein Flegel benehme?

GRUBER: Gar so übrig's fei müassen S' net g'wesen sei!
LINDLACHER: Für was hätten denn mir nacha an Ovation bracht?
GSCHWENDTNER *grob:* Mir san do net lauter Hanswurschten!
STELZER *flehend:* Ruhe, meine Herren! Ruhe! Wir sagen ja bloß, Herr Bürgermeister. Sie haben sich etwas hinreißen lassen durch Ihren edlen Eifer.
BÜRGERMEISTER: So glauben Sie mir doch, meine Herren! Sie sind falsch berichtet!
GRUBER *wütend:* Herrschaft! Jetzt kunnt i scho glei grob wer'n...
STELZER *zu Gruber:* Lassen Sie mich reden! *Zum Bürgermeister* Herr Bürgermeister, wir haben doch nur das Wohl der Stadt im Auge. Wir machen Ihnen keine Vorwürfe; wir wollen uns nur beraten wegen dieser mißlichen Lage...
BÜRGERMEISTER: Wie Sie immer von einer mißlichen Lage reden können.
STELZER: Oder sagen wir Dilemma. Es ist doch ein gewisses Dilemma vorhanden. Herr Bürgermeister waren in einer durchaus edlen Erregung, aber wir sind halt auch Untertanen.
KIERMAYER: Dös können S' doch net leugna, Herr Bürgermoasta!
GSCHWENDTNER: Geben S' as halt zua!
BÜRGERMEISTER: Ich will Ihnen was sagen, meine Herren! Das Wohl unserer Stadt liegt mir auch am Herzen.
STELZER: Das wissen wir, Herr Bürgermeister. In dieser Beziehung.
BÜRGERMEISTER: Ich habe mir die Sache überlegt. Schon bevor Sie gekommen sind, weil ich über Ihre Sorgen schon etwas unterrichtet war.
STELZER: Herr Bürgermeister...
BÜRGERMEISTER *fortfahrend. Sehr würdevoll:* Und ich habe sofort meinen Entschluß gefaßt. Vollständig frei, denn ich lasse mich durchaus nicht nötigen.
STELZER: Das möchten wir nie, aber...
BÜRGERMEISTER *unterbricht:* Ich werde den Minister fragen, ob ich sein Empfinden auch nur im geringsten verletzt habe. Und sollte dies der Fall sein *Kurze Pause*, dann werde ich mich entschuldigen.

GSCHWENDTNER: Ja, wirkli?
KIERMAYER *freudig:* I sag's ja!
BÜRGERMEISTER: Ich reise bereits morgen in die Residenz.
GSCHWENDTNER und LINDLACHER: Ah! Ah!
KIERMAYER: Unsa Bürgermoasta!
STELZER: Herr Bürgermeister, erlauben Sie mir, diese Handlungsweise, sie ist eine edle!
LINDLACHER, GSCHWENDTNER, KIERMAYER *unisono:* Dös is s' aber aa!
BÜRGERMEISTER: Ich betone ausdrücklich, daß ich damit durchaus nicht zugebe, was in dem taktlosen Artikel gestanden hat. Aber – unserer Stadt zuliebe zögere ich keinen Augenblick. Ich möchte nicht, daß auch nur die leiseste Verstimmung bei der Regierung herrscht.
GSCHWENDTNER: Ja! Ja!
KIERMAYER: I sag ja bloß.
STELZER: Herr Bürgermeister, Sie haben sich selbst bezwungen, sozusagen. Das ist der schönste Sieg. *Alle drängen sich freudig erregt um den Bürgermeister, rufen bravo und schütteln ihm die Hand.*
KIERMAYER: Das war ein Manneswort!
LINDLACHER: Respekt, sag' i!
GSCHWENDTNER: Hut ab! Vor einem solchen Mann!
GRUBER: Nix für unguat.
STELZER: Und unseren Dank! Unsern heißen Dank!
BÜRGERMEISTER: Bitte, meine Herren! Ich bedauere nur, daß Sie mir nicht gleich Ihr Vertrauen schenkten.
KIERMAYER: Der Gruber halt!
GRUBER: I war net alloa!
STELZER: Keinen Zwist, meine Herren! Wir haben nie das Vertrauen verloren, Herr Bürgermeister.
LINDLACHER: Ma red't ja bloß!
STELZER: Es war nur die Sorge um das Gemeinwohl.
GSCHWENDTNER: Ganz richtig!
STELZER: Wir wissen alle, was wir an Herrn Bürgermeister haben. Und wir werden das auch zeigen.
LINDLACHER: Jawohl!

Sechste Szene

Unter der Gartentür erscheint Heitzinger in Eile.

HEITZINGER: Endlich finde ich die Herren. Ich suche seit einer Stunde herum. Was sagen Sie zu meinem Artikel? Wie steht jetzt die Angelegenheit? *Beim Eintreten Heitzingers sind alle etwas beiseite getreten, so daß sich der Bürgermeister und Heitzinger gegenüber stehen.*
BÜRGERMEISTER: Das will ich Ihnen schon sagen. Die Angelegenheit steht schlecht für Sie.
HEITZINGER *verblüfft:* Wie? Was? Für mich?
BÜRGERMEISTER: Sie sind schuld an der ganzen Geschichte! Sie sind schuld, wenn die Gesinnung dieser Stadt auch nur einen Augenblick angezweifelt werden konnte. Sie ganz allein.
HEITZINGER: Diesen Vorwurf habe ich nicht verdient.
BÜRGERMEISTER: Jawohl haben Sie ihn verdient. Durch Ihren taktlosen Artikel!
HEITZINGER: Ich weiß nicht, wie ich mir vorkomme.
GSCHWENDTNER: Geh! G'stell di net a so!
LINDLACHER: Die ganze Bürgerschaft hetzat er aufanander. Was glauben denn Sie eigentli?
GSCHWENDTNER: Hast denn du gor koan Respekt vor der Obrigkeit?
GRUBER: Wia er d' Regierung anpacken möcht! Da hört si do alles auf.
LINDLACHER: An Minister möcht er beleidigen!
KIERMAYER: Mit sein' Schmierblatt!
HEITZINGER: Das verbitte ich mir! Ich verbitte mir solche unparlamentarischen Ausdrücke! Ich habe bloß meine Pflicht getan.
BÜRGERMEISTER: Das haben Sie nicht.
HEITZINGER: Herr Bürgermeister, ich habe doch bloß geschrieben, was Sie erzählt haben.
BÜRGERMEISTER: Was?
HEITZINGER: Ja. Nach Ihrer glücklichen Rückkehr.
BÜRGERMEISTER *geht langsam auf Heitzinger zu, tritt dicht an ihn heran, und blickt ihn durchbohrend an:* Mensch! Habe ich Ihnen etwas erzählt von Brutus? He?

Heitzinger: Nein – – –
Gschwendtner: Des muaß scho der Richtige g'wen sei!
Bürgermeister: Und vom weströmischen Reich? He?
Heitzinger: Erlauben Sie – – –
Bürgermeister: Und von Tyrannen? Und von vernichten? He?
Heitzinger: Das ist ja bloß der Stil, Herr Bürgermeister! Das ist ja bloß der Stil. Das muß so sein.
Gruber: A Schmarr'n is!
Gschwendtner: Und a rechte Unverschämtheit. *Alle schreien auf Heitzinger ein.*
Bürgermeister: Sie haben sich alles aus den Fingern gesogen.
Heitzinger: Ich habe der Sache natürlich eine schöne Wendung gegeben. Damit es einen Schwung hat. Aber ich wollte damit nur Herrn Bürgermeister unterstützen.
Bürgermeister: So?
Heitzinger: In Ihrem Kampfe gegen den Minister.
Bürgermeister *groß:* Herr Heitzinger, diese Kämpfe pflege ich allein auszutragen.
Kiermayer: Da brauch'n ma Eahna net dazua.
Heitzinger: Aber die Presse – – –
Bürgermeister *wie oben:* Was ich und der Minister einander zu sagen haben, das ist nicht für die Presse.
Lindlacher: Wia könna denn Sie überhaupts mitreden? Sie san ja gar net von hier.
Gruber: Sie Zuagroaster!
Bürgermeister: Ich kann Ihnen nur sagen, Heitzinger, Sie haben es beinahe fertig gebracht, daß der Frieden unserer Stadt gestört wurde.
Stelzer: Wenn das überhaupt möglich wäre!
Bürgermeister: Wenn das überhaupt möglich wäre. Ja! *Er zieht das Wochenblatt aus der Tasche und klopft darauf.* Es weht ein böser Geist aus diesen Zeilen, Heitzinger!
Heitzinger *resolut:* Wissen Sie was, Herr Bürgermeister, wenn der Artikel verfänglich ist – – dann dementiere ich ihn ganz einfach.
Gschwendtner: Dös werd dei Glück sei!
Bürgermeister: Wie soll das gehen?

HEITZINGER: Ich schreibe einfach, daß ich mich geirrt habe.
KIERMAYER: Oder daß d' b'suffa g'wen bist.
BÜRGERMEISTER: Schreiben Sie nur, daß Sie sich geirrt haben. Denn glauben Sie mir, Sie haben sich auch geirrt.
STELZER: Aber meine Herren, wir müssen jetzt gehen. Also adieu, Herr Bürgermeister.
GSCHWENDTNER: Und nomal vielen Dank.
KIERMAYER und LINDLACHER: Im Namen der Stadt. *Sie schütteln ihm wieder die Hand.*
STELZER: Ich habe die Ehre, mich zu empfehlen.
BÜRGERMEISTER: Adieu, Herr Stelzer!
LINDLACHER, GSCHWENDTNER, GRUBER, KIERMAYER: Pfüat Good!
BÜRGERMEISTER: Adieu, meine Herren! Und Sie, Herr Heitzinger, halten Sie diesmal Ihr Versprechen; Sie haben viel gutzumachen. *Alle gehen ab durch die Gartentür und reden eifrig in Heitzinger hinein, der heftig gestikuliert. Kiermayer kehrt unter der Tür um und geht auf den Bürgermeister zu.*
KIERMAYER: Herr Bürgermoasta! I bi koa Redner. Aba Sie verstengan mi do! I sag bloß dös. Bal die Regierung jetzt no was will – nacha san mir scho do! *Schüttelt ihm die Hand.*
BÜRGERMEISTER: Jawohl, Herr Kiermayer.
KIERMAYER: Mir zwoa verstengan anand. *Kiermayer ab. Nach Abtreten Kiermayers stellt sich der Bürgermeister an das rechte Fenster und blickt mit dem Rücken gegen das Publikum gewendet in den Garten hinaus. Pause. Der Major kommt von links.*

Siebente Szene

Der Major. Der Bürgermeister.

MAJOR: Was war denn das für eine lebhafte Unterhaltung?
BÜRGERMEISTER: Das Gemeindekollegium war da.
MAJOR: Aha!
BÜRGERMEISTER: Sie haben mich gebeten, daß ich den Minister beschwichtigen soll.
MAJOR: Und du?

BÜRGERMEISTER: Ich? *Legt die Hände auf den Rücken und geht auf und ab.* Ich habe eingewilligt. Was will ich machen?
MAJOR: Natürlich.
BÜRGERMEISTER: Weißt du, Karl, eine Lehre habe ich mir gezogen heute. Ich bin jetzt gewitzigt. Ich hole nicht noch einmal die Kastanien aus dem Feuer.
MAJOR: Da hast du recht.
BÜRGERMEISTER: Diese Helden! Und dafür opfere ich das Glück meiner Familie! *Frau Bürgermeister tritt von links auf, in großer Eile.*

Achte Szene

Die Vorigen. Frau Bürgermeister.

FRAU BÜRGERMEISTER: Fritz! Fritz! Er kommt.
BÜRGERMEISTER: Was? Wer?
FRAU BÜRGERMEISTER: Adolf. Ich war bei ihm. Ich habe ihm alles erzählt. *Der Major geht nach links ab.*
BÜRGERMEISTER *aufgeregt:* So red doch! Was ist denn?
FRAU BÜRGERMEISTER: Ich bin so gelaufen. Es kann noch alles gut werden. Er weiß, daß gar nichts vorgefallen ist.
BÜRGERMEISTER: Ja, aber...
FRAU BÜRGERMEISTER: Denk an unser Suschen! Sie war unglücklich genug wegen deiner Halsstarrigkeit.
BÜRGERMEISTER: Ich will ja gern. Ich will ja von Herzen gern, wenn...
FRAU BÜRGERMEISTER *streichelt ihm die Wange:* Sei wieder der Alte! Schau! So wie früher. Da kommt er schon! *Beringer erscheint langsam und gemessen unter der Gartentür.*

Neunte Szene

Die Vorigen. Beringer.

BÜRGERMEISTER *auf ihn zueilend:* Adolf!
BERINGER: Mama hat mir gesagt...
BÜRGERMEISTER: Herrgott, weil du nur kommst! Weil du nur wieder da bist! Junge!
BERINGER: Ja, ich weiß noch nicht, ob...
BÜRGERMEISTER: Aber ich weiß. Das Ganze war ja ein Unsinn!
FRAU BÜRGERMEISTER *welche sich mit dem Taschentuch die Tränen trocknet, zu Adolf:* Die Hauptsache ist, daß du unser Suschen noch immer lieb hast.
BERINGER: Gewiß habe ich Suschen gerne, aber du weißt ja, was ich dir gesagt habe, Mama.
FRAU BÜRGERMEISTER *zu ihrem Manne:* Er war so gut zu mir, und er ist gleich mitgekommen.
BERINGER: Ja, aber ihr begreift doch, ich muß doch gewisse Sicherheiten haben.
FRAU BÜRGERMEISTER: So red doch. Fritz!
BÜRGERMEISTER *zu Adolf:* Natürlich! Da hast du recht! Du mußt gewisse Sicherheiten haben. *Schüttelt ihm die Hand.* Alter Junge!
BERINGER: Mama sagt mir, du hättest keinerlei Kontroversen mit Exzellenz gehabt?
BÜRGERMEISTER: I wo werd ich!
BERINGER: Es hat keine Szene gegeben?
BÜRGERMEISTER: Keine Spur! Wie du nur einen Moment so was glauben konntest!
FRAU BÜRGERMEISTER: Das war schon deine Schuld, Fritz.
BÜRGERMEISTER: Aber natürlich war es meine Schuld.
BERINGER: Ich begreife faktisch nicht, wie man mit so etwas renommieren kann! Das ist doch kein Verdienst!
BÜRGERMEISTER: Im Gegenteil! Da hast du recht.
FRAU BÜRGERMEISTER: Er hat ja sonst nie etwas von der Politik wissen wollen, Adolf.
BÜRGERMEISTER: Und du weißt doch, daß ich die besten Beziehungen zum Ministerium habe.

BERINGER: Das liegt vor dieser Geschichte.
BÜRGERMEISTER: Das waren bloß ein paar Redensarten, im Privatkreis.
FRAU BÜRGERMEISTER: Es war gewiß nicht bös gemeint.
BÜRGERMEISTER: Und eigentlich habe ich der Regierung damit einen Dienst geleistet.
BERINGER *gedehnt:* So?
FRAU BÜRGERMEISTER *ängstlich:* Fritz!
BÜRGERMEISTER: Nein, wirklich! Du mußt doch zugeben, Adolf, daß in der Stadt eine starke Erregung herrschte.
BERINGER: Ach was!
BÜRGERMEISTER *begütigend:* Natürlich nichts Gefährliches. Aber immerhin eine Erbitterung. Da war es doch meine Aufgabe, den Leuten darüber wegzuhelfen. Das tat ich, indem ich sagte, daß ich ihre Interessen kräftig vertrat. Wenn wir nicht durchdrangen, ging es eben nicht anders. Der Notwendigkeit muß man sich beugen.
BERINGER: So hast du aber nicht gesprochen.
FRAU BÜRGERMEISTER: Nein, Fritz.
BÜRGERMEISTER: Ich hätte deutlicher sein sollen. Das war mein Fehler. Aber am Ende kann ich nichts dafür, wenn einige Schreier die Sache aufbauschen!
BERINGER: Das ist alles recht schön. Aber die Ovation ist nun einmal Tatsache.
BÜRGERMEISTER: Ich werde morgen dem Minister versichern, daß sie durchaus loyal gemeint war.
BERINGER: Du fährst zum Minister?
BÜRGERMEISTER: Gewiß. Vorhin habe ich es der Bürgerschaft versprochen.
FRAU BÜRGERMEISTER: Die Bürger waren bei dir?
BÜRGERMEISTER: Ja, und haben mich gebeten, dem Minister ihre Ergebenheit zu versichern. Damit ist doch die Sache bestens erledigt.
BERINGER: Aber womit kannst du deinen Besuch motivieren? Du mußt doch einen Grund haben?
BÜRGERMEISTER: Den habe ich auch. Ich werde mich feierlich gegen den Artikel im Wochenblatt verwahren. Ich werde erklären, daß wir nicht das mindeste damit zu tun haben.

BERINGER: Der Minister wird glauben, daß dich dein schlechtes Gewissen hintreibt.
BÜRGERMEISTER *eifrig:* Wieso denn? Er muß es doch selbstverständlich finden, daß wir gegen diese Taktlosigkeit Stellung nehmen.
BERINGER: Hm!
BÜRGERMEISTER: Außerdem weiß der Minister doch selbst am besten, daß ich ihm keine Grobheiten gemacht habe.
BERINGER: Das ist allerdings richtig.
BÜRGERMEISTER: Und er sieht ja, wieviel mir an seinem Wohlwollen liegt!
FRAU BÜRGERMEISTER: Es wird noch alles gut werden.
BERINGER *zögernd:* Vielleicht. Jedenfalls kann die Audienz günstig wirken.
BÜRGERMEISTER: Aber natürlich! Wird sie auch! Verlaß dich ganz auf mich! *Er schiebt seinen Arm unter den Beringers.* Und jetzt komm zu unserm Suschen! *Er zieht Beringer lebhaft gegen die linke Tür. Die Bürgermeisterin folgt, und trocknet wieder ihre Augen. Vor der Tür bleibt Beringer stehen.*
BERINGER: Gut! Ich komme mit. Aber wie gesagt, unter dem Vorbehalt, daß nicht etwa...
BÜRGERMEISTER *burschikos:* Papperlapapp! Da fehlt nichts mehr! Verlaß dich nur ganz auf mich! *Er zieht Beringer mit. Alle drei ab. Man hört zuerst den Bürgermeister, dann seine Frau lebhaft rufen:* »Suschen! Suschen!«

Zehnte Szene

Die Szene ist kurze Zeit leer. Dann treten der Major und Bierbrauer Schweigel durch die Gartentür ein. Schweigel ist sichtlich in Verlegenheit. Während der Szene tritt allmählich Dämmerung ein.

SCHWEIGEL *nimmt seinen Hut ab und kraut sich hinter dem Ohr:* Teufi! Teufi!
MAJOR: Ja, ja!
SCHWEIGEL: Dablecken S' mi nur recht!

MAJOR: Ich sag' doch nichts.
SCHWEIGEL: Aber hoamli lacha, gel? Reden S' halt amal! Was sagen denn Sie dazua?
MAJOR: Das nämliche wie gestern.
SCHWEIGEL: Da hamm Sie unsern Charakter anzweifelt. Net wahr?
MAJOR: Wollen Sie heut wieder über die Festigkeit streiten?
SCHWEIGEL: Warum denn net?
MAJOR: Schön. Da fangen wir gleich beim Gemeindekollegium an.
SCHWEIGEL *rasch:* Na! Liaba net!
MAJOR: Jetzt frag' ich einmal. Was sagen denn Sie dazu, Herr Schweigel? *Kleine Pause. Schweigel kratzt sich wieder hinter dem Ohr. Dann resolut*
SCHWEIGEL: I will Eahna was sag'n, Herr Major. Sie hamm jetzt das Heft in der Hand. Scheinbar. Aba Sie schaug'n die G'schicht do net ganz richtig o.
MAJOR: So?
SCHWEIGEL: Ja. Wissen S', es gibt da aa verschiedene Ansichten.
MAJOR: Das stimmt.
SCHWEIGEL: Oaner hat de, und der ander hat an andere.
MAJOR: Und manche haben zwei, und wechseln ab damit.
SCHWEIGEL: I hör' Eahna scho geh. Aba wissen S', die Halsstarrigkeit is aa'r a Fehler.
MAJOR: An dem leiden die Dornsteiner nicht.
SCHWEIGEL: Ja no! Der G'scheiter gibt nach.
MAJOR *lacht herzlich:* Sie sind ein braver Staatsbürger.
SCHWEIGEL: Sie lachen, Herr Major, aber sehg'n S', i behaupt, daß für uns Bürger de Politik überhaupts net paßt.
MAJOR: Nicht?
SCHWEIGEL: Na – de Politik is was für de Leut', de Zeit dazua hamm und de koana Rücksichten net z' nehma braucha.
MAJOR: Ja, wenn die Rücksichten nicht wären!
SCHWEIGEL: Des is ja! Sehg'n S', mir hamm z'letzt soviel Schneid wia'r a jeder. Aba – mir halten uns z'ruck.
MAJOR: Aha!
SCHWEIGEL: Mir müassen scho! Ob ma mög'n oder net. Mir hamm a G'schäft und hamm a Familie.

MAJOR: Kommen Sie auch mit dem?

SCHWEIGEL: Herr Major, allen Respekt vor dem Mannesmut, aba des allererste is, daß 's Haus in Ordnung is. Und des geht mit der Politik net z'samm.

MAJOR: Das sehe ich gar nicht ein.

SCHWEIGEL: Des is ganz klar. Net wahr, wenn oaner Politik macht, steht er allaweil zu oaner Partei. Und des is nix für an Geschäftsmann. Der muaß mit alle Leut guat steh'. *Es ist dunkel geworden. Marie kommt mit einer Gartenlampe. Die Bühne ist nun mäßig erhellt. Marie ab.*

MAJOR: Ihr dürft also bloß im Wirtshaus politisieren?

SCHWEIGEL: Des is des G'scheitest. Was schaugt denn raus dabei, wenn ma selber mittut? Mir sehg'n recht guat, daß im Staat vieles zum verbessern waar – aba mir Dornstoana alloa reißen des aa nimmer raus.

MAJOR: Besonders nicht, wenn ihr gleich umfallt.

SCHWEIGEL: Umfallen! G'setzten Falles, mir waaren umg'fallen...

MAJOR: Blimel, Blamel! Ihr habt nach allen Regeln der Kunst umgeschmissen.

SCHWEIGEL: Also g'setzten Falles, mir san umg'fallen, was is denn nacha?

MAJOR: Oh, gar nichts.

SCHWEIGEL: Sie müassen mi recht vasteh'. I sag' selber, daß de Standhaftigkeit was Schön's is. Moralisch bin i eigentli ganz mit Eahna ei'vastanden, aba der andere Standpunkt hat aa sei Berechtigung.

MAJOR: Welcher? Der unmoralische?

SCHWEIGEL: Jetzt möchten S' mi wieder dablecken! Na, sehg'n S', Herr Major, ma fragt si doch, will ma den Streit weiter führ'n, oder will ma sei Ruah hamm. D' Regierung is oamal z'stark, und da gang der Verdruß nimmer aus. Also sagt ma si: »Leb'n ma'r im Frieden!« *Während der letzten Sätze ist von beiden unbemerkt der Bürgermeister links eingetreten.*

Elfte Szene

Die Vorigen. Der Bürgermeister

BÜRGERMEISTER *laut und freudig:* Bravo! Ja, leben wir im Frieden!
SCHWEIGEL: Ah, da Herr Bürgermoasta...
BÜRGERMEISTER: Das war mir aus der Seele gesprochen.
MAJOR: Ist die Versöhnung allgemein?
BÜRGERMEISTER: Gott sei Lob und Dank! Ja!
SCHWEIGEL: In der ganzen Stadt is oa Begeisterung. Dös hamm S' scho fei geben, Herr Bürgermoasta!
MAJOR: In der Familie ist alles wieder in Ordnung?
BÜRGERMEISTER *schüttelt ihm die Hand:* Ja, Karl.
MAJOR: Dann wäre ich also der einzige, der unrecht hat.
BÜRGERMEISTER: Du hast es gewiß gut gemeint.
MAJOR: Na, das ist wenigstens etwas.
SCHWEIGEL: Da Herr Major is halt an alter Soldat und möcht allaweil an kloan Kriag.
BÜRGERMEISTER *sich die Hände reibend:* Ach, Leute! Ich bin so froh! Sie haben jedenfalls gehört, Herr Schweigel, es war eine Verstimmung da.
SCHWEIGEL: Mit'n Herrn Amtsrichter? Ja, i hab was läuten hören.
BÜRGERMEISTER *heiter:* Das ist alles in Ordnung! Gottlob! *Von links kommt Beringer, Arm in Arm mit Suschen. Hinter ihnen die Bürgermeisterin.*

Zwölfte Szene

Der Bürgermeister. Der Major. Schweigel. Frau Bürgermeister. Beringer. Suschen.

SCHWEIGEL *sehr laut:* So is recht! Waar ja net übi, wenn si des schönste Brautpaar z'kriag'n tat!
BÜRGERMEISTER *zu Beringer:* Herr Schweigel hörte davon.
SCHWEIGEL: Und i hab koan schlechten Verdruß g'habt! Liaba

wer'et ma do scho a ganze Sud Bier sauer, als so was! Herrschaftsseiten!

SUSCHEN: Sie sind so gut zu mir, Herr Schweigel.

SCHWEIGEL *mit lärmender Lustigkeit:* Da hamm S' recht! I gab Eahna glei a Busserl, wenn da Herr Amtsrichter net dabei war! *Wendet sich zur Bürgermeisterin und reicht ihr die Hand.* Gelten S', Frau Mama?

SUSCHEN *zu Beringer:* Heute bleibst du recht lange?

BERINGER: Eigentlich... aber wenn du willst.

SUSCHEN *küßt ihn:* Du lieber Schatz!

FRAU BÜRGERMEISTER *gerührt:* Unsere Kinder! Fritz!

SCHWEIGEL *lärmend zum Major:* Ha? Sag'n S' amal selber, is des net g'scheiter als wia d' Politik?

FRAU BÜRGERMEISTER: Aber jetzt setzen wir uns!

BÜRGERMEISTER: Heute soll es einmal gemütlich werden.

SUSCHEN: Herr Schweigel bleibt auch da? Gelt?

SCHWEIGEL: Freili, Sie liabs Hascherl! *Man hört entfernt Musik.*

FRAU BÜRGERMEISTER: Also Platz nehmen! Karl, du mußt neben mich...

SCHWEIGEL: Wenn i no dro denkt hätt', nacha hätt' i a Banzel Bier aufg'legt. *Alle gehen zu Tisch. Schweigel, der Major, Frau Bürgermeister, der Bürgermeister setzen sich. Suschen und Beringer wollen Platz nehmen. In diesem Augenblick intoniert die Musik ganz nahe einen Marsch. Alle horchen. Der Bürgermeister und seine Frau springen auf.*

BÜRGERMEISTER: Was ist das? *Marie stürzt herein und ruft: »D' Liedertafel kommt!«*

FRAU BÜRGERMEISTER *bestürzt:* Um Gottes willen!

BÜRGERMEISTER: Es wird doch nicht wieder!...

SCHWEIGEL: Na! Na! Hamm S' nur koa Angst! Desmal is a Friedensfeier! *Dröhnender Marsch. Die Musik, die Liedertafel, Lampionträger und viel Volk sind im Garten angelangt. Einen Moment Stille. Dann singt ein Quartett die erste Strophe des Liedes: »Still ruht der See«. Nach Beendigung der Strophe tritt Stelzer unter die Tür und spricht gegen den Zuschauerraum gewendet.*

STELZER: Zum zweiten Male kommen wir mit Dank erfüllt an

diese Schwelle. Unser Herr Bürgermeister, der dem Wohle der Stadt alles opfert, und der sich selber bezwungen hat, er lebe Hoch! Hoch! Hoch! *Die Leute im Garten stimmen brausend in das Hoch ein. Einen Augenblick Schweigen. Dann tritt der Bürgermeister vor und spricht.*

BÜRGERMEISTER: Mitbürger! Diese Ehrung überrascht mich noch mehr wie die erste. Ich weiß aber, daß Sie damit nur Ihre gute Gesinnung zeigen wollen. Wir Dornsteiner sind und bleiben treue Untertanen. Jetzt und immerdar. In diesem Sinne rufe ich: Die loyale Stadt Dornstein soll leben, Hoch! Hoch! Hoch! *Stürmische Hochs und Bravos. Die Liedertafel fällt gleichzeitig mit dem Sängerspruch ein:*

Schneidige Wehr,
Blanke Ehr,
Lied zum Geleit
Gib Gott allzeit!

Während des Singens fällt der Vorhang.

Erster Klasse

Bauernschwank in einem Akt

PERSONEN

Kaufmann Stüve aus Neuruppin
Assessor Alfred von Kleewitz } junges Ehepaar aus
Lotte von Kleewitz } Norddeutschland
von Scheibler, kgl. bayerischer Ministerialrat
Sylvester Gsottmaier, Ökonom
Josef Filser, Ökonom und Abgeordneter
Marie Filser, dessen Ehefrau
Ein Schaffner
Ein Zugführer

Die Handlung spielt in einem Eilzugcoupé erster Klasse.
Ort: Oberbayern.

Erste Szene

Im Coupé sitzen am offenen Fenster einander gegenüber von Kleewitz und seine Frau. Neben Kleewitz sitzt Stüve, neben Frau von Kleewitz sitzt von Scheibler. Von Kleewitz und seine Frau sehen sich unverwandt mit verliebten Blicken an; wenn sie sich unbemerkt glauben, spitzen sie die Lippen und küssen in die Luft; bald tritt sie ihn, bald er sie auf den Fuß. Von Scheibler liest eifrig in einer Zeitung. Stüve klopft ungeduldig mit dem Fuß auf dem Boden, zieht öfters die Uhr und schmatzt nervös.

STÜVE *wieder auf die Uhr sehend:* Vier Uhr fünfzig... um sieben sollen wir in München sein. Diese Bummelkarre heißt sich Schnellzug! *Kleine Pause.* In einer Stunde hat der Zug mindestens sechsmal gehalten; bei jedem Hundestall haben sie hier 'ne Station, und wenn 'n Wirtshaus daneben steht, is es 'n Kreuzungspunkt. *Kleine Pause.* Wenn ich von Köln bis Berlin fahre, halte ich keine sechsmal auf der ganzen Strecke, und was nich hunderttausend Einwohner hat, is überhaupt keine Schnellzugstation. *Zieht wieder die Uhr.* Das is 'n Verkehr! Ja? Was? Ich will 'mal das Kursbuch nachsehen. *Er steht auf und holt aus dem Netz eine kleine Reisetasche, die er öffnet. Er zieht den großen Hendschel heraus und blättert nervös darin. Dabei dreht er Kleewitz den Rücken zu und sieht zum Publikum heraus.*
KLEEWITZ *zu seiner Frau, sehr verliebt:* Lo!
FRAU VON KLEEWITZ *schmachtend:* Mäuschen!
VON KLEEWITZ: Du!
FRAU VON KLEEWITZ: Süßes! *Sie küssen in die Luft.*
STÜVE *hat den Hendschel aufgeschlagen:* München – – hundertachtundvierzig... *zu Kleewitz* Pardong! Wissen Sie vielleicht, wie die letzte Station geheißen hat?
VON KLEEWITZ: Nee!
STÜVE: Natürlich nich! *Zu von Scheibler.* Pardong! Wissen Sie?
Von Scheibler sieht ihn über die Zeitung weg fragend an.
STÜVE: Wie der Ort heißt, wo wir das letzte Mal gehalten haben?
VON SCHEIBLER: Unterdingharting.
STÜVE: Unter...?

VON SCHEIBLER *hält die Zeitung wieder vor:* Dingharting.
STÜVE: Das is schon wie chinesisch. Unterdingharting... *Im Buche lesend.* Vier Uhr achtunddreißig... *Sieht auf seine Uhr.* also mindestens zehn Minuten Verspätung! Nee, das ist eine Bummelei! Unerhört! *Er wirft das Kursbuch zornig in die Tasche, klappt zu, steht auf und legt die Tasche wieder ins Netz.*
VON KLEEWITZ *benützt die Situation, wie vorhin:* Lo!
FRAU VON KLEEWITZ *schmachtend:* Süßes!
STÜVE *setzt sich wieder:* Ich will mal ordentlich Skandal machen.
STÜVE *zu Scheibler:* Wollen Sie meine Beschwerde unterschreiben?
VON SCHEIBLER: Welche Beschwerde?
STÜVE: Gegen diesen Schwindel, daß so was 'n Schnellzug sein soll.
VON SCHEIBLER: Das ist ein fahrplanmäßiger Schnellzug.
STÜVE: So? *Scheibler zuckt die Achseln.* Na, das ist Ansichtssache. Wir in Preußen haben andere Eilzüge.
VON SCHEIBLER: Das entspricht jedenfalls einem Bedürfnisse, wenn gehalten wird.
STÜVE: Vielleicht ist 'n rascher Verkehr auch 'n Befürfnis. Nich wahr?
VON SCHEIBLER: Es gibt eben Eilzüge, die halten.
STÜVE: Eilzüge gibt's ja gar nich in Bayern. Dreißig Kilometer in der Stunde ist hier schon Expreß.
VON SCHEIBLER: Wir fahren von München bis Nürnberg in der Stunde...
STÜVE *einfallend:* Nee! Wir fahren von Berlin nach Zossen zweihundert Kilometer per Stunde, von Berlin nach Hamburg hundertzehn Kilometer, wir fahren von Köln nach Berlin fünfundsiebzig Kilometer. Das is'n Tempo? Ja? *Scheibler zuckt die Achseln und liest wieder in seiner Zeitung. Stüve nimmt aus seiner Tasche einen Tintenstift und macht ihn zurecht, er nimmt sein Notizbuch und will eben zu schreiben anfangen, da pfeift die Lokomotive und der Zug hält mit einem Ruck an. Man hört die Stimme des Zugführers: Mitta-ding-harting! Mitta... ding... harting.*
STÜVE *auffahrend:* Was?! Schon wieder halten? Nee, das geht

über'n Hutrand! *Zu Kleewitz.* Pardong! *Er stürzt ans Fenster und schreit hinaus.* Hören Sie, das is'ne Schweinerei! Das is 'ne Gemeinheit. *Sehr laut.* Schaffner! Schaffner!

Zweite Szene

SCHAFFNER *von außen:* Was is denn? *Sein Kopf taucht im Fenster auf.*
STÜVE: Ich will wissen, warum der Zug hier hält.
SCHAFFNER: Han?
STÜVE *sehr scharf:* Warum hält der Zug?
SCHAFFNER: Ja, weil er halt halt! *Ab.*
STÜVE *zum Fenster hinaus:* Kann ich Auskunft verlangen? Ja?
Man hört Milchkübel klappern. Ein Ochse brüllt. Kälber blöken.
STÜVE *nach rückwärts zu Scheibler:* Ich bitte, kommen Sie als Zeuge! Sie laden hier Milch ein. Und 'n Ochsen laden sie ein. *Wütend hinausschreiend.* Schweinerei!
VON SCHEIBLER *ist aufgestanden, entschuldigt sich bei Frau von Kleewitz und sieht auch hinaus:* Tatsächlich. Sie laden Vieh ein. *Setzt sich wieder.*
STÜVE *nach rückwärts:* Na, hören Sie! Das läßt man sich doch nicht gefallen! *Brüllt hinaus.* Schaffner!
SCHAFFNER *erscheint am Fenster:* Han?
STÜVE *jede Silbe betonend:* Ich mache Sie darauf aufmerksam, daß ich an Ihren Eisenbahnminister schreiben werde.
SCHAFFNER: Braucha 'S a Briefmark'n? *Der Ochse brüllt.*
STÜVE: Und morgen steht's in der Zeitung. Dafür garantiere ich Ihnen.
SCHAFFNER: I glaab's a so.
VON SCHEIBLER: Sie, das ist nicht zum Scherzen. Wir wollen hier nicht sitzen bleiben!
SCHAFFNER: Ia no! Wenn der Ochs net einigeht!
VON SCHEIBLER: Das ist Ihre Sache; wir wollen fahren.
STÜVE: Sagen Sie doch dem Ochsen, daß das 'n Schnellzug ist. Bitte, sagen Sie ihm das von mir!
SCHAFFNER: Kennt er Eahna?
VON SCHEIBLER: Ich verbitte mir Witze.

STÜVE: Wo ist denn der Zugführer? *Brüllt über den Schaffner hinaus.* Zugführer! *Der Ochse brüllt. Der Zugführer erscheint am Fenster.*

Dritte Szene

ZUGFÜHRER: Hö! Hö! Was gibt's denn?
STÜVE: Hören Sie, wir halten hier schon mindestens vier Minuten...
ZUGFÜHRER: Ja no!
STÜVE: Ich mache Sie darauf aufmerksam: Wenn ich den Anschluß nach Frankfurt versäume, bezahlt mir der Staat den Schaden.
ZUGFÜHRER: Regen'S Eahna no net auf! Da Zug geht scho wieda.
STÜVE: Ich verlange alles bei Mark und Pfennig, das sage ich Ihnen!
VON SCHEIBLER *zum Zugführer:* Ich bin der Ministerialrat von Scheibler. Ich muß Ihnen sagen, daß ich diese Verzögerung nicht verstehe. *Der Schaffner ab.*
ZUGFÜHRER *salutiert:* Entschuldigen Herr Ministerialrat, aber dieser Ochse, net wahr, ist widerspenstig.
VON SCHEIBLER: Sehen Sie zu, daß wir jetzt fortkommen.
ZUGFÜHRER: Zu Befehl, Herr Ministerialrat. *Ab. Scheibler liest wieder.*
STÜVE *zieht die Uhr:* Ich bekomme den Anschluß nich mehr. Der Frankfurter Zug fährt mir vor der Nase weg. *Er holt seine Tasche aus dem Netz, sucht das Kursbuch.*
VON KLEEWITZ *zu seiner Frau:* Lo!
FRAU VON KLEEWITZ: Mäuschen! *Der Ochse brüllt laut.*
VON KLEEWITZ: Liebling!
FRAU VON KLEEWITZ: Süßer! *Der Ochse brüllt sehr laut.*
STÜVE *im Kursbuch lesend; sehr nervös:* Um sieben Uhr einunddreißig ab nach Frankfurt; Billett lösen, Gepäck aufgeben, 'n Telegramm abschicken! Sieben Uhr einunddreißig! Wenn ich den Zug nicht erwische, is der Auftrag futsch! *Außen hört man laut schreien: Wiah! Hü! Wiah! Hau'n mit da Goaßl aufi! Wiah!*

STÜVE *stürzt ans Fenster, brüllt:* Schaffner! *Der Schaffner erscheint am Fenster.* Haben Sie noch nich genug Rindviecher im Zug?
SCHAFFNER: Jo! Gnua!
STÜVE: Ich sage Ihnen, Sie erleben was! Geben Sie acht, was Sie erleben! Sie kennen mich schlecht! Das ist 'n Saustall! *Der Zugführer erscheint neben dem Schaffner.*
ZUGFÜHRER: No, no! Also, ich bitte, sich net so aufzuregen!
VON SCHEIBLER: Aber der Herr will doch den Anschluß nicht verpassen.
ZUGFÜHRER: Der Zug wart' schon.
STÜVE: N'Deibel tut er.
ZUGFÜHRER: Bei uns in Bayern wart' jeder Zug. *Außen schreit es: Wiah! Hat'n scho! Hat'n scho!*
ZUGFÜHRER: No also! *Zu Stüve.* Was wollen'S denn? *Zu Scheibler verbindlich.* Ich möchte gehorsam melden, net wahr, daß dieser Ochs jetzt bereits drin is und...
STÜVE: Dann fahren Sie doch ins Deibels Namen!
ZUGFÜHRER *sieht ihn strafend an:*... und daß also jetzt keine weiteren Hindernisse nicht mehr vorhanden sind, indem daß mir den Zug jetzt ablassen kinnen, sondern er geht jetzt ohne weiteres.
VON SCHEIBLER *ungeduldig:* Gut!
ZUGFÜHRER: Ich wollte betreff dieses bemerkt haben, daß also koa Grund zur Beschwerde nicht vorhanden ist, sondern daß wir diesen Ochsen nach der Regierungsentschließung...
STÜVE *brüllt:* Fahren Sie!
ZUGFÜHRER:... einparkieren müassen. Ich wollte dieses bemerkt haben. *Verschwindet vom Fenster. Man hört ihn rufen:* Fertig! *Die Lokomotive pfeift, der Schaffner pfeift, der Zug setzt sich in Bewegung.*
STÜVE: Nee, wirklich! Wir fahren! *Zu Scheibler.* Erlauben Sie, daß ich mich vorstelle: Friedrich Wilhelm Stüve, Vertreter der Firma Gebrüder Klausing in Neuruppin. *Scheibler nickt, verhält sich aber zurückhaltend.*
STÜVE: Ich habe aus dem Gespräche vorhin entnommen, daß Herr Ministerialrat... nich wahr?
VON SCHEIBLER: Ja, ja. *Sieht wieder in seine Zeitung.*
STÜVE: Ich möchte um alles in der Welt nicht, daß Herr Ministe-

rialrat ... nich wahr ... mir die Bemerkung übelnehmen, die ich mir über bayrische Verkehrsverhältnisse ... nich wahr?
VON SCHEIBLER *wie oben:* Ja – Ja.
STÜVE: Ich soll morgen mit ner Frankfurter Firma abschließen. Komm' ich, erhalt' ich den Auftrag, komm' ich nich, kriegt'n 'n anderer. Ich sehe aber ein, daß die Verwaltung am Ende nischt dafür kann, wenn hier 'n Ochse eingeladen wird, aber ich hätte am liebsten den ganzen Ochsen bezahlt, wenn ich nur den Anschluß kriege. *Scheibler setzt den Zwicker auf und sieht Stüve über die Gläser an.*
STÜVE *spricht sehr rasch:* Es ist mir sehr angenehm, mit einem Herrn von der Regierung zu sprechen. Wir suchen Fühlung besonders mit der bayer'schen Regierung, weil wir auch Kunstdünger fabrizieren. Wir wollen es erreichen, daß wir gerade von der Regierung empfohlen werden, daß die Leute von ihren eigenen Beamten hören, ihr sollt und müßt Kunstdünger nehmen von Gebrüder Klausing in Neuruppin. Die Firma is Ihnen vielleicht bekannt: chemische Fabriken für Farbstoffe, alles mögliche und Kunstdünger. Wir verarbeiten Guano und Hyperphosphat und erzielen die kolossalsten Resultate. Die Leute, die heute noch mit Kuhmist arbeiten, haben ja gar keine Ahnung vom Zeitgeist! Ich sage immer, wie recht unser Kaiser hat mit dem bekannten Worte, Volldampf voraus! Was hilft mir denn die alte Geschichte und die Gewohnheit oder Pietät oder Tradition, oder wie man's heißen will? Ich will nu einfach keinen Kuhmist mehr, ich will Kunstdünger! Nicht wahr? Hab 'ch recht?
VON SCHEIBLER *ihn noch erstaunter betrachtend:* Ja – ja!
STÜVE: Sehen Sie, das freut mich, daß Sie das sagen, Herr Ministerialrat, nich wahr? Aber gerade hier zu Lande hält die Regierung die Hand noch immer über den Kuhmist, statt die Leute einfach zu zwingen, dem modernen Geiste Rechnung zu tragen. Nehmen Sie mir die Bemerkung nich übel, aber die Leute hier sind eben noch etwas beschränkt. Wenn ich hier mit so'n Dorfschulzen spreche, ist der Mann imstande und sagt mir, ja mein Vater und Großvater ist auch mit Kuhmist aufgewachsen und warum soll ich da ne Änderung machen? Ja, du lieber Gott! Vor fünfzig Jahren hat's alles mögliche nich gegeben. Vor fünfzig Jahren haben wir auch noch keine Kolonien gehabt, und keine

Flotte und keen Luftschiff und die ganze kolossale Stellung, die wir jetzt einfach haben. Das ist eben der Zeitgeist! Das ist eben die Entwicklung! Das is eben der Kunstdünger! Nich wahr? Aber das ist die Aufgabe der Regierung, den Leuten das klar zu machen, daß sie endlich mal raus müssen aus dem Kuhmist, und daß das hier nicht geschieht... das ist reaktionär. Sagen Sie doch selbst, Herr Ministerialrat.

VON SCHEIBLER: Ja... ja.

STÜVE: Sehen Sie, unsere Firma hat sich das zum Wahlspruch gemacht: Fort mit dem Stalldünger! Das ist mit goldenen Lettern in die Bücher von Gebrüder Klausing eingetragen und das ist die Parole, mit der wir siegen oder untergehen. Wir sind Kinder einer neuen Zeit und ich sage immer, diese Zeit soll uns auf'n Posten finden und wenn die ganze Welt sagt: Kuhmist! Wir sagen: Kunstdünger. Das ist unser Schlachtruf. Jawohl! Wenn Sie gestatten, ich will Ihnen mal den Katalog...

VON SCHEIBLER *höflich ablehnend:* Ich danke... wirklich.

STÜVE: Herr Ministerialrat, Sie sollen und müssen den Katalog sehen. Sie werden staunen über die kolossalen Anerkennungen, die wir seit einer Reihe von Jahren erhalten haben, und über die Gutachten der größten Autoritäten des In- und Auslandes und Sie werden sagen, ja, wenn das so ist, dann begreife ich nich, wie meine eigene Regierung dem Kunstdünger gegenüber noch kühl bleiben kann. Ich werde Ihnen mal den Katalog zeigen. *Er steht auf, holt wieder seine Tasche aus dem Netz und nimmt daraus einen Katalog.*

VON KLEEWITZ *die Situation benutzend:* Lo!

FRAU VON KLEEWITZ: Fred!

VON KLEEWITZ: Schatz!

FRAU VON KLEEWITZ: Süßer!

VON KLEEWITZ: Liebling! *Scheibler hat wieder in seiner Zeitung gelesen; Stüve beugt sich zu ihm vor und zeigt ihm den Katalog.*

STÜVE: Sehen Sie! Hier diese herrlich entwickelte Pflanze auf dem Titelbild ist das Produkt der künstlichen Düngung; dieses degenerierte Produkt aber, was Sie hier sehen, entwickelt sich aus Stalldünger. Der Künstler wollte damit den Unterschied bemerklich machen, nich wahr? *Scheibler sieht flüchtig hin und nickt.*

STÜVE *noch eifriger:* Hier links haben Sie das Motto der Firma

Gebrüder Klausing in einem Verse: Nimmer sich beugen, kräftig sich zeigen, rufet die Arme der Götter herbei. Is von Goethe. Und rechts die Devise: Fort mit dem Stalldünger! Und nu kommen die ersten dreiundzwanzig Seiten, nischt wie Anerkennung von praktischen Landwirten, Vereinen, Verwaltern, Rittergutsbesitzern, Grafen und Barone... *Der Zug hält mit einem plötzlichen Ruck.*

VON KLEEWITZ *sieht zum Fenster hinaus:* Was ist? Wir halten auf offener Strecke?

FRAU VON KLEEWITZ *ebenso:* Um Gottes willen, was ist denn?

STÜVE *aufstehend:* Was ist los? *Man hört außen die Stimmen des Schaffners und des Zugführers: Der Ochs! Der Ochs!*

VON SCHEIBLER *ist auch aufgestanden:* Was rufen die Leute?

STÜVE: Ich hör' wieder mal was von 'nem Ochsen.

VON SCHEIBLER: He da! Zugführer!

ZUGFÜHRER *erscheint am Fenster:* Wünschen die Herrschaften?

VON SCHEIBLER: Ist was passiert?

FRAU VON KLEEWITZ: Um Gotteswillen.

ZUGFÜHRER: Na, na! Die Herrschaften können ganz beruhigt sein. Der Unfall ist schon vorüber.

VON SCHEIBLER: Welcher Unfall! So reden Sie doch!

ZUGFÜHRER: Ja, der Ochs waar uns beinah auskemma!

STÜVE: Na so was!

ZUGFÜHRER: De Tür is aufganga, net wahr? Halt der Ochs den Kopf außa... net wahr? Und woaß ma ja nia, was so einem Viech einfallt, aber zum Glück schaugt der Lokomotivführer grad die Gegend a bissel an, net wahr, und siecht den Ochsen außaschaug'n. Und natürlicherweis ziagt er glei an Westinghauser, indem daß er glaabt, net wahr, daß keine weitere Unvorsichtigkeit von diesem Ochsen sich passiert. Ziagt er an Westinghauser. Net wahr?

VON SCHEIBLER: Und deswegen halten wir auf freiem Feld?

ZUGFÜHRER: Ja no! Was woaß so an Rindviech von der G'fahr?

VON SCHEIBLER: Rufen Sie den Lokomotivführer...

STÜVE: Aber dann kommen wir ja nich weiter!

VON SCHEIBLER: Ja so! *Zum Zugführer.* Na, Sie werden das weitere hören.

ZUGFÜHRER: Wenn da Herr Ministerialrat woll'n, nacha hol i an Lokomotivführer...

VON SCHEIBLER: Ich werde in München Gelegenheit finden.
SCHAFFNER *erscheint am Fenster neben dem Zugführer:* Herr Zugführer, da'r Ochs frißt scho wieda ganz grüabi. *Ab.*
ZUGFÜHRER: No also! Nacha fahr ma wieda. *Zu von Scheibler.* Ich möchte bloß betreff des Ochsen sag'n, daß der dienstliche Befehl darauf lautet, net wahr...
STÜVE: Reden Sie nich lange! Mensch!
ZUGFÜHRER:... daß, bald ein Unfall in Aussicht ist oder wahrgenommen wird, für den Fall, daß...
VON SCHEIBLER: Gehen Sie endlich!
ZUGFÜHRER: Jawoll! *Ab. Man hört außen schreien: Fertig! Auf geht's! Der Schaffner pfeift; die Lokomotive pfeift; der Zug fährt an.*
VON KLEEWITZ: Lo! Bist du erschrocken?
FRAU VON KLEEWITZ: Ja, Mäuschen.
VON KLEEWITZ: Hast du Schmerzen?
FRAU VON KLEEWITZ: Nein, Süßing. Aber nervös, weißt du...
STÜVE: Na, ich muß sagen, so 'ne Sache is eklich. Da braucht man nich auf der Hochzeitsreise zu sein. Die kann auch 'n normalen Menschen nervös machen. *Zu von Scheibler.* Ich verstehe gar nich, wie so was menschenmöglich is. Ich kenne doch weiß Gott den ganzen Kontinent, aber so was wie in Bayern... *Er zieht die Schultern hoch.*
VON SCHEIBLER: Sie dürfen mir glauben, daß das Ausnahmen sind... übrigens *zu Kleewitz gewandt* werde ich dafür sorgen, daß solche Dinge nicht mehr vorkommen.
STÜVE: Herr Ministerialrat, sagen Sie mal, sind Sie eigentlich geborener Bayer?
VON SCHEIBLER: Ich bin Unterfranke.
STÜVE: Also nich aus dieser Gegend hier?
VON SCHEIBLER: Nein, warum?
STÜVE: Ich finde das Volk hier so originell! So naiv! Ich sage immer zu meinem Chef, die haben ja noch keene Ahnung vom zwanzigsten Jahrhundert, noch nich mal vom achtzehnten. 'sis ja nich zum Blasen, was das für Leute sind.
VON SCHEIBLER: N – na!
STÜVE: Ich habe mir sagen lassen, daß hier jeder schon als Kind mit 'n paar Monaten Bier trinkt und 'n Rettig ißt, *lacht hölzern*

ha… hm… ha… ha… is ja sehr komisch, aber ich bitte Sie, wo kriegen sie da die Intelligenz her… ha… hm… ha… ha… nee! nee! Ich sage nur, so was von naiv!
VON SCHEIBLER: Da haben Sie doch nicht ganz das Richtige gehört.
STÜVE: Aber ich bitte Sie, Herr Ministerialrat, ich meine doch das selbstverständlich nich als Beleidigung, und ich bin doch der erste, der das anerkennt, daß es in Bayern sehr tüchtige Leute gibt und Künstler und Gelehrte, aber ich meine, was hier so in der Gegend als Bauer lebt, nee, die kenn ich aus eigener Anschauung un ich muß sagen, so was Naives habe ich in meinem Leben nie gesehen… ha… hm… ha… ha… nee, die kenn ich nu ganz genau!
VON SCHEIBLER *zuckt die Achseln:* Tja!
STÜVE: Ich habe mir sagen lassen, wenn hier eener an Kirchweih nich 'n paar Löcher in Kopp kriegt, fühlt er sich in seiner Standesehre beeinträchtigt… und… und… und wenn eener 'n Schatz hat *zu Frau von Kleewitz* Pardong! hm… ha… ha… hm… ha… ha… denn muß er über 'ne Hühnerleiter steigen… hm… ha… ha…
VON SCHEIBLER: Sie lassen sich viele Geschichten erzählen.
STÜVE: Das gibt sich im Gespräche, nich wahr? Ich bin nett zu den Leuten, und da schütten sie mir nu ihr Herz aus. Es sind ja Kinder! Und wenn ich 'n bißchen bayer'schen Dialekt spreche, da freuen sie sich wie die Schneehasen.
VON SCHEIBLER: M… hm… so… so… *Er nimmt ostentativ seine Zeitung und liest wieder. Pause.*
STÜVE *wendet sich gegen Kleewitz und Frau, lächelt vielsagend und nickt ihnen wohlwollend zu:* Na… Sie machen wohl Ihre Hochzeitsreise ins bayer'sche Gebirge? *Kleewitz sieht ihn kühl abweisend an, gibt keine Antwort.*
STÜVE *trällert einen Berliner Gassenhauer:* Hochzeitsreisen, das is wundaschön… ja in dem Zustande fühlt man am besten den Zauber der Natur; jeder fein empfindende Mensch sucht sich da 'ne Idylle aus und will vom Lärm der Welt unberührt bleiben. Nich wah?
VON KLEEWITZ *mit Betonung:* Ja – – Allerdings!
STÜVE *versteht die Andeutung nicht:* Sehen se! Ich kann mich

absolut in die Situation denken. Ich kenne das zwar nich aus Erfahrung, m... ha... ha... hm... wenigstens nich aus legitimer Erfahrung... hm... ha... ha... ha..., aber so viel Dichter is ja jeder gebildete Mensch, um sich in seiner Phantasie ne Vorstellung von der Sache zu machen. *Er zwinkert vertraulich mit den Augen.* Na, wo fahren Sie nu hin? Wo bauen Sie Ihr erstes Nest?

von Kleewitz: Ach bitte, ich bin nicht gesprächig.

Stüve: Aber erlauben Sie mir! Das war ja nur 'n Scherz! Es fällt mir doch gar nich ein, in Gegenwart einer Dame *verbeugt sich gegen Frau von Kleewitz* unzart zu sein. So viel Kavalier is man doch, Gott sei Dank! *Der Zug hält. Man hört die Stimme des Schaffners: Oba... ding... harting! Oba... ding... harting!*

von Scheibler: Was... schon wieder?

Stüve: Nu ja... Bayern...

von Scheibler *zu Kleewitz:* Verzeihen Sie... *geht ans Fenster; er spricht hinaus.* Ja... Kondukteur! Halten wir denn an jeder Station? *Der Schaffner erscheint am Fenster.*

Schaffner: Dös is grad a bissel.

von Scheibler: Mir ist es lang genug! Ich muß schon sagen, daß ich das unerträglich finde.

Schaffner: Herr Ministerialrat! Da steigt do allawei oana ei!

von Scheibler: Wie?

Schaffner: Er kimmt scho! *Ab.*

Vierte Szene

An der Coupétür wird heftig gerüttelt, und die Klinke probiert; endlich wird die Tür aufgerissen, und Josef Filser erscheint im Rahmen.

Filser *einsteigend:* S'Good beinand! Herrschaftsaxen, aba da is voll!

Stüve: Sie, guter Mann!

Filser: Han?

Stüve: Hier is erster Klasse.

Filser: Deßweng bin i ja do! *Zu seiner Frau, die außen steht.*

Lang ma'r an Koffer eina. *Er nimmt einen bäuerlichen Koffer in Empfang und schiebt ihn herein.* So... und tua ma's Hauswes'n...

FRAU FILSER: Ja, d'Oar kriagst ja no!

FILSER: Freili – Oar hab i aa. Tua's no her! *Er nimmt ihr einen Korb ab und stellt ihn ins Coupé.* Gel, Alte, schaugst ma auf's Hauswes'n!

FRAU FILSER: Jo, i schaug scho.

FILSER: Schreibst ma's glei, bal 's Blaßl stiert. *Während dieses Gespräches dreht Filser den Passagieren und dem Publikum die Rückseite zu.*

FRAU FILSER: I schreib scho.

FILSER: Und treibst as zum Hierangl und net zum Seppenbauern; dem sei Stier is ma z'lüaderli. Hoscht g'hört?

FRAU FILSER: I ho's guat g'hört. Und dös muaß i dir sag'n.

FILSER: Ja, paß auf! Bal da Posthalta nomal um a Fackei kimmt, gibst eahm dös schlechter.

FRAU FILSER: Dös kost da denka.

FILSER: Daß d'as fei kennst; i hon eahm 's Ohrwaschl g'mirkt.

FRAU FILSER: I kenn's a so.

FILSER: Und an Pfarra muaßt halt dennerscht a Schmalz geb'n.

FRAU FILSER: Zweg'n was denn?

FILSER: Ja no, sinst verschmacht's eahm. Nimmst halt oas von hintern Hafa her, bals aa 'r a weng schmiargelt.

FRAU FILSER: Koan anders scho gor it. Und paß auf, daß d' fei a Geld aa hoambringscht. Net wieda wia's letzt'mol...

FILSER: Eppas bleib' scho...

FRAU FILSER *eifernd:* Ja no, eppas! Zwoa Mark is aa eppas, und muaßt di do schaama und Sünd'n fercht'n, bal dös schöne Geld...

SCHAFFNER *brüllt außen:* Fertig! Fertig! *Schlägt die Tür heftig zu. Man sieht nunmehr die Frau Filser nicht mehr, hört aber ihre laute Stimme, und muß ihre Worte verstehen.*

FRAU FILSER: ... bal dös schöne Geld alssammete hi werd! Tat i mi do scho Sünd'n fercht'n...

FILSER *zum Fenster hinaus:* Is scho recht und tua mir aufs Hauswes'n...

FRAU FILSER: Und s'letztmal hoscht aa g'sagt, du bringst da

gnua hoam, und an Dreck hoscht hoambracht, und i tat mi do scho schama... *Man hört den Schaffner schreien: Fertig!*

FRAU FILSER *sehr laut:* Und i tat mi na do scho schama!

FILSER: I schaam mi ja. Und jetzt bfüat di Good und dös sag a da, daß d' ma's Blassl net zum Seppenbauern treibscht. Den sei Stier is ma gar z'lüaderli!

FRAU FILSER: Daß d' na du net lüaderli bischt, dössell sog' a da, und i waar dahoam und hätt 's G'frett mit dö Deanschtbot'n... *Der Schaffner pfeift, die Lokomotive pfeift.*

FRAU FILSER *noch lauter:* Und kunt mi brav plag'n und du bracht'st koa Geld hoam, wie dös letztmal und dössell waar ma z'dumm, dössell sag a da glei. *Die Lokomotive pfeift noch einmal.*

FILSER: Jetzt halt amal 's Mäu und sag g'scheid bfüat Good, und tua mar' auf's Hauswes'n schaug'n... *Man hört nun die gellende Stimme der Filserin mehr und mehr verklingen.*

FRAU FILSER: Ja, schaug' aufs Hauswes'n, balst du s'Geld allsam durchi tatst, und i müaßt mit dö Deanschtbot'n haus'n, und du warst woaß Gott wo...

FILSER: I muaß ja!

FRAU FILSER *schreiend:* An Dreck muaßt, daß du's woaßt, du dappiga Kerl du!

FILSER: Jetzt pfüat di Gott... pfüat di Gott! *Die Lokomotive pfeift.*

FRAU FILSER: I lauf auf und davo, dös sag i dir, bal wieda s'Geld allsamt hin is, mi war's gar z' lüaderli, du dappiga Hanswurscht, du dappiga! *Die Stimme verklingt völlig. Kleine Pause. Filser hat sich umgedreht und geht einen Schritt ins Coupé hinein. Er schiebt den Hut zurück und kratzt sich hinterm Ohr.*

FILSER: Herrschaft! Sie ko's halt! Ah... ah!

STÜVE *zu den anderen:* Ich spreche doch selbst bayer'sch und habe keen Wort verstanden... hm... ha... ha... hm...

FILSER *ohne auf Stüve zu achten:* Wo tua'r i jetz an Koffer hi? *Er versucht, den Koffer über den Passagieren im Netz rechts und links unterzubringen; dabei stößt er Stüve an.*

STÜVE: N' bißchen sachte!

FILSER: Han? *Er gibt seine Versuche auf und schiebt den Koffer unter die Bank.* So! Und wo tua'r i jetzt d'Oar hi? *Er versucht nun den Korb über Scheibler ins Netz zu stellen.*

von Scheibler *ungnädig:* Stellen Sie 'n doch nicht gerade über mich!
Filser: Weg'n an Abafall'n moanen's? Ja, da gang's scho gelb auf! No, stell'n ma'n halt da aufi! *Er stellt den Korb über Stüve ins Netz.*
Stüve: Mir schadet's nich so viel, meinen Sie? Nee! Nich hier!
Filser: No – nacha! *Er nimmt neben von Scheibler Platz, gegenüber von Stüve, setzt den Korb auf seine Knie, zieht das Sacktuch und wischt sich Kopf und Stirne.* Jetzt hat's aba pressiert. *Spricht an Scheibler hin.* I hon mi beim Wirt vahalt'n, weil da Viechhandler da g'wen is, der ma'r a Kuah o'kafft hat, und jetz möcht' er an Kaf' zruckschlag'n, sagt a, weil d'Kuah grad vier Lita Milli gab, sagt a, und i hätt' garatiert auf zeh' Lita, und hoaßt mi oan Spitzbuam hi und den andern her. Wos, sog i? Vier Lita sog i? Schaug's Auter o, sog i! Dös muaßt na scho an andern vazähl'n, sog i, daß a Kuah mit den Auter g'rad vier Lita gab, und, sog i, was hätt'n na 's Kaibi g'suffa?
von Scheibler *indigniert:* Was wollen Sie denn?
Filser: Ja no, da tat si a jeda gift'n. Kam er do mit da Garatie. Was woaß denn i, hab i g'sagt, sag' i, was du dera Kuah z'fress'n gibscht; du ko'st ihr ja aa Sagkleib'n z'fress'n geb'n, sag' i. Und überhaup's, vo koana Garatie woaß i durchaus gar nix. *von Schreiber greift nach der Zeitung.*
Filser: Ja, weil's wahr is! Weil dös a ganz an ausg'schamter Mensch is, der Kötzinger Jakl. Is er eahna nix bekannt?
von Scheibler *unwirsch:* Wie?
Filser: Ob er Eahna nix bekannt is? So a Kloana, Krumhaxeter is; a greans Hüatl hat er auf mit an Gamsbart und grad vaweg'n schaug'n kon er. Den hamm's gewiß schon g'sehg'n. *von Scheibler wendet sich sehr unwillig ab und hält seine Zeitung vor.*
Filser *zu Stüve:* Is er Eahna nix bekannt, da Kötzinger Jakl?
Stüve *lacht:*... Sie sprechen... hm... ha... ha... mit mir... hm... ha... ha... was?
Filser: In Reisting hat er an Hof, a vierz'g Tagwerk umanand, a drei Roß, aba er handelt in da Gegend, mit dem vodeant er sie s'mehra Geld, der Lump, der o'drahte.
Stüve *jovial:* Nee... wie... was?
Filser: Wia'r a Kuah mög'n hätt', waar i der Ehrenmo g'wen,

net? G'rad schö hot a ma to. Siechst, sagt' a, du hoscht halt a Viech beinand, sagt' a, daß ma Reschpekt hamm muaß, hat a g'sagt. Und jetz, hosch g'hört, kam er gor daher mit da Garatie. *Er spricht immer lauter.*
STÜVE: Hm... ha... ha... Das ist großartig!
FILSER *schreiend:* Wos? sog i! Vier Lita, sog i! Du Leutbetrüaga, du ganz hundshäutena, hab' i g'sagt! Schamst di du gor it, sag' i, hat d'Kuah an Auta wia'r a böhmische Kindsamm'...
VON SCHEIBLER *energisch:* Jetzt verbitte ich mir das aber!
FILSER: Han?
VON SCHEIBLER: Jawohl! Wir sind hier nicht im Wirtshaus! Gehen Sie zu Ihresgleichen, aber nicht hier herein!
FILSER *kleinlaut:* Ja, nix für unguat, aba dössell derf ma do sag'n, was wahr is.
VON SCHEIBLER: Ach was! *Hält die Zeitung ostentativ vor sein Gesicht.*
FILSER *deutet mit dem Daumen auf Scheibler und spricht leise zu Stüve:* Vielleicht is er bekannt mit'n Kötzinger Jakl? Da 'r a nix auf eahm kemma laßt?
STÜVE: Hm... ha... ha... hm! Der Kerl is großartig... was?
FILSER: Na, der is so großartig net; *hält sich die Hand vor den Mund und flüstert:* laß'n 'S Eahna mit dem it ei! An ausg'schamta Bazi is a, dös derfa's g'wiß glaab'n.
STÜVE: Hm... ha... ha... Sie! Sagen Sie mal, haben Sie sich heute schon ordentlich begossen?
FILSER: Wia?
STÜVE *macht die Geste des Trinkens:* Feste? Was?
FILSER: A Maß bei'n Untawirt, und oans bei'n Obawirt und an etla Halbi bei'n Rößlwirt, nacha werd all's beinand sei.
STÜVE *jovial:* Sagen Sie mal, wie kommen Sie sich hier vor?
FILSER: Wo i füri kimm?
STÜVE: Tja?
FILSER: Ja, vo Mingharting kimm i füri...
STÜVE: Ich meine, wie es Ihnen hier gefällt?
FILSER: G'fallt? *Stüve nickt.* Ja, braucht ma scho it g'fall'n. I bleib it do, i kimm scho wieda außi.
VON SCHEIBLER *hinter seiner Zeitung vor:* Hoffentlich bald...
FILSER: Han?

VON SCHEIBLER *die Zeitung absetzend, mit scharfer Betonung:* Hoffentlich – bald!

FILSER *zu Stüve, indem er die Hand vorhält:* Sie, der is bekannt mit 'n Kötzinger Jakl. Dös spann i guat. *Filser schielt mißtrauisch auf Scheibler hinüber; Stüve gähnt und zieht die Uhr.*

VON KLEEWITZ: Lo!

FRAU VON KLEEWITZ: Süßer!

VON KLEEWITZ: Maus!

FILSER *wendet sich Kleewitz zu:* Han? Ham Sie mi g'moant?

VON KLEEWITZ *sehr kurz:* Nee. *Sieht weg zum Fenster hinaus. Kleine Pause. Stüve gähnt wieder; Filser gähnt laut nach.*

FILSER *gähnend:* Ja, dös is was. Vier Lita Mili sagt a. Garatie, sagt a.

STÜVE: Nu hören Sie mal auf mit Ihrer Kuh! *Klopft auf den Korb Filsers.* Da haben Sie Eier drin? Nich?

FILSER: Oar hon i, ja.

STÜVE: Die werden 'n bißchen teur, was? Wenn Sie hier erster Klasse fahren?

FILSER: Na – na!

STÜVE: Ich kenn euch. Ihr denkt einfach, in der Stadt müssen sie bezahlen, was ihr verlangt.

FILSER: De koscht'n gar nix.

STÜVE: Nanu!

FILSER: Weil i's selm friß.

STÜVE: Weil... hm... ha... ha... na Mahlzeit! Vielleicht steigen 'Se ooch im Hotel erster Klasse ab und essen die Eier an der Table d'hote?... *Zu den andern.* Der Kerl is großartig! *Filser zieht eine Zigarre aus der Tasche und beißt die Spitze ab.*

STÜVE: Hören Sie mal, da trinken Sie auch gehörig Bier zu den Eiern?

FILSER: I trink's aa ohne Oar.

STÜVE: Wie? Ohne...

FILSER *nimmt Zündhölzer aus der Tasche:* Oar.

STÜVE: Das glaube ich! So een Moßl nach dem andern?

FILSER: Freili nachanand; auf oamal net. *Filser will die Zigarre anzünden.*

FRAU VON KLEEWITZ *erregt:* Fred!

VON KLEEWITZ: Lo!

Frau von Kleewitz *hält ihr Taschentuch vors Gesicht:* Der Mensch raucht!
von Kleewitz *zu Filser:* Sie! Das geht nicht!
Filser: Was?
von Kleewitz: Solche Zigarren raucht man hier nicht.
Filser: Warten'S no, bis brennt; de Ziehgarn hat sechs Pfenning kost.
Frau von Kleewitz: Ich will aussteigen!
von Kleewitz und von Scheibler *einstimmig:* Ich dulde nicht, daß Sie rauchen! Das verbitten wir uns!
Filser: Hö! Hö! No net so gach! *Schiebt die Zigarre wieder ein. Zu Kleewitz:* I will it, das S' Vadruß hamm vo da Frau. Bal de amal o'fangen, hörn's as Garez'n so g'schwind nimma'r auf.
von Kleewitz: Das möcht ich Ihnen auch raten.
Filser *zu Stüve:* S'Garez'n bal's amol ofanga, geht koan End nimmar her. I kenn's ja z'guat!
Stüve: Wie sagen Sie?
Filser: Es is überall'n des gleiche. Am Land und in da Stadt. Bal si amal oane was einbild't, bringst 'as nimma weg. Mi hätt' ja der Herr bedauert.
Stüve: Is auch besser, daß Sie Ihre Stinkadores wieder eingesteckt haben.
Filser: Kenna Sie's scho vor'n Raacha?
Stüve: Das ist Kartoffelkraut.
Filser: San'S g'wiß a Preuß, weil'S d' Kartoffi so schnell kenna?
Stüve: Na, schimpf'n Sie nicht über Preuß'n, von uns könnt Ihr bloß lernen.
Filser: I schimpf ja net.
Stüve: Wenn Ihr nur so wärt.
Filser: I sag grad, daß ös enka G'wachs glei kennt habt's.
Stüve: Das kann ich Ihnen sagen, unsere Leute sind 'n bißchen heller.
Filser: Enka G'wachs glei kennt habt's.
Stüve *ebenso:* Ein bißchen heller und fleißiger.
von Scheibler *mit Nachdruck:* Und nüchterner.
Filser: Han?
Stüve: Und die lernen noch was dazu…

Filser: Werd scho not sei.
Stüve: Die streben vorwärts, das kann ich Ihnen sagen.
Filser: Ja, is denn dös gar so hart, 's Kartoffibau'n?
Stüve: Kommen Sie nur mal zu uns rauf und lernen Sie was.
Filser: I ko ma scho gnua.
Stüve *zieht den Katalog, auf dem Filser sitzt, unter ihm weg und zeigt ihn:* Haben Sie das schon gelesen?
Filser: Jetzt net.
Stüve *blättert im Katolog:* Prospekt von Gebrüder Klausing in Neuruppin. Abteilung Futtermittel. Na, mit was füttern Sie Ihre Kühe?
Filser *lacht gemütlich:* I? Ja, mit koane Leberknödl net.
Stüve: Ich wette, Sie haben keine Ahnung, wie viel Trockensubstanz Sie geben müssen.
Filser *gemütlich:* Da woaß i gar nix.
Stüve: Und die Futternorm von Professor Schulze kennen Sie ooch nich. Protëin plus Amide plus Fett?
Filser: Mi hol'n 's Fuatta vo da Wies'n, aba net aus der Apothek'n.
Stüve: Ihr seid nich rationell, Kinder, das is es! Ihr glaubt immer, was euer Großvater gefüttert hat, is heute auch noch richtig.
Filser: Warum nacha net?
Stüve: Warum nich?
Filser: Ja?
Stüve: Weil's ne andere Zeit is! Weil wir die kolossalen Erfolge der Wissenschaft haben!
Filser: Was geht denn dös de Küah o?
Stüve: Sehr viel, Verehrtester.
Filser: Und de Küah müassen jetzt was anders fress'n?
Stüve: Allerdings.
Filser: Warum fressen nacha Sie dös nämliche wia Eahna Großvata?
Stüve: Ich?
Filser: Ja. Oder fressen Sie auf oamal was anderst's?
Stüve: Wissen Sie was? Ich gebe Ihnen den Prospekt mit; vielleicht geht Ihnen dann 'n Licht auf.
Filser: Geh?

STÜVE: Ihr wollt alle nischt lernen. Die Erfahrung habe ich hier hundertmal gemacht. Darum seid Ihr noch so zurück.
FILSER: Wia is na dös, daß ös in Preiß'n allawei inser Viech kafft's?
STÜVE: Wir?
FILSER: Ja ös. Aba dös hat ma no nia g'hört, daß vo Preißen a Veich zu ins abakimmt.
STÜVE: Hm... ha... ha... was glauben Sie? Mehr wie genug!
FILSER: Ja... zwoahaxete. *Er lacht von nun ab bei jedem Wort, das Stüve spricht.*
STÜVE: Ihr mit euern plumpen Witzen! Lernen Sie was, das ist klüger. Kennen Sie Kartoffelschlempe? Melasse? Torfmehlmelasse?
FILSER: Und dös fressen's bei enk all's?
STÜVE: Hätten Sie nur 'ne Ahnung davon!
FILSER: Dös siech i scho; in Preiß'n möcht i net amal als a Kuah sei.
STÜVE: Vielleicht als Ochse?
FILSER: Erst recht net; da hätt i Nahrungssorg'n, weil's z'viel gibt... Öh! *Der Zug hält. Der Schaffner schreit: Hinta-dingharting! Hinta–ding... harting! Man hört die lauten Stimmen von singenden Bauernburschen und die Klänge einer Ziehharmonika. Dazwischen schreit wieder der Schaffner: »Einsteig'n! Sakerament! Macht's a bissel g'schwinder!« Der lärmende Gesang wird immer lauter.*

Fünfte Szene

FILSER: Was gibt's jetzt da heut? *Er steht auf und stellt sich breit vors Fenster, die Hinterfront gegen die Passagiere.* Da ruck'n Rekrut'n ei... *Der Lärm dauert fort.* Jessas, da is ja da Gsottmoar! *Schreit.* Festl! Gsottmoar! Hö! Gsottmoar! *Er pfeift durch die Finger.* Festl! Da geh zuawa!
GSOTTMAIER *hinter der Szene:* Was is? Ah! Da Sepp!
FILSER: Da geh no eina!
GSOTTMAIER *hinter der Szene:* Wo eini?
FILSER: Do eina! Geh no her, sog' i! *Filser geht vom Fenster weg und setzt sich. Am Fenster erscheint Sylvester Gsottmaier.*

GSOTTMAIER *sehr laut und fröhlich:* Bischt do, du plattata Mistgablbaron? Du g'schneckelta Engländа?
FILSER *ebenso lustig lachend:* Du Haderlump, du ganz miserabliger!
GSOTTMAIER Du Bazi, du luftg'selchta!
FILSER: Mach no, daß d' eina kimmst, Festl!
GSOTTMAIER: Do eina?
FILSER: Platz gnua! San ma recht zünfti!
GSOTTMAIER: Was tat denn i bei de Großkopfet'n?
FILSER: Bin i aa do!
GSOTTMAIER: Du g'hörst scho dazua! *Dieses ganze Zwiegespräch ist sehr laut geführt worden.*
VON SCHEIBLER *hat die Zeitung zornig zusammengelegt und ruft wütend:* Muß man sich hier alles bieten lassen?
SCHAFFNER *hinter der Szene:* Herrgottsakrament! Steig amal ei!
GSOTTMAIER: Da kon i net eina!
SCHAFFNER *hinter der Szene:* Jetzt is koa Zeit mehr! Rei sag' i! *Er reißt die Tür auf, schiebt Gsottmaier ins Coupé und schlägt die Tür heftig zu. Dann pfeift er, und sofort setzt sich der Zug in Bewegung.*
GSOTTMAIER: Herrschaftsseit'n, da waar i jetzt!
FILSER *lacht:* Bei die Großkopfet'n. Hock die no hi!
GSOTTMAIER: Mit Erlaubnis. *Setzt sich zu Stüve.* Soo! *Rückt den Hut.* Herschaftsax'n noamal.
FILSER: Jetzt bist in den recht'n Viech'wag'n drinn.
GSOTTMAIER: Und di verroll'ns wieda in d' Stadt?
FILSER: Freili!
GSOTTMAIER: In denselb'n Stall, wo's d' Maul- und Klauenseuch ham?
FILSER: D' Maulseuch scho' a weng. *Beide lachen.*
GSOTTMAIER: Hat di dei' Alte recht globt, wiast d' fort bist?
FILSER: Ja, sie hat ma a guat's Zeugnis geb'n.
GSOTTMAIER: Übern Fleiß?
FILSER: Do' warscht du a nimma fleißi. *Beide lachen.* Zahnt hat 's wie a Hausmoda.
GSOTTMAIER: Und hat da d' Federn ausg'rupft. Ja dö kennt di halt du Spitzbuab'mhäuptling.
FILSER: Du Schelchhauser... *Beide lachen.*

GSOTTMAIER: Sie werd eahm denka, daß dir a schönere unterkam in der Stadt.
FILSER: Koa schiachere g'wiß net.
GSOTTMAIER: Wo Holz dahoam is.
FILSER: Dös leicht brennt.
GSOTTMAIER: Nimm di fei z'samm'! Ös habt's jetzt a schlechte Zeit.
FILSER: Mir?
GSOTTMAIER: Jetzt kimmt oana fei mit an Muattamal auf.
FILSER: A Kreuz is scho. *Beide lachen.* Wo's eppa g'we'n is?
GSOTTMAIER: Unterm Kravattl amal g'wiß.
VON SCHEIBLER *räuspert sich, dann scharf zu Filser:* Sie!
FILSER: Han?
VON SCHEIBLER: Davon unterhält man sich nicht!
FILSER: Ah so?
GSOTTMAIER *zu Filser:* Was hat er?
FILSER: I sag' dir's nacha scho. *Ruhiger.* Hast a G'schäft in da Stadt?
GSOTTMAIER *kratzt sich hinter den Ohren:* Ja, aba koa schön's net.
FILSER: Wia nacha dös?
GSOTTMAIER: In meiner Milli hätten's a Wassa g'fund'n, hat ma da Speckmoar g'schriem, und dös kimmt ma g'spaßig für.
FILSER *lacht:* Mir net.
GSOTTMAIER: So, moanst?
FILSER *lacht:* Du o'drahter Spitzbua! In deiner Milli verreckat no lang koa Fisch. *Lacht herzhaft.*
GSOTTMAIER *stimmt ebenso lustig ein:* Und in der dein loachen d'Frösch! *Patscht sich auf die Knie.*
FILSER: Macht nix! G'suffa werd's do!
GSOTTMAIER: O du elendiga Habafeldtreiba! Du ganz ausg'schamta! *Beide lachen unbändig zusammen. Von Scheibler sieht sie indigniert an.*
GSOTTMAIER: Da Kötzinger Jakl hat ma 's scho vazählt, wia 's d'n ausg'schmiert host.
FILSER: I – eahm?
GSOTTMAIER: Um hundert Mark guatding.
FILSER: I – eahm?

GSOTTMAIER: Du eahm, ja! Du Heiliger, du ganz g'spaßiger! *Beide lachen wieder unbändig.*

FILSER: Ah! So was! *Zwinkert ein Auge zu und lacht wieder.*

GSOTTMAIER: Ich bin ma schlauch gnua hat a g'sagt, aba der is no da größer Lump, sagt a, und schaug'n kon er, wia'r a Schwaiberl, bal er oan ausschmiert.

FILSER: I – eahm?

GSOTTMAIER: Ja du.

FILSER: Ah Herrschaft! Ah! Ah! *Lacht.*

GSOTTMAIER Mei liaba, da hast Zeit g'habt, daß d' eahm net unterkimmst, der haut die brav her.

FILSER: Er – mi?

GSOTTMAIER: Dö hundert Mark haut er dir aba, hat er g'sagt, drei Stecka müaß'n hin wer'n, sagt er, und bal zehn Minischter daneb'n stengan, sagt er, dös is eahm ganz Wurscht, und er laßt di rum, daß d' am Leb'n verzagst.

FILSER: Er mi?

GSOTTMAIER: Ja!

FILSER: Nach 'm Handl schimpft oana gern. Und überhaupt kam er jetzt mit der Garatie daher, und i hab ja gar koa Garatie durchaus gor it geb'n.

STÜVE: Er spricht schon wieder von seiner Kuh... hm... der Kerl ist großartig.

GSOTTMAIER: Wia host denn dös g'macht, daß de Kuah so a groß Auta g'habt hot?

FILSER: Is lauta Natur! *Er blinkt das linke Auge zu; Gsottmaier ebenso. Beide lachen um die Wette.*

GSOTTMAIER: Wia hoscht denn dös g'macht?

FILSER *schaut bedeutsam auf Scheibler hinüber und zwinkert Gsottmaier zu:* I woaß gar it, was du moanst.

GSOTTMAIER: Du Plana, du abscheilinga!

FILSER: Paß auf! I vazähl da amol was! *Beide lachen.*

FILSER: Wo hat's denn nacha dir in dei Milli einig'reg'nt? Han?

GSOTTMAIER: Da hoscht recht! Es muaß aa einig'reg'nt hamm.

FILSER: Freili.

GSOTTMAIER: Wia kam denn sinscht a Wassa eini? *Er zwickt das linke Auge zu; Filser ebenso; beide lachen um die Wette.*

FILSER: Lacha müaßt i, bal's di amal schö dawischat'n. *Legt die Handgelenke übereinander.* Kafft's Radi!

GSOTTMAIER: Auf's Kohl, hoscht g'hört?

FILSER: Gsottmoar! Gsottmoar! Laß di vermahnen. Unrecht Guat gedeiht net! *Lacht gemütlich.*

GSOTTMAIER: Dös mirkst d' a.

FILSER: Du Wassakünstla, du ausgschamta! *Beide lachen. Von Scheibler hat schon während des ganzen Gespräches Unruhe und Indignation gezeigt; platzt jetzt los.*

VON SCHEIBLER: Ich würde mich schämen, mit so etwas zu prahlen.

FILSER: Han?

VON SCHEIBLER: Mit Milchpantsch'n zu prahlen!

GSOTTMAIER: I?

FILSER: Mir?

GSOTTMAIER: Ja, was waar denn jetzt dös!

FILSER: Bal mir insere G'spaß hamm, bekümmert dös koan andern durchaus gor it.

VON SCHEIBLER *sehr gereizt:* Ich bin Beamter; merken Sie sich das!

GSOTTMAIER: Ah so!

VON SCHEIBLER: In meiner Gegenwart reden Sie nicht von strafbaren Handlungen!

FILSER: Strafmassi? Wo is denn er strafmassi?

GSOTTMAIER: Dös muaß si erscht aufweis'n. *Von Scheibler wendet sich unwillig ab und schaut in seine Zeitung.*

FILSER *zu Gsottmaier:* Paß auf! Hast g'hört... *Hält die Hand vor...* da Kötzinger Jakl und... *Deutet heimlich mit dem Daumen auf Scheibler* und... vastehst mi scho? I glaab, daß do a Freundschaft vorhand'n is.

GSOTTMAIER: *deutet heimlich mit dem Daumen auf Scheibler:* Er... und da Jakl? *Filser nickt zustimmend.* Freund – sagst d'? *Filser nickt. Gsottmaier pfeift durch die Zähne.* Ah, jetza! Z'weg'n dem is er belzi?

FILSER: Freili. Was is denn? Hoscht heut koan Schmai net? *Gsottmaier zieht aus der Rocktasche sein Schmalzlerglas.* Hau a Pris her! *Er nimmt das Glas und haut sich eine Prise auf die Hand. Während er schnupft, sieht ihn Frau von Kleewitz entsetzt an.*

FRAU VON KLEEWITZ: Fred!
VON KLEEWITZ: Lo!
FRAU VON KLEEWITZ: Es ist fürchterlich! *Sieht durch ihr Lorgnon die zwei Bauern an.*
GSOTTMAIER *zu Filser:* Laß da sag'n, du kunt'st mir a G'fall'n toa z'weg'n dera Sach' da!
FILSER: Z'weg'n da Milli?
GSOTTMAIER: Ja. Sagst d'as halt de Großkopfet'n, daß ma für'n Reg'n nix ko.
FILSER *lacht gemütlich:* Daß ma den Bauernstand schütz'n muaß.
GSOTTMAIER: Freili. *Lacht gemütlich.*
FILSER: Muaß i halt an Schirm aufspanna üba di? Du ganz schelcher!
GSOTTMAIER: Daß i net naß wer. *Lacht herzhaft.*
FILSER: Liaba d' Milli! *Beide lachen wieder laut und herzlich.*
GSOTTMAIER: I sag's allawei, es is guat, daß ma di drin hamm. Du kennst di aus.
FILSER: Auf d'Lumperei, moanst?
GSOTTMAIER: Na, laß da sag'n, ohne G'spaß. Du bischt a Mann.
FILSER *lacht gemütlich:* Jetzt lobst d' mi? Gel?
GSOTTMAIER: I muaß di scho lob'n, weil's d' a richtiga Mo bischt. I laß nix auf di kemma, laß da sag'n und bal de andern aufdrahn, na bin i scho do! Vastehst?
FILSER: I vasteh di scho.
GSOTTMAIER: Gel?
FILSER: I hör' di scho geh'. Du Schwammerling.
GSOTTMAIER: Du Spitzbub, du odrahta! *Beide lachen sehr laut.*
STÜVE: Sagen Sie mal, Sie unterhalten sich famos? Was?
GSOTTMAIER: Han?
STÜVE: Ich spreche doch selbst sehr gut bayer'sch, aber ich habe noch nich rausgebracht, warum Sie so lachen.
GSOTTMAIER: Weil mi halt s' Leb'n g'freut.
FILSER *zu Gsottmaier:* Paß auf, laß da sag'n. Den Herrn hamm's oba g'schickt, daß a de preißisch Ökonomie ei'führt.
GSOTTMAIER: Von ob'n aba?
FILSER: Jo.
GSOTTMAIER: Da wern d' Küah lacha.

STÜVE: In 'n paar Jahren wird's Ihnen allen 'n bißchen dämmern.
GSOTTMAIER: Na werd's Tag, moanen'S?
FILSER: Drum krah'n de Preiß'n scho a so.
STÜVE: Aber vorläufig is es Nacht im schwarzen Bayern.
GSOTTMAIER: Ah, den schaug o!
FILSER: Nacht is bei ins?
STÜVE: Nich zu knapp! Hm... ha... ha... hm!
FILSER: Nacha müaßt's ös Nachteul'n sei, weil's so fleißi umanandfliegt's bei ins.
GSOTTMAIER: Und überall'n a Fuatta find's. *Filser und Gsottmaier lachen laut.*
STÜVE: Das is lustig, was? Wenn man so intellijent ist? *Die beiden lachen noch lauter.*
GSOTTMAIER: Ah, do legst di nieder!
STÜVE *ärgerlich:* Das kann ich Ihnen sagen: 's Pulver habt ihr hier nich erfunden.
FILSER: Ös habt's aa bloß an Schwefl dazua hergeb'n. *Erneutes Lachen.*
STÜVE *ärgerlich:* Blöken könnt ihr, sonst nischt. Wenn ich bei uns mit 'n Landbewohner spreche, das ist was anderes.
GSOTTMAIER: Ah?
STÜVE: Da weeß heute jeder, wie viel's geschlagen hat.
FILSER: Ös habt's halt recht laute Glock'n. *Neues Lachen.*
STÜVE *ärgerlich:* Wenn 'ch hier zu eenem sage, er soll mal 'n bißchen modern sein... du lieber Gott!
FILSER: Glaabt er nix.
STÜVE: Oogen macht er... so groß. *Zeigt es und zieht die Brauen hoch.*
GSOTTMAIER: Braucht's scho, sunst siecht er über dös groß' Mäu net umi.
STÜVE *sich steigernd:* »Modern!« sagt er. »Modern! *Macht den Dialekt nach.* Ist tös was zum ess'n.«
FILSER: Dös glaabt neamd.
STÜVE: Hm?
FILSER: Wenn's was zu'n ess'n waar, gebat's 'as ös net her. *Gsottmaier schlägt sich auf die Knie und lacht.*
GSOTTMAIER: Laß net aus, Seppi!

VON SCHEIBLER *zu Stüve:* Warum geben Sie sich Mühe? Den Leuten werden Sie nie was beibringen.
STÜVE: Die Erfahrung habe ich nu schon lange gemacht.
FILSER: Hamm'S gar koan Glaab'n g'fund'n? *Auf Gsottmaier deutend.* Probiern'S as amal bei eahm!
GSOTTMAIER: Na, mei Liaba!
STÜVE: Was is mir das egal! Is ja nur euer Schaden!
FILSER *gibt Gsottmaier den Katalog Stüves:* Da ko'st jetzt deine Küah auf lateinisch fuattern. Brauchst koa Heu aa nimma.
GSOTTMAIER: Ah, dös kenn i guat. Inser Bezirksamtmann möcht' ins ja aa neumodisch macha.
FILSER: Der erst herkemma is? A Baron is a?
GSOTTMAIER: Ja. Der wo d'Pletsch'n so hänga laßt. Und schiagl'n tuat er aa.
FILSER: I kenn an scho.
GSOTTMAIER: Jetzt halt a Versammlunga ab, vastehst, zur Hebung der Viehzucht.
FILSER: Und lest's aus'n Büachi außa.
GSOTTMAIER: Bei mir is er in Stall g'wen, und is eahm glei d'Brill'n on'glaffa, und wischt as mit'n Schneiztüachi o, und sagt er *er macht affektiert hochdeutsch nach* »hier«, sagt er, »hat es nicht den richtigen Temperatur«, sagt er, »dieser Stall ist zu warm.« Ah, was sag i, meine Küah hamm ja koa Brill'n. Für de is scho recht. *Filser und Gsottmaier lachen wieder sehr laut.*
VON SCHEIBLER: Wenn Ihr Bezirksamtmann...
FILSER *unterbricht ihn:* I kenn's guat de sell'n. *Lacht.*
GSOTTMAIER *affektiert wie oben:* »Hier hat es nicht den richtigen Temperatur«, sagt er, und wischt oiwei s'Glasl o. Ah, sag i, meine Küah hamm ja koa Brill'n. *Lacht ausgelassen mit Filser.*
VON SCHEIBLER: Wenn Ihr Bezirksamtmann dafür sorgt...
FILSER *unterbricht ihn:* Bei'n Oktobafest laffa's umanand mit die Schiffhüat und weiße Handschuah und bal's a Kuah o'rüahr'n, schaug'ns hi, ob's net o'farbt.
GSOTTMAIER: Und bal's d' an Ochs'n an Schwoaf aufhebst, schaug'n 's weg.
FILSER: Weil's eah'r graust. *Beide lachen, daß ihnen der Atem ausgeht.*

VON SCHEIBLER: Wenn Ihr Bezirksamtmann sich um die Viehzucht kümmert...

GSOTTMAIER *unterbricht ihn:* Da drucka 's d'Aug'n zua.

FILSER: 's letztmal is oana von Ministeri dabei g'wen, an ganz a g'wappelter, und schaugt mein Ochs'n o und nacha sagt er *affektiert hochdeutsch* disses Tier, sagt er, hat ein schönes Oiter, sagt er, wie viel gibt es Mülch?

GSOTTMAIER *lachend:* Dei Ochs?

FILSER: Ja, sog' i, melka'S 'n amal, nacha wern'S 'as scho sehg'n, was er für a g'spaßige Milli gibt. *Beide lachen wieder ausgelassen.*

GSOTTMAIER: Der hätt' gschaugt... ha... ha... ha... ha!

FILSER *wie oben:* Disses Tier hat ein schönes Oiter... ha... ha... ha!

GSOTTMAIER *hat ein großes, rotes Taschentuch herausgezogen und schneuzt sich:* Zur Hebung der Viehzucht! Ha... ha... ha!

FILSER *lärmend:* Geh hau a Pris her! Du Fei'spinna!

GSOTTMAIER *ebenso; indem er das Schmalzlerglas hinüberreicht:* Da hoscht'n, du Tropf, du eiskalta! *Filser haut sich eine Prise auf die Hand und schnupft.*

FRAU VON KLEEWITZ: Fred!

VON KLEEWITZ: Lo!

FRAU VON KLEEWITZ: Es ist schauderhaft!

FILSER: Disses Tier hat ein schönes Oiter... ha... ha... ha...

VON SCHEIBLER: Jetzt bitte ich mir endlich mal Ruhe aus! Wir sind hier nicht im Wirtshaus!

GSOTTMAIER: An Unterhaltung is überall'n erlabt.

VON SCHEIBLER: Solche nicht.

VON KLEEWITZ: Ich danke dafür.

STÜVE: Und ich ooch.

VON SCHEIBLER: Ich werde überhaupt kontrollieren lassen, ob Sie erster Klasse fahren dürfen.

GSOTTMAIER: Ich zahl mei Sach scho.

FILSER: Eahna bekümmert's do nix!

VON SCHEIBLER: Das werden wir dann schon sehen. Und Ihre Wirtshauswitze dulden wir einmal nicht.

STÜVE *zu Scheibler:* Bei uns kommt so was nich vor, dafür garantiere ich Ihnen.

FILSER: Jetz wer i aba belzi. Was is denn fürkemma bei ins?

Überhaup's is dös mei Freund *auf Gsottmaier deutend* und bal mir dischkrier'n, geht dös neamd durchaus gar nix o.
GSOTTMAIER: Und beleidigt hamm mir überhaupts neamd.
VON SCHEIBLER: Jawohl haben Sie…
FILSER *schreiend:* Dös is it wohr, sag' i. Mir hamm insere Spaß g'habt und nacha is gar. Und überhaups is dös mei Freund…
GSOTTMAIER *schreiend:* Und beleidigt hamm mir gar neamd.
VON SCHEIBLER *ebenfalls lauter:* Sie haben mich beleidigt. Ich bin selbst Beamter, ich bin selbst im Ministerium…
FILSER *schreiend:* Dös hab i net schmecka kinna und überhaupt bekümmert mi dös gar nix.
GSOTTMAIER *schreiend:* Und woana werd ma'r aa net müassen, wann's ös glei d'Ochsen melka wollt's.
FILSER: Und überhaupts bekümmert mi dös gar nix!
VON SCHEIBLER: Das wollen wir sehen.
FRAU VON KLEEWITZ *kreischt:* Um Gotteswillen! Fred! Fred! *Klammert sich an Kleewitz an.*
VON KLEEWITZ: Lo!
FRAU VON KLEEWITZ: Die Menschen werden tätlich.
FILSER *immer noch schreiend:* Dös waar guat! Wann i mit an Freund dischkrier, müaßt i mir Grobheit'n mach'n lass'n. *Steigert die Stimme.* Und um koa Minischteri bekümmer i mi durchaus gar nix.
GSOTTMAIER: Aba scho gar nix. *Der Zug hält.*
VON SCHEIBLER *springt erregt ans Fenster und schreit hinaus:* Zugführer! Schaffner! Zugführer!

Sechste Szene

SCHAFFNER *außen:* Trudering! Tru-der-ing!
VON SCHEIBLER: Zugführer!
ZUGFÜHRER *hinter der Szene:* Glei! Glei!
SCHAFFNER *außen:* Tru-der-ing!
ZUGFÜHRER *erscheint am Fenster:* Wünschen Herr Ministerialrat?
VON SCHEIBLER *erregt auf Gsottmaier und Filser deutend:* Wie kommen die beiden Menschen in erste Klasse? Ich verlange…

ZUGFÜHRER *will Scheibler beschwichtigen und winkt mit der Hand:* Pst! Pst!
VON SCHEIBLER: Ich verlange, daß Sie kontrollieren.
FILSER *schreiend:* Kontrollier no grad!
ZUGFÜHRER: Herr Ministerialrat…
VON SCHEIBLER: Ich verlange es auf der Stelle.
ZUGFÜHRER *hält die Hand vor den Mund; sehr eindringlich:* Herr Ministerialrat… dös is ja der Herr Abgeordnete Filser.
VON SCHEIBLER *erschrocken:* Wa…?
ZUGFÜHRER: Ja!
VON SCHEIBLER *räuspert sich stark:* Hem! Ja… ich danke… ich danke. *Der Zugführer ab. Die Rekruten hinter der Szene singen das Lied:*

Ring hamm ma'r aa
An die Finga
Mir san de luschtinga
Truderinga!

Von Scheibler setzt sich verlegen nieder.
STÜVE: Was is nu mit der Kontrolle?
VON SCHEIBLER: Es ist in Ordnung.
STÜVE: Wieso in Ordnung?
VON SCHEIBLER: Es ist in Ordnung, sage ich Ihnen.
STÜVE: Er hat aber doch nich…
VON SCHEIBLER *ärgerlich:* Was kümmert denn das mich? Überhaupt *auf Gsottmaier und Filser deutend* wenn Sie sich mit den Herren unterhalten, müssen Sie sich gefallen lassen, daß sie Ihnen antworten.
STÜVE: Sie finden, daß… äh… daß…
VON SCHEIBLER *sehr bestimmt:* Ja. *Der Zug setzt sich in Bewegung. Pfeifen. Die Rekruten singen noch lauter wie vorher:*

Ring hamm ma'r aa
An die Finga
Mir san de luschtinga
Truderinga!

STÜVE: Sie finden… jetzt, daß… äh… diese Leute…
VON SCHEIBLER: Ach, lassen Sie mich zufrieden! Die Herren wollen doch gar nichts von Ihnen. *Kleine Pause. Gsottmaier pfeift leise durch die Zähne und zwinkert Filser zu. Filser antwortet ebenso.*

VON SCHEIBLER *räuspert sich; zu Filser:* Ich möchte... hem... den Herren sagen, daß ich... hem... den Irrtum von vorhin... hem... bedauere... Es war... hem... wirklich nur 'n Irrtum...

FILSER *gemütlich:* Nix für unguat! Mir hamm halt a bissel insern G'spaß g'habt...

VON SCHEIBLER: Nu natürlich!

FILSER: Und beleidinga hamm mi Eahna gar it woll'n.

VON SCHEIBLER: Das weiß ich doch...

FILSER: Also nacha hamm mir anand nix in übi.

VON SCHEIBLER *freundlichst lächelnd:* Aber durchaus nicht!

GSOTTMAIER: Mi san halt Bauern, net? Und bal mir aa net so fein daherred'n kinna, als wia d' Stadtleut, net, desweg'n san mir do richtige Leut, net?

VON SCHEIBLER: Es schätzt niemand den Bauernstand höher wie ich...

GSOTTMAIER *sein Schmalzlerglas ziehend:* No also, nacha! Mög'n'S aa'r a Pris?

VON SCHEIBLER: Ich will's mal versuchen. Ist es Schmalzler, nich wahr?

FILSER: A guata! Nummera oans! *Scheibler versucht Tabak auf die Hand zu schütten.* So... a paarmal hi'hau'n, und jetz aufi damit! *Scheibler schnupft.*

STÜVE *sich anbiedernd:* Vielleicht lassen Sie mich auch mal probieren.

GSOTTMAIER: No, gengan'S halt her, Sie Preiß! *Er schüttet Tabak auf Stüves Hand.* Sie bringan dös Eahna Lebtag it z'samm!

STÜVE *zu Scheibler:* Die Leute sind eigentlich ganz gemütlich. *Er schnupft.* Furchtbar harmlos.

VON SCHEIBLER: Wissen Sie das erst seit heute?

STÜVE: Na... ich meine nur... hm... ha... ha... hm... man versteht ja nich jedes Wort... äh...

VON SCHEIBLER: Dann müssen Sie sich eben bemühen, den Dialekt zu verstehen...

STÜVE: Ich spreche ja ganz gut bayer'sch, aber hm... ha... ha...

FILSER *zu Scheibler:* Laß m'as guat sei; er red't halt aa wia'r as vasteht.

Gsottmaier: Er muaß ja a scharf's Mäuwerk hamm, sinscht vakafft er ja gar nix!
Stüve: Vielleicht mach'n wir noch 'n Geschäft zusammen?
Filser: Na – na! Und bal i möcht', mög'n meine Küah net.
Gsottmaier: No oa Kaibl hätt' i; dös plärrt an ganz'n Tag. Dös kunnt'n ma vielleicht zu an Preiß'n macha. *Filser und Gsottmaier lachen herzhaft; von Scheibler stimmt ein; auch Stüve lacht.*
Frau von Kleewitz: Fred!
von Kleewitz: Lo!
Frau von Kleewitz: Verstehst du das?
von Kleewitz: Nee!
von Scheibler *zu Filser:* Die Parlamentssession geht schon morgen an?
Filser: Freili, regier'n ma wieder amal; in d'Händ' g'spieb'n is schon. Woll'n ma halt schaug'n, was S' für a Fleißbillett kriag'n in Ministeri.
von Scheibler *jovial:* Wir werden uns gut verstehen.
Filser: Ja, mei Liaba, a bißl streng müass'n ma scho sei. G'rad daß a Reschpekt vorhand'n is.
von Scheibler *verlegen lachend:* Nu ja… hm… hm… nu… ja!
Filser *jovial:* No, mir san scho z'fried'n mit'n Ministeri; sie tean ja, was ma woll'n, aba luck lass'n derf ma halt do net, sinscht kunnt'ns oan auskemma.
Gsottmaier: Du werscht wieda was z'sammregier'n, du Hoderlump, du abscheilinga!
Filser: So regiern ma scho, daß ös brav zahl'n müaßt's.
Gsottmaier: Dös ham ma g'spannt.
Filser: No grad Steuern zahln; daß Enk 's Geld net stinkat werd.
Gsottmaier *ernster:* Du – du – Filser, laß dir sag'n; mit 'n Bier müaßt's staad toa, sunst derlebt's was.
von Scheibler: Das müßt Ihr richtig verstehn – die Herren haben da keine leichte Aufgabe.
Gsottmaier *grob:* Mir a net mit'n zahln.
Filser *zu Gsottmaier:* Paß auf, laß da sag'n: mir halt'n schon zruck. *Auf von Scheibler zeigend.* Aufbessert werd nix mehr.
Gsottmaier: Hoffentli, daß ma net 's Hemad a no hergeb'n müaß'n, für die Beamt'n.

VON SCHEIBLER *verlegen lachend:* Mein lieber Mann...
FILSER *einfallend:* Nixi – Nixi! Dös is gar wor'n *reibt den Daumen am Zeigefinger*. Da gibt's nix mehr.
VON SCHEIBLER *verlegen:* Aber Herr Abgeordneter...
FILSER *energisch:* Aus is, sag i. Tuat ma leid, aber i kann nix mehr genehmigen.
GSOTTMAIER *zu Filser:* Jetzt g'fallst ma.
FILSER: Gel? Da kennst mi schlecht, balst moanst i bin grad zum »Ja« sag'n drinn. Bal i amal nimma mag, is gar wor'n, da bin i hart mit der Regierung.
VON SCHEIBLER *jovial:* Na – Herr Abgeordneter...
FILSER: Nixi! Tuat ma leid, aber ös habt's scho gnua kriagt.
VON SCHEIBLER: Sie haben ja vollkommen recht...
FILSER: Dös hab ia aa.
VON SCHEIBLER: Kommen wieder alle Herren gesund zurück?
FILSER: G'sund und schö rausg'fress'n, die Pfarrer wern sie wieder schön g'leibt hab'n.
VON SCHEIBLER: Das hört man gerne.
GSOTTMAIER: Jetzt kinnt's wieda was aushalt'n.
FILSER: Brauchst scho a G'sundheit: zehn Monat lang nix wia dischkuriern.
GSOTTMAIER: Müaßt's halt guat schmieren, daß enk 's Mäu net hoaß lauft.
FILSER: Dös g'schiecht scho. No, a paar ham ma schon dabei, dö kinna net ausrinna. Bal dö anfanga, spitz'ns im Ministeri *zu von Scheibler* geln'S.
VON SCHEIBLER: Hm. Nun ja... hm...
FILSER *zu von Scheibler:* Es san wieder oa scharf g'lad'n, hab i g'hört. Ös werd's Enk wieder z'samma nehma müaß'n.
VON SCHEIBLER: Nun ja... hm... hm...
FILSER: Daß koan' reißt. Es hänga a paar Wetta umanand.
GSOTTMAIER: Da stech'n dö Pfarrer...
FILSER: Wia die Weps'n.
VON SCHEIBLER: Jedenfalls werden wir alle viel Arbeit finden.
FILSER: A bluatige Arbeit!
GSOTTMAIER: Warum geh'st denn nei, bal's di net freut?
FILSER: Ja no, bal's oan braucha, ko'st d'aa net a so sei.
VON SCHEIBLER: Das ist das richtige Wort!

GSOTTMAIER: Geh, hör auf, Seppi! Du bischt ja grad froh, daß d' vo deiner Alt'n los bischt.

FILSER: No, eppas guats muaß aa dabei sei! *Beide lachen.*

FILSER: Na, derfst 'as glaab'n, mi hamm viel z'toa. Heuer woll'ns wieda a paar schpringa lass'n von Ministeri.

VON SCHEIBLER: Wie?

FILSER: Daß a paar schpringa müass'n von Ministeri. *Zu Scheibler.* Hamm'S nix vanumma?

VON SCHEIBLER *verlegen:* Ich... äh – wüßte nicht, daß einer von den Herren amtsmüde wäre.

FILSER: Auf d' Müadigkeit kimmt's net o. Vo dera Arbet muaß oana oft bei da bescht'n Kraft weggeh'.

GSOTTMAIER: Habt's wieda was in Sinn, han?

FILSER: Na, na, i net. Und vielleicht, daß ma wieda gnädig is aa. De andern san aa ganz g'führige Leut – *zu Scheibler* dös müassen'S selm sag'n.

VON SCHEIBLER *verlegen:* Ja – ja.

FILSER: Und bal ma siecht, daß s' oan sein Will'n tean, nacha lass'n mir scho wieder red'n aa mit ins. Net?

VON SCHEIBLER: Ja – ja.

GSOTTMAIER: Aba a diam seid's bäri auf de Großkopfet'n?

FILSER: Bal's krauti wer'n, müaß' ma scho. No, da hoaßt's halt, schtaat sei oder schpringa.

GSOTTMAIER: Da zahnaun's? Han?

FILSER: Ja, da wer'n's katholisch! *Beide lachen ausgelassen. Zu Scheibler:* A diam mög'n S' ins scho gar net, gel?

VON SCHEIBLER: Hm... ja... wenn das Ihre Überzeugung ist...

FILSER: Na... na! A diam schaugn s' ins scho o üba d'Brill'n, daß ma's halt kennt: beiß'n tat'n's gern. *Filser und Gsottmaier lachen, von Scheibler stimmt verlegen ein.*

GSOTTMAIER: Bal's kunnt'n! Ha... ha... ha!

FILSER: Und net o'g'hängt waar'n! Ha... ha... ha! *Der Zug hält. Man hört den Schaffner rufen: Ost-bahn-hof! Mün-chen! Ost-bahn-hof!*

GSOTTMAIER: Halt! Da muaß i aussteig'n!

FILSER: I aa. *Steht auf und pfeift durch die Finger zum Fenster hinaus.* Aufmacha!

VON SCHEIBLER: Das geht so auch. *Er öffnet die Tür von innen.* Lassen Sie nur, Herr Abgeordneter, ich reiche Ihnen die Sachen schon hinaus.
FILSER: Geh zua, Gsottmoar. *Gsottmaier geht zuerst hinaus.*
GSOTTMAIER: S' Good beinand!
FILSER: Also, pfüad Good!
VON SCHEIBLER *während Filser hinaussteigt:* Gut'n Tag! Adieu! Und nich wahr, Herr Abgeordneter, der Irrtum...
FILSER *sich umdrehend:* Is scho recht. Dös hon i scho lang vagess'n. *Er steht nun außen und spricht zum Wagen herein.* Da drob'n waar mei Kuffa. *Von Scheibler holt den Koffer mühsam aus dem Netz.*
VON SCHEIBLER: So! Hier ist er.
FILSER: Dank schö! Und san'S so guat, meine Oar!
VON SCHEIBLER *den Korb nehmend:* Das sind die?
FILSER: De san's.
VON SCHEIBLER *den Korb vorsichtig hinausreichend:* Hoffentlich ist keines zerbrochen.
FILSER: Auf oans gang's it z'samm. Dank schö. Also, pfüad Good!
VON SCHEIBLER: Und nich wahr... den Irrtum...
FILSER: Ah was, dös bekümmert mi gar nix.
VON SCHEIBLER: Dann adieu.
FILSER *im Abgehen; schreit:* Gsottmoar, halt a wengl. *Die Rekruten, die auch ausgestiegen sind, singen lärmend:*

Ring hamm m'r aa
An die Finga
Mir san de luschtinga
Trudaringa!

Während des Gesanges fällt der Vorhang.

Das Säuglingsheim

Burleske in einem Aufzuge

PERSONEN

SIMON FREIHERR VON SPANNAGL, Ministerpräsident
PANKRATIUS RITTER VON PFLEY, Kultusminister
SEMMELMAYER, NUDELMAYER, HAMMELMAYER, RAMMELMAYER, Ministerialräte
DR. KLETZENBREDL, Protokollführer
BALTHASAR RITTER VON WIMMERL, Präsident des Parlamentes
FRAU EICHENLAUB, Rentierswitwe
XAVER SCHIERHOFER, Ministerialdiener
MARIA SCHIERHOFER, dessen Tochter
KARI BREITSAMETER, deren Verlobter

Ort der Handlung: Hauptstadt eines Kulturstaates
Zeit: Im Zeitalter der Parität

Erste Szene

Arbeitszimmer des Ministerpräsidenten. Rechts großer Schreibtisch, davor ein Lederstuhl. Links Ledersofa, einige Klubsessel. An der Wand einige grob gemalte Heiligenbilder, das Bild des regierenden Herzogs Xaver von Neuburg. Tür links, Tür in der Mitte.

SCHIERHOFER *kommt von links, mit Akten unter dem Arm, die er auf den Schreibtisch wirft:* So, da hat er wieder an Arbet auf drei Woch'n! Is guat, daß de Akten von Papier san! Sunst wurden 's vielleicht stinket da herin. *Zieht ein Schmalzlerglas aus der Westentasche und haut sich eine Prise auf die linke Hand.* I sag 's ja. S' Regiern' is a bissel leichter, als wia s' Brezelbach'n. Uns werd koa Toag net hin, und ferti braucht aa nix wer'n. *Niest.* Helf Gott, daß 's wahr is? Muaß i do amal schaug'n, was eahm wieder geb'n ham zur allerhöchst'n Entschließung. *Schlägt einen Akt auf und liest unbeholfen.* Einga – be der Schtatt Scheibling um Ge – um Ge – nähmigung einer Si – einer Sümaltanschule – – Auweh! De kennan si aa no net aus! O mei! o mei! De sollt'n si z'erst an Uhr o'schaff'n, daß s' wiss'n, wie viel's g'schlag'n hat im Herzogtum Neuburg. A Sümaltanschul möcht'n de! Da balst net gehst! Daß ma no mehra Heidenkinda kriag'n, für de mir Strümpf strick'n müass'n! A Sümaltanschul! Ah! Ah! Den Akt muaß i a bissel verramma, sunst hab i a ganz Monat lang s' Kreutz mit'n Spannagl Simmerl. *Er nimmt den Akt und legt ihn unter das Polster des Schreibsessels.* Dös hoaßt ma, zur Würdigung anheimgeb'n. Da tuat er eahm net so weh. *Er schlägt den zweiten Akt auf und liest.* Vor – schlä – ge zur He... zur Hebung der heimischen... heimischen... was is jetzt dös wieder? ...Schmei... ah so... Schmei – zler – tabak – indastrie... Jetza! Dös laß i mir bessa g'fall'n... sag'n 's allaweil, d' Indastrie geht z'ruck... *Unter der Mitteltür erscheint Kari im braunsamtnen Radfahranzug, rotweiß gestreiftem Trikot mit einer Samtmütze, auf der ein großer Stern eingestickt ist.*

Zweite Szene

KARI *pfeift durchdringend durch die Zähne:* Schierhofer!
SCHIERHOFER: Ja Herrgott... was is den dös für a Lackl... ah... du bist a's, Kari!
KARI: Net wer i's sei!
SCHIERHOFER: Wia schaugst denn du aus! Kimmt ma'r a so in's Ministeri eina?
KARI: Wann i gschwind her g'fahr'n bi, daß i amal was derfrag.
SCHIERHOFER: A bissel Manier'n muaßt dir scho o'gewöhna als Staatsbeamta...
KARI: Ja... bin i's? Oda bin i's net?
SCHIERHOFER: Mit Dekret... vastehst... Dekret von gestern ist Karel Breitsameter ernannt zum Hausmeister...
KARI: Dös haut!
SCHIERHOFER: ...Hausmeister des neu errichteten Säuglingsheimes...
KARI: Dös mag i.
SCHIERHOFER: Aber wia is na mit'n Heirat'n?
KARI: Dös sagt dir d' Marie glei selm. *Geht zur Tür, pfeift.* Marie! Da geh eina!

Dritte Szene

Marie tritt ein. Sie trägt Kattunkleid und einen mit knallroten Blumen aufgeputzten Hut.

KARI: Geh no eina! Der Alt' hat den Post'n dagabelt.
MARIE: Na! Is s' wahr, Vata?
SCHIERHOFER: Natürli is s' wahr, aba an Arbet hat's braucht.
MARIE: Is s' aba g'wiß? Net daß...
SCHIERHOFER: Gestern ham ma s' Dekret untaschrieb'n. Aba dös sag i enk, g'heirat werd jetzt g'schwind.
MARIE *verschämt:* Mir müaß ma scho.
KARI: Net daß der erst Säugling vom Hausmoasta waar.
MARIE: Geh, scham di do.

KARI: Weil's wahr is. *Zu Schierhofer.* Und wia stehts na mit'n Diri-Dari?
SCHIERHOFER: Hundertzwanzg Mark und freie Wohnung und Liacht und Holz.
KARI: Alsdann genehmige ich es.
SCHIERHOFER: Sei halt so guat, gel! Und dank schö derfat's alle zwoa sag'n.
MARIE: Ja, Vata, freili, gel, woaßt as scho.
KARI *grüßt militärisch:* I mach mei Danksagung, Herr Kahlege... Dahoam reib i dir scho was ei *sucht in der Westentasche* ich habe lauter großes Geld bei mir...
SCHIERHOFER: Ja... vergiß net, und jetzt druckts enk alle zwoa... der Minister muaß alle Aug'nblick kemma.
MARIE: Na pfüad di Good, Vata!
KARI: Servus sag' i, Kahlege... *Gehen zur Tür, Kari bleibt stehen, wendet sich wieder an Schierhofer.* Halt! D' Hauptsach net vagess'n. Muaß ma recht zwirna bein Regament Säugling?
SCHIERHOFER: Geh zua, sag i. Nach der Arbet fragt ma do net, bei a'ra Staatsstellung.
KARI: Muaß i da mit'n Schiffhuat unter da Tür steh', wenn's d' Säugling daherbringa?
SCHIERHOFER: Und Windl wasch'n... jetzt druck di amal.
KARI: Servus sag' i. *Marie, Kari ab durch die Mitte.*

Vierte Szene

SCHIERHOFER *allein:* Hat der an Ahnung, wia oft daß i red'n hab müass'n, bis i mein Alt'n dazua bracht hab... *Er macht Ordnung auf dem Schreibtisch*... und geg'n was für hohe Herrn daß i hinzog'n hab... ah... was is denn dös? Da schau her! A Rosenkranz unter an Bog'n Papier versteckt. Den ziahgt er füra, wenn a schwarzer B'suach kimmt. Ahaa! Aber off'n legt'n er'n do net her. Dös san die letzt'n Zuckungen des Beamtenliberalismus. Jetzt werd er bald hi sei, aba g'schamig san's do no! Bst! *Er deckt den Rosenkranz schnell wieder zu. Von links tritt ein der Ministerpräsident Simon von Spannagl.*

Fünfte Szene

SCHIERHOFER: Habe die Ehre, gut'n Morg'n zu wünschen, Exalenz!
SPANNAGL *mürrisch:* Gut Morgen! Was machen S' denn schon wieder am Schreibtisch?
SCHIERHOFER: G'rad a bisserl Ordnung, Exalenz.
SPANNAGL: Ich will aber nicht, daß Sie... ist das der Einlauf? *Auf die Akten deutend.*
SCHIERHOFER: Ja.
SPANNAGL: Ach du lieber Gott! Ja, was glaubt man denn – und heute Sitzung... und morgen Audienz... ich weiß schon bald nicht mehr...
SCHIERHOFER: Sie sollt'n Ihnen besser schonen, Exalenz.
SPANNAGL: Schonen! Da schone man sich... *seufzt, setzt sich* ...ah!... Nix Neues vorgekommen, Schierhofer?
SCHIERHOFER: Jo, Exalenz... der Schweinmetzger Zacherl inseriert seine Dampfwürscht im Regierungsblatt.
SPANNAGL *interessiert:* So – so? Das ist lobenswert...
SCHIERHOFER: Und de Wegmacher soll'n jetzt auch zum Abonnieren zwungen wer'n.
SPANNAGL *noch lebhafter:* Ah! bravo! Das ist genial! Wer hat das verfügt?
SCHIERHOFER: Unser Herr Rat Nudelmayer.
SPANNAGL: Sehr gut! Wirklich! Ich werde Anlaß nehmen... hm... jawohl.
SCHIERHOFER: Exalenz, dös Inserat mit die Dampfwürscht hab fei i z'weg'n bracht...
SPANNAGL *wohlwollend:* Fahr' er nur so fort, Schierhofer; man bemerkt das mit Wohlgefallen...
SCHIERHOFER: Und mei Alte hat si als Hebamm ausg'schrieb'n...
SPANNAGL: Bong! Man wird das seinerzeit bemerken... aber, was ich sagen wollte, ich habe heute die Schlußkonferenz wegen diesem... diesem Säuglingsheim... die Herren Räte sind doch verständigt?
SCHIERHOFER: Feit si nix, Exalenz.
SPANNAGL: Das hat man von diesem privaten Übereifer!

Nichts wie Arbeit... und... na ja! Der... der... wie heißt die Person?
SCHIERHOFER: Eichenlaub. Sarah Eichenlaub.
SPANNAGL: Natürlich! Sarah! Dieser Person hat nichts besseres einfallen können als wie ein Säuglingsheim zu stiften... und noch dazu Ansprüche machen auf paritätische Behandlung... na ja – über die Ansprüche werden wir ja noch reden... *Es klopft* Was denn schon wieder? *Zu Schierhofer* Sehen Sie nach!

Sechste Szene

Unter der Tür links erscheint der Ministerialrat Rammelmayer und macht einen tiefen Bückling.

RAMMELMAYER: Exzellenz geruhen zu befehlen, ob die Konferenz...
SPANNAGL: Gleich! Gleich! Ich muß noch ein paar dringende Sachen erledigen.
RAMMELMAYER: Wie Exzellenz befehlen... ich wollte nur...
SPANNAGL *ungeduldig:* Was noch?
RAMMELMAYER: Ich wollte nur ergebenst bemerken, daß Frau Eichenlaub bereits anwesend ist.
SPANNAGL: Sarah kann warten.
RAMMELMAYER: Wie Exzellenz befehlen. *Zieht sich zurück.*

Siebente Szene

SPANNAGL: Das ist doch eigentlich eine Zudringlichkeit – net? Also diese Person – net? Glaubt, daß man auf 'n Präsentierbrett sitzt! *Er lehnt sich im Sessel zurück und sieht auf die Decke.* Ja, das ist was! Wie sich die Leute das so vorstellen, wo man die Zeit hernimmt? – Äh – Schierhofer... wie heißt der Tabak, den Sie nicht schnupfen sollten?
SCHIERHOFER: Schmaizler – Schmai, wia de g'wöhnlich'n Leut sag'n.
SPANNAGL: So? Hm... Und wie wird der zubereitet...?

SCHIERHOFER: Ja no! G'rieb'n werd' er. Aus an Brasiltabak net... und Schmalz... net... und... und Glasscherb'n.
SPANNAGL: Sonderbare Mischung! Lassen Sie mal versuchen!
Schierhofer zieht das Schmalzlerglas heraus und haut dem Minister eine Prise auf die Hand. Der Minister schnupft und niest.
SPANNAGL: Und jetzt bringen Sie den Paritätskalender! Ich muß mir die Zahlen ins Gedächtnis rufen...
SCHIERHOFER *eifrig:* Jawoi, Exalenz! *Er holt rasch aus der Bücherstellage ein ziemlich großes Buch und eilt damit zum Schreibtisch.*
SPANNAGL: Lesen Sie die Zahlen vor... ich memoriere dabei...
SCHIERHOFER *setzt sich auf einen Stuhl neben den Schreibtisch, liest langsam und breit:* Also... Professorn hamma... dreiazwanzg katholischi... fünf lutherischi.
SPANNAGL *wiederholt wie bei einer Litanei:* Professoren – dreiundzwanzig katholische... fünf protestantische.
SCHIERHOFER: Amts- und Oberamtsrichta hamma zwoaravierzg katholischi – acht lutherischi.
SPANNAGL: Richter zweiundvierzig katholische – acht protestantische.
SCHIERHOFER: Bezirksamtmänna hamma siwazeh katholischi – sechs lutherischi.
SPANNAGL: Bezirksamtmänner siebzehn katholische – sechs protestantische.
SCHIERHOFER: Notari hamma...
SPANNAGL: Schierhofer, reden S' doch nicht gar so neuburgisch!
SCHIERHOFER: Exalenz – sunst kon i's net.
SPANNAGL: Also zu...
SCHIERHOFER: Notari hamma vierzeh katholischi – zwoa lutherischi –
SPANNAGL *sich wieder zurücklehnend:* Notare – vierzehn katholische – zwei protestantische –
SCHIERHOFER: Schandarm hamma – sechsafufzg katholischi – simmadreißg lutherischi –
SPANNAGL *sich vorbeugend:* Wieviel?
SCHIERHOFER: Simmadreißg lutherischi –
SPANNAGL: Machen Sie ein Zeichen hin... das bedarf gespannter Aufmerksamkeit... also noch mal.

SCHIERHOFER: Schandarm hamma – sechsafufzg katholischi – simmadreißg lutherischi –
SPANNAGL: Schandarme – sechsundfünfzig katholische – siebenunddreißig protestantische ...
SCHIERHOFER: Hausmoasta hamma oansazwanzg katholischi – vier lutherischi –
SPANNAGL: Hausmeister einundzwanzig katholische – vier protestantische – so, genug für heute – mit den Zahlen kann ich schon operieren ... Professoren – hm ... ja ... Richter ... hm ... ja ... Schierhofer!
SCHIERHOFER *der das Buch wieder in die Stellage zurückgestellt hat:* Jawoi – Exalenz – –
SPANNAGL: Sagen Sie jetzt den Räten, daß ich sie zur Konferenz bitte – die Sarah hat im Vorzimmer zu warten. *Schierhofer links ab. Spannagl streckt die Füße lang aus, rutscht nach vorn, gähnt herzhaft einige Male.*
SPANNAGL: Ja! Das is was! *Gähnt.* Sorgen – und nichts wie Sorgen – *Gähnt.* Halt! Hab ich ...? *Er beugt sich zum Schreibtisch vor und sieht nach, ob der Rosenkranz unter dem Papier liegt.* Hm – ja ... da ist er. Man weiß ja nie, wer kommt. Ach ja! *Gähnt wieder. Von links treten die Ministerialräte Semmelmayer, Nudelmayer, Hammelmayer, Rammelmayer ein, gefolgt von Dr. Kletzenbredl und Schierhofer. Spannagl erhebt sich würdevoll.*

Achte Szene

V. SPANNAGL: Meine Herren, nehmen Sie Platz! *Die Herren setzen sich im Halbkreis um den Tisch links auf das Sofa und die Stühle. v. Spannagl sitzt in der Mitte. Dr. Kletzenbredl sitzt vorne und legt einen Bogen Papier vor sich hin. Schierhofer bringt ihm Tintenzeug und Feder.*
V. SPANNAGL *immer sehr würdevoll:* Schierhofer, Sie gehen jetzt ins Vorzimmer. Wenn ich läute, kommen Sie mit der Sa ... äh ... mit Frau Eichinger ...
DR. KLETZENBREDL: Eichenlaub, gestatten Exzellenz.
V. SPANNAGL: Mit Frau Eichenlaub hier herein. *Schierhofer ab.*
V. SPANNAGL: Nun also, meine Herren, wir haben heute die

formelle... tja... formelle Übernahme des von Frau Eichenlaub aus eigenen Mitteln und dem Nachlasse ihres vorverstorbenen Ehegatten erbauten, errichteten und dem Staate überlassenen Säuglingsheimes zu vollziehen. Tja – jawohl. Zu diesem Behufe haben wir uns versammelt, und es erübrigt zunächst dem Protokollführer, die Präsenz zu konstatieren. *Zu Kletzenbredl.* Darf ich bitten, Herr Doktor?

DR. KLETZENBREDL *aufstehend:* Hierlaching den 4. Februar. Anwesend sind Seine Exzellenz der hochgebietende Herr Staatsminister Simon Freiherr von Spannagl, ferner die Ministerialräte Semmel-, Nudel-, Hammel- und Rammelmayer, ferner der Protokollführer Dr. Kletzenbredl.

V. SPANNAGL: Ich danke. Nun also, meine Herren, könnte der Staat, beziehungsweise das Ministerium die Schenkung der genannten Eichelgrün...

DR. KLETZENBREDL: Eichenlaub – Pardon, Exzellenz.

V. SPANNAGL *sieht ihn strafend an:* Ei – chen – laub, mit Anerkennung – tja... der lobenswerten Gesinnung annehmen, allein, meine Herren, der bloße Gesichtspunkt des Beschenkten, des in Empfang Nehmenden geziemt dem Staate nicht... *Die Räte murmeln: Bravo! Ausgezeichnet! Sehr gut!* Wir sind auch die Gebenden, insoferne wir den Stiftern Gelegenheit geben, ihrer Neigung zur Wohltätigkeit... tja... eine dauernde Befriedigung zu gewähren... *Die Räte murmeln: Ah! Ah! Ganz ausgezeichnet!* Tja... meine Herren... das ist eben der staatliche, ergo höhere Gesichtspunkt, der sich eben doch vom landläufigen zu unterscheiden hat...

RAT RAMMELMAYER: Ich gestatte mir...

V. SPANNAGL: Was gestatten Sie sich?

RAT RAMMELMAYER: Ich gestatte mir für die lichtvolle Darstellung eines Standpunktes, den wir dunkel als den unsrigen stets empfanden, *Die anderen Räte: Jawohl! Gewiß!* Eurer Exzellenz unsern tiefstgefühltesten und ehrerbietigsten Dank zu Füßen zu legen. *Die Räte: Sehr gut! sehr gut!*

V. SPANNAGL: Ich danke Ihnen, meine Herren! Tja... zweitens, und hier *die Stimme etwas erhebend* komme ich zum Hauptpunkte, zweitens hat in unserem Staate die Frage der Parität am peinlichsten abgewogen zu werden. *Mit erhobener Stimme.*

Wenn also ein Heim für Säuglinge errichtet werden will oder soll, so ist in erster Linie zu prüfen die Prozentzahl der Konfessionen. *Die Räte: Sehr gut! Natürlich! Selbstverständlich!* Hat sich vielleicht einer der Herren der Mühe unterzogen, und die ziffernmäßige Aufstellung, den Konfessionstarif, wenn ich so sagen darf, entworfen?

RAT NUDELMAYER *mit fetter Kropfstimme:* Gewiß, Eure Exzellenz, ich habe die nötige Tabelle konstruiert...

V. SPANNAGL: Ich bitte sie vorzutragen...

NUDELMAYER *erhebt sich:* Die Konfessionstabelle gestaltet sich mit Hinsicht auf die Kopfzahl der Bevölkerung ziffernmäßig wie 17:2:0,33, das heißt auf 17 Katholiken zwei protestantische und 0,33 Säuglinge mosaischen Bekenntnisses. *Setzt sich wieder.*

V. SPANNAGL: Ich danke, Herr Rat, für die genaue und mühevolle statistische Arbeit. Sie sehen also, meine Herren: es sind uns genau die Grenzlinien vorgeschrieben, und wir werden sie um so genauer festhalten müssen, als sich die Stifterin unterfangen hat – jawohl – unterfangen hat, Bedingungen stellen zu wollen, dahin lautend, daß Säuglinge ohne jede Rücksicht auf Konfession angenommen werden sollen... *Die Räte lachen höhnisch... haha... haha! Komisch! Großartig!*

RAT SEMMELMAYER *eine lange hagere Figur, erhebt sich:* Er – lau – ben Sie, Exzellenz!

V. SPANNAGL: Sie wünschen?

SEMMELMAYER *in tiefstem Staunen:* Er – lau – ben Sie, Exzellenz, wie kommt die Frau auf diese Idee?

V. SPANNAGL: Tja... der Zeitgeist!

SEMMELMAYER: Der – – Zeit – geist? Hier – – bei uns? Ja – – dann – – *Setzt sich feierlich.*

V. SPANNAGL: Also, meine Herren, kurz und bündig, der Beschluß der Konferenz, das heißt die Bedingung der Annahme, lautet 17:2:0,33! Ich habe Ihren Konsens? *Alle vier Räte erheben sich und sprechen unisono: Wie 17:2:0,33!*

V. SPANNAGL: Herr Dr. Kletzenbredl, verlesen Sie das Votum!

KLETZENBREDL: In der Schlußministerial – ah – Ministerialschlußkonferenz ergeht Beschluß dahin, daß die Übernahme des Eichenlaubischen Säuglingsheimes im Prinzipe genehmigt, jedoch mit der Modifikation, daß die Aufnahme der Säuglinge nur nach einer feststehenden prozentualen Quote von 17:2:0,33 erfolgen kann. Der klg. Staatsminister Freiherr v. Spannagl. Die kgl. Ministerialräte Semmel-, Nudel-, Hammel- und Rammelmayer.

v. Spannagl: Das steht also fest. Ich werde nun die Frau kommen lassen. *Er läutet mit der Tischglocke.*

Semmelmayer *erhebt sich in ganzer Länge:* Er – lau – ben Sie, Exzellenz!

v. Spannagl: Und?

Semmelmayer *in maßlosem Staunen:* Ich ver – steh – e noch im – mer nicht, wie die Frau zu diesem Ver – langen kommt...

v. Spannagl: Tja... mein lieber Semmelmayer – ich sagte Ihnen ja schon – der Zeitgeist...

Semmelmayer *rundum blickend:* Der – – Zeit – – geist? *Setzt sich wieder.*

Neunte Szene

Von links kommt Frau Eichenlaub, eine Dame nahe an siebzig, in violettem, altmodischem Kostüm, ein schwarzes Spitzenhäubchen auf dem weißen Haar, geleitet von Schierhofer.

v. Spannagl *ohne aufzustehen, zu Schierhofer:* Bringen Sie einen Stuhl für die Frau! *Frau Eichenlaub verbeugt sich leicht und vornehm gegen den Minister und die übrigen, welche den Gruß mit hölzernem, hochmütigem Kopfnicken erwidern. Frau Eichenlaub nimmt etwas entfernt rechts des Halbkreises Platz, so daß sie ihr Profil dem Publikum zuwendet.*

v. Spannagl: Sie sind also die mehrgenannte Frau Eichenlaub?

Frau Eichenlaub: Ja, Exzellenz, und ich hoffe...

v. Spannagl *sie mit einiger Schärfe unterbrechend:* Die mehrgenannte Frau Eichenlaub, Witwe des in den Akten aufgeführten Nathan Eichenlaub?

Frau Eichenlaub *mit leichtem Lächeln:* Gewiß, Exzellenz...

v. Spannagl: Tja. Nun also... Sie haben zugleich in Ausführung des letzten Willens Ihres vorverstorbenen Ehegatten ein

Gebäude errichten und herstellen lassen, welches der Staat als Säuglingsheim annehmen, entgegennehmen und übernehmen soll?

FRAU EICHENLAUB: Gewiß, Exzellenz, aber das ist ja längst...

V. SPANNAGL *schärfer:* Ich bitte mich nicht zu unterbrechen! Ich sagte, ein Gebäude, welches der Staat einem bestimmten Zwecke widmen und entgegenführen soll.

FRAU EICHENLAUB *lächelnd:* Ja...

V. SPANNAGL: Es dürfte keinem Zweifel unterliegen, daß der Staat kraft der ihm innewohnenden Hoheit in dem Augenblicke, wo er sich zu der Erfüllung eines Zweckes herbeiläßt, ausschließlich die Namen dieses Zweckes zu bestimmen, zu stellen und zu konstituieren hat.

FRAU EICHENLAUB *verbindlich:* In gewissem Sinne...

V. SPANNAGL *entschieden:* In je – dem Sinne, gute Frau... Sie haben zwar *hüstelt* gewissermaßen Bedingungen *hüstelt* oder, ich will annehmen, Vorschläge, proponiert, allein schon ganz allgemein und prinzipiell ist das unverträglich mit der Hoheit des Staates und insoferne unzulässig.

FRAU EICHENLAUB: Ich würde es sehr bedauern, wenn Sie irgendwie Anstoß genommen hätten an den Vorschlägen, die gewiß keine Schärfe oder... oder *lächelnd* Vordringlichkeit enthalten konnten. Ich meine, das liegt schon in der Natur der Sache...

V. SPANNAGL: Und in der Unterordnung des privaten Willens unter das staatliche Ganze... tja... Also ich nehme an, es handelte sich hier um bloße Verlautbarung einer Ansicht, welche wir geprüft – *kleine Pause* – und nicht gebilligt haben.

FRAU EICHENLAUB: Nicht ge...

V. SPANNAGL: Nicht gebilligt – tja. Die Aufnahme, Unterbringung und Versorgung von Säuglingen kann als humanitärer Akt betrachtet werden – allein der Staat als solcher und als ganzes hat Pflichten nach jeder Seite hin zu beachten und kann auch in einem humanitären Akte nicht die großen Gesichtspunkte des Gouvernements außer acht lassen. Ebensowenig, wie wir ein konfessionsloses Säuglingsheim zulassen könnten, ebensowenig können wir eine wahllose und systemlose Mischung der Konfessionen dulden...

FRAU EICHENLAUB: Aber erlauben Sie mir, Exzellenz...
V. SPANNAGL: Ich erlaube noch nichts. Ich sagte, die großen und – jawohl bewährten – Gesichtspunkte des Gouvernements dürfen unter keinen Umständen verlassen werden. *Zu Nudelmayer* Herr Ministerialrat, wollen Sie der Frau diese Gesichtspunkte mitteilen.
NUDELMAYER *mit Kropfstimme, nachdem er sich erhoben hat:* Diese auf statistischen Arbeiten basierenden und auch tabellarisch ersichtlichen Gesichtspunkte des Staates ergeben das ziffernmäßige Verhältnis von 17:2:0,33, so also, daß auf 17 aufzunehmende katholische Säuglinge zwei des evangelischen und 0,33 des mosaischen Bekenntnisses treffen. *Setzt sich.*
V. SPANNAGL *zu Frau Eichenlaub:* Sie haben gehört?
FRAU EICHENLAUB: Darf ich jetzt ein paar Worte bemerken?
V. SPANNAGL *lehnt sich zurück:* Ja.
FRAU EICHENLAUB: Meine Herren – ich gestehe, daß mich der Widerstand überrascht, welchen die Stiftung meines lieben Mannes findet, denn ich führe nur seinen Willen aus. – Ich habe geglaubt, daß die Stiftung, weil sie aus Menschenfreundlichkeit kommt, auch wieder so hingenommen würde. Mein Mann wollte allen Kindern helfen, denen man helfen muß, und darin – meinte er – darf es doch keine Unterschiede geben. *Schweigen.*
V. SPANNAGL: Sind Sie fertig?
FRAU EICHENLAUB *etwas unsicher:* Nein... das heißt, ich hätte wohl manches noch zu sagen, aber... ich war wirklich nicht darauf gefaßt. Ich dachte mir den heutigen Tag ganz anders... Sie müssen mich entschuldigen... aber jetzt, nachdem das Haus gebaut ist, warum kommen jetzt diese Bedenken? *Sie sieht sich im Kreise um. Alle schweigen, sitzen regungslos.*
FRAU EICHENLAUB *fährt nach kleiner Pause fort:* Und dann: ich meine, es handelt sich doch um Kinder im zartesten Alter, die... ja... die noch gar keine Unterschiede haben können... ich meine... bei denen die Konfession noch gar keine Rolle spielen kann...
SEMMELMAYER *sich erhebend:* Er – lauben Sie, Exzellenz.
V. SPANNAGL: Herr Ministerialrat?
SEMMELMAYER: Mein religiöses Empfinden widerstrebt solchen Ausführungen.

v. Spannagl: Das meinige auch. Aber wir müssen wohl die Frau zu Ende hören.

Frau Eichenlaub *noch verwirrter:* Es liegt mir gewiß... ferne... jemanden zu verletzen... es liegt mir heute ferner... als irgendwann... Ich dachte mir das alles... so sehr anders. Ich glaubte, vielleicht... ja, ich glaubte... ein gutes Wort zu hören über die edle... und humane Absicht meines... Mannes... der ja... *sie trocknet sich mit dem Taschentuche einige Tränen ab...* der ja die Vollendung des Baues... und seines Werkes nicht mehr erleben durfte... ich bin als Frau... vielleicht nicht klug genug... auch nicht tapfer genug, seine Grundsätze so zu verteidigen, wie er es getan hätte. *Sie trocknet wieder ihre Augen, längere Pause.*

v. Spannagl: Sind Sie nunmehr fertig?

Frau Eichenlaub: Ja – wirklich –

v. Spannagl: Dann muß ich aber doch darauf bestehen, daß Sie Ihre Erklärung in präziser Form abgeben...

Frau Eichenlaub: Ich verstehe nicht...

v. Spannagl: Ob Sie mit den Bedingungen des Gouvernements, unter denen die Anstalt hingenommen, übernommen und angenommen wird, einverstanden sind – ja – oder – nein.

Frau Eichenlaub: Ich bin mir nicht klar über die Folgen... ich meine, ich weiß nicht, was Sie beschließen, wenn ich die Bedingungen nicht annehme...

v. Spannagl: Herr Ministerialrat Nudelmayer, wollen Sie die Erklärung abgeben.

Nudelmayer *sich erhebend:* Für den Fall, daß die notwendige Einigung nicht zustande käme, wäre die Regierung nicht in der Lage, das mehrgenannte Säuglingsheim zu übernehmen und zu betreiben, könnte aber auch einen privaten Betrieb um so weniger dulden, als hierin die Sanktionierung einer Umgehung des Regierungswillens und der Regierungsgrundsätze erblickt werden müßte.

Frau Eichenlaub: Der private Betrieb würde...

v. Spannagl: Verboten werden.

Frau Eichenlaub *aufstehend:* Dann... meine Herren – wären der verlierende Teil... die Kinder, welche ja – keine – Schuld an diesen – diesen Grundsätzen tragen, und ich würde... denen wehe tun, welchen mein Mann gerade Wohltaten zugedacht hat – ich muß also wohl nachgeben.

V. SPANNAGL: Können wir Ihre Antwort als ein »Ja« betrachten?

FRAU EICHENLAUB: Sie können meine Antwort als Ja betrachten.

V. SPANNAGL *nach links deutend:* Dann erübrigt nur, daß Sie im Vorzimmer den Vertrag unterfertigen... Herr Dr. Kletzenbredl wird Sie begleiten. *Kletzenbredl ist aufgestanden und geht hinter Frau Eichenlaub, die ohne zu grüßen links abgeht.*

V. SPANNAGL: Guten Tag... Frau... Frau...

KLETZENBREDL *unter der Tür stehen bleibend:* Eichenlaub – Exzellenz!

V. SPANNAGL: Guten Tag, Frau Eichenlaub! *Kletzenbredl ab.*

Zehnte Szene

Die vier Ministerialräte erheben sich mit Ekstase und brechen in Rufe aus: Exzellenz das war großartig! Das war ganz einzig! Das war...!

RAMMELMAYER: Gestatten Euer Exzellenz, Ihnen meine Bewunderung über die glänzende Führung der Verhandlung...

SEMMELMAYER: Über die unbeugsame Wahrung der religiösen Grundsätze...

RAMMELMAYER: Ja, über die Wahrung der staatlichen Autorität die grenzenloseste Bewunderung ehrerbietigst zu Füßen zu legen.

V. SPANNAGL *In Pose, die rechte Hand in die Öffnung des Rockes steckend:* Ich danke... meine Herren – ich glaube allerdings den fundamentalen Grundsätzen des Staates zu einem gewissen Erfolge verholfen zu haben. *Die Mitteltür wird hastig aufgerissen. Minister von Pfley stürzt herein in sichtlicher großer Aufregung, im Überzieher, den Zylinder in der Hand, die Haare wirr durcheinander.*

Elfte Szene

v. PFLEY *atemlos:* Um Gottes willen! Kann ich den Herrn Ministerpräsidenten...?
v. SPANNAGL *bestürzt:* Was gibt's... was ist?
v. PFLEY *nach Luft schnappend:* Ah... da sind Sie ja! Herr Kollege... ich muß Sie sofort unter vier Augen sprechen. *Die Ministerialräte eilig links ab.*

Zwölfte Szene

v. SPANNAGL *ungestüm:* Aber reden Sie doch!...
v. PFLEY: Es ist alles verloren... Ich komme soeben aus der Kammer... alles...
v. SPANNAGL: Wie? Was?
v. PFLEY: Das Budget wird verweigert... wir können die Koffer packen.
v. SPANNAGL: Wer verweigert das Budget?
v. PFLEY: Unsere Partei! Wer sonst? Die klerikale Partei! Herrgott, und alles wegen einer Unvorsichtigkeit!
v. SPANNAGL: Unvorsichtigkeit? Von wem?
v. PFLEY: Fragen Sie noch!
v. SPANNAGL: Von mir?
v. PFLEY: Von Ihnen – von wem sonst! Mit diesem verdammten – Gott verzeih mir die Sünde! – mit diesem unglückseligen Säuglingsheim!
v. SPANNAGL *wieder ruhiger:* Ach... erlauben Sie mir! Sie haben wohl keine Ahnung...
v. PFLEY: Nein! Ich komme ja warm aus der Sitzung! Ich habe natürlich keine Ahnung!
v. SPANNAGL: Lassen Sie mich ausreden! Da *leicht mit dem Fuße aufstampfend* vor ein paar Minuten habe ich unsern klerikalen Wünschen und Gesichtspunkten zum Siege verholfen – mit dem Säuglingsheim!
v. PFLEY *verständnislos:* Mit dem...
v. SPANNAGL *ironisch:* Jawohl! Mit diesem unglückseligen Institut! Ich habe durchgedrückt, daß unser Konfessionstarif maßgebend ist für die Aufnahme der Säuglinge.

V. PFLEY *auf und ab laufend und sehr laut:* Säuglinge! Säuglinge! Was gehen mich denn Ihre Säuglinge an –? Aber *bleibt dicht vor Spannagl stehen* einen protestantischen Hausmeister haben Sie für das Säuglingsheim angestellt!
V. SPANNAGL *zurückprallend:* Einen pro...
V. PFLEY *jede Silbe betonend:* Einen pro – test – an – tischen Hausmeister – jawohl, und dabei hatten sich vier Pfarrmeßner für den Posten gemeldet.
V. SPANNAGL: Das ist...
V. PFLEY: Unverantwortlich – ist es! Jetzt ist alles aus, die Kammer tobt – der Präsident tobt – bestellen Sie den Möbelwagen!
V. SPANNAGL *losbrechend:* Aber das ist ja unerhört! *Schreit wütend.* Schierhofer! Schieer – hoof – er! *Schierhofer stürzt von links herein.*

Dreizehnte Szene

SCHIERHOFER *erschrocken:* Wa... wa... was gibts?
V. SPANNAGL: Hieher! *Schierhofer geht zögernd näher.* Wissen Sie, was der Mensch ist, den Sie als Hausmeister ins Säuglingsheim hineingebettelt haben? Wissen Sie's?
SCHIERHOFER *verdattert:* Da... da... da... Kari?
V. SPANNAGL: Ein Pro – test – ant ist er!
SCHIERHOFER: Waar ja net übi!
V. SPANNAGL: Wollen Sie noch lügen?
SCHIERHOFER: Dös gibt's ja gar net, daß der lutherisch waar!
V. PFLEY *hat hastig ein Papier aus der Brusttasche gezogen, liest:* Heißt der Mensch Karl – Breit – sameter?
SCHIERHOFER: Ja, so... hoaßt er.
V. PFLEY *grob:* Also gut! Dann lassen Sie das einfältige Leugnen! Hier ist die standesamtliche Feststellung – Karl Breitsameter – evangelisch –
V. SPANNAGL *schreiend:* Das ist Betrug!
SCHIERHOFER: I – i – i – i – hab...
V. SPANNAGL: Aber ich werde den Kerl wegblasen...
SCHIERHOFER: Ba... bal er scho s' Dekret hat!

v. Spannagl: Ich werde ihm was dekretieren, und ihm auch – Schierhofer – – –

Schierhofer: Gewiß wahr... Exalenz... i... i... i... hab' nix g'wißt.

v. Spannagl: Natternbrut!

Schierhofer: Lassen'S mi no g'schwind außi... i... i... i... hol'n... dös muaß si aufweis'n. *Er eilt nach der Mitteltür. In diesem Augenblick öffnen sich feierlich beide Flügel, und herein tritt der Kammerpräsident von Wimmerl. Er ist in einen Pelzrock gehüllt, und trägt einen Zylinder auf dem Kopf, den er nicht abnimmt. Schierhofer drückt sich an ihm vorbei und eilt weg.*

Vierzehnte Szene

v. Spannagl *zu Pfley:* Um Gottes willen – der Kammerpräsident!

v. Pfley: Er selbst! *Präsident Wimmerl schreitet in Napoleonspose, die rechte Hand zwischen die Brustknöpfe des Pelzmantels gesteckt, die linke Hand rückwärts, im Hahnenschritte an den Ministern vorbei, jeden durchbohrend anblickend. Die Minister verbeugen sich tief und bleiben in gebückter Stellung. Längere Pause.*

Wimmerl *mit tiefer, monotoner Stimme; sie klingt, als wenn er durch ein Ofenrohr spräche:* Das sind mir ja nette Allotria, die hier getrieben werden!

v. Spannagl *ersterbend:* Herr Präsident...

Wimmerl: Ruhe! Es ist wohl nicht zu viel behauptet, daß die Mehrheit des Parlamentes von einem unstillbaren Zorne ergriffen ist.

v. Pfley: Herr Prä...

Wimmerl *stampft ungeduldig mit dem Fuß:* Sie frägt sich mit Recht, ob sie vielleicht als eine erscheint, deren klarer Wille für nichts geachtet werden darf, oder...

v. Spannagl: Herr...

Wimmerl *sehr nachdrücklich:* Oder als eine, welcher nicht die Gewalt zu Gebote steht, ihren Wünschen Nachdruck zu verleihen.

v. Pfley: Herr Präsident, es liegt ein unseliger Irrtum vor.
Wimmerl: Worin? In bezug auf was?
v. Pfley: Wenn Sie uns nur ein Wort gestatten würden!
v. Spannagl: Nur zwei Worte!
Wimmerl: Man spreche!
v. Spannagl: Die Überraschung... äh... die Tatsache, daß dieser Mensch, der sich die Stelle erschlichen hat, hinterher sich als Protestant entpuppte, war für mich nicht minder überraschend als für Sie, Herr Präsident...
v. Pfley: Das kann ich nur bestätigen, denn...
v. Wimmerl *eisig:* Wer sagt euch, daß es für mich überraschend war?
v. Spannagl *stotternd:* J... i... ich dä... dächte doch... o... o...
v. Wimmerl *noch eisiger:* Es war für mich nicht überraschend. *Sieht Spannagel durchbohrend an.* Ich kenne euch!
v. Spannagl: Aber Herr Präsident, Sie tun mir unrecht... ich... ich...
v. Pfley: Ich kann nur sagen, der Herr Ministerpräsident war wie aus den Wolken gefallen.
Wimmerl: Man hat sich nicht in den Wolken aufzuhalten, sondern auf dem festen Boden des Mehrheitswillens.
v. Spannagl *immer verwirrter:* Es muß mir doch gestattet sein, Tatsachen anzuführen: daß ich selbst der Getäuschte war...
Wimmerl: Warum hat die Kammer sofort die Tatsache eruiert?
v. Pfley: Allerdings... warum haben Sie...?
v. Spannagl *trocknet sich den Schweiß auf der Stirne:* Allerdings, warum habe ich die Ta... Ta... Tatsache nicht eruiert?
Wimmerl *eisig:* Weil Sie sie nicht eruieren wollten...
v. Spannagl *dringend:* Aber... gestatten Sie doch...
Wimmerl: Ist der neue Hausmeister Protestant? Ja... oder nein?
v. Spannagl *immer verwirrter:* Gewiß... man hat mir vorhin er... ö... ö... ö... öffnet...
Wimmerl: Ja oder nein?
v. Spannagl *ganz verwirrt:* Niemand kann besser orientiert sein als ich im Paritätskalender... ich weiß natürlich... natürlich, daß wir Hausmeister haben... ja... wie viel... einundzwanzig katholische, vier protestantische.

WIMMERL: Fünf!
v. SPANNAGL *schüchtern:* Einundzwanzig katholische... vie... vie... vier protestantische.
WIMMERL: Fünf mit dem letzten. Durch Ihre Schuld.
v. SPANNAGL: Einer mehr... allerdings einer mehr... und Notare haben wir e... warten Sie... vierzehn katholische... zwei protestantische und Richter haben wir zweiundvierzig katholische... und...
WIMMERL: Ich höre Sie nicht. Ich höre nur, daß Sie keine Antwort auf meine Frage haben. *Lärm von der Mitteltür. Schierhofer tritt ein und zieht Kari am Arm mit sich. Kari trägt einen Gehrock, der ihm zu lang ist, der ganze Anzug schlampig, vom Tändler gekauft.*

Fünfzehnte Szene

SCHIERHOFER: Da gehst jetzt her! Da sagst as de Herrn selba!
WIMMERL: Was ist das?
v. PFLEY: Wie können Sie sich unterfangen...?
SCHIERHOFER: Dös is der, wo's jetzt auf oamal hoaßt, daß er lutherisch waar!
WIMMERL *zu Karl:* Wer sind Sie?
KARI: I bin der Hausmoasta von die Seiglinge.
SCHIERHOFER: Jetzt red' no, ob 's 'd katholisch bist oda net!
v. SPANNAGL: Mensch! Wie können Sie sich erlauben, als Protestant sich eine Stelle zu erschleichen!
KARI: Net so viel schleicha, gel? Überhaupt, wo steht denn dös, daß i lutherisch bin?
v. SPANNAGL: Wollen Sie leugnen...?
WIMMERL: Jetzt rede ich mit dem Manne. Sie müssen doch wissen, daß Sie als Protestant eingetragen sind?
KARI: I? Na! Da woaß i gar nix.
WIMMERL: Im standesamtlichen Register.
KARI: So? Ko scho sei. So was les' i net?
SCHIERHOFER: Aba du host du allaweil glaabt, daß d' katholisch bist.

KARI: I hab ma halt denkt, was de andern san, bin i aa. I brauch nix extrigs.
v. WIMMERL: Sie sind eben Protestant. Und das alles sind leere Ausflüchte.
SCHIERHOFER *eifrig:* Siehst d' as, dös wird dir net glabt, dös hab' i dir glei g'sagt. Du muaßt oafach katholisch wern.
KARI: Warum denn net? Dös is ja mir ganz wurscht.
SCHIERHOFER: Ja! Sunst wird da nix glabt!
WIMMERL: Habe ich recht gehört? Sie wollen zum katholischen Glauben übertreten?
KARI: Warum nacha net? Dös is ja mir ganz wurscht!
WIMMERL *nimmt den Hut ab:* Dann – allerdings...
v. SPANNAGL: Das ist die Lösung!
v. PFLEY: Die gegebene Lösung!
KARI: Aba net, daß s' mit 'n Diri-Dari was hat...
SCHIERHOFER *zieht ihn zurück:* Sei do staad!
WIMMERL *zu den Ministern:* Diesmal hat euch der gesunde Sinn des Volkes vor dem Schlimmsten bewahrt.

Vorhang

ANHANG

CHARAKTERLOSIGKEIT DES DEUTSCHEN BÜRGERTUMS

Deutsche Helden

Der Verein »Deutsche Eiche« hatte außerordentliche Sitzung. Der Vorstand, Rentier Köpke, erhob sich von seinem Sitze, um die Gründe anzugeben, welche ihn zu der Anberaumung bewogen hatten.

Meine Herren, sagte er, wie Ihnen allen bekannt sein dürfte, hat der Präsident der südafrikanischen Republik europäischen Boden betreten. Wenn irgendwo, so wird dieses Ereignis in deutschen Herzen nachzittern. *Bravo! Sehr gut!!* Ja, meine Herren, nachzittern. Als vor einem Jahre der kleine Bauernstaat mit dem mächtigen England in die Schranken trat, da loderte in der Brust eines jeden deutschen Mannes das Feuer der Begeisterung auf *Bravo!* und es brannte fort und fort. Meine Herren! Soll ich Sie erinnern an die Festlichkeiten, welche wir begingen? Soll ich Sie erinnern an den Familienabend nach der Schlacht am Moderriver, an die musikalische Unterhaltung nach Colenso, an die Punschbowle nach Spionskop? *Sehr gut! Bravo!* Niemals haben wir vergessen, daß diese tapferen Helden in Südafrika deutsches Blut in ihren Adern rollen lassen, daß sie Fleisch sind von unserm Fleisch, Bein von unserm Bein, daß auch sie die Enkel derer sind, die bei... die bei... die im Teutoburger Walde das Joch der Fremdherrschaft abschüttelten. *Bravo! Bravissimo!*

Meine Herren! Nun erscheint in Europa der Mann, der vor Jahresfrist in unsagbar schmerzlicher Wahl seiner Seele den Entschluß zum Kriege abgerungen hat, Paul Krüger. Die große sittliche Erregung, die das ganze deutsche Volk durchglüht, soll es nun auf einmal zu verlegenem Schweigen schlapp ab... ab... abebben? Äh! Ja abebbeben? *Bravo! Hoch Köpke! Hoch!* Nein, meine Herren! Das soll es nicht. Voll und ganz stehen wir auf Seite der Unterdrückten, der Deutsche zum Deutschen. Das wollen wir der Welt zeigen durch eine große Sympathiekundgebung. *Sehr richtig! Sehr gut!* Ich bitte um Ihre Vorschläge. Ich selbst möchte folgendes anregen: Absendung einer Deputation an Krüger, Überreichung eines Ehrengeschenkes, ferner Abhaltung einer Festversammlung hier am Orte mit Weiherede und Bekränzung der Büste des Präsidenten Krüger. Wollen Sie sich hiezu äußern!

Lebhafter Beifall, alles trinkt dem Vorstande zu. – Kommerzienrat Meineke erhebt sich rasch und bittet um das Wort.

MEINEKE: Meine Herren! Bevor wir uns mit der Frage einer Ehrung des Präsidenten Krüger eingehend beschäftigen, möchte ich unserem verehrten Vorstande den Dank aller Anwesenden aussprechen *Sehr gut!*, den Dank dafür, daß er, wie so oft, auch heute den rechten Ausdruck für unser deutsches Fühlen gefunden hat. *Bravo!* Seine kerndeutschen Worte klingen in unseren Herzen nach, wo sie freudigen Widerhall gefunden haben. *Verbeugt sich gegen den Vorstand, was dieser mit einer ebenso tiefen Verbeugung erwidert.)* Nun, meine Herren! zur Frage selbst. Unserem Vereine muß es natürlich gänzlich ferne liegen, politische Kräfte in Bewegung zu setzen. Nie und nirgends vergessen wir, daß Politik einzig und allein Sache unserer Regierung ist *Gewiß! Sehr gut!*, unserer Regierung, meine Herren, zu der wir das vollste Vertrauen hegen, von der wir wissen, daß sie die Ehre des deutschen Namens, der deutschen Flagge äh... stolz im Winde flattern läßt *Bravo!*, jawohl, meine Herren, nach außen und innen. Meine Herren! Ich glaube also, daß unsere Kundgebung sich in den weisen Grenzen halten muß, welche einerseits ein Gebot der Vernunft, andererseits der Wille der maßgebenden Polizei sind. Meine Herren, uns Deutschen liegt es ferne, muß es ferne liegen, dem Beispiele der Franzosen zu folgen. Wir sind, Gott sei Dank, eine in uns selbst gefestigte Nation. *Bravo!* Der deutsche Aar horstet sicher und fest, und wenn er seine Schwingen regt, so tut er es mit der weisen Mäßigung, welche unserem Nationalcharakter entspricht. *Stürmisches Bravo.*

Meine Herren, wir alle wissen, daß zwischen England und Deutschland Familienbeziehungen bestehen, Familienbeziehungen, welche es uns verbieten, eine Entrüstung, die uns ja tatsächlich durchglüht, äußerlich in... in unangebrachter Form zu betätigen. Unser gerechter Enthusiasmus für die Buren erfährt eine Milderung durch den Enthusiasmus, welcher gewissermaßen unsere Pflicht und Schuldigkeit ist. Wir sind sittlich erregt über manche unangenehmen Vorkommnisse in Südafrika, aber, meine Herren, diese Erregung, sie ist eine erlaubte. Sie bewegt sich durchaus loyal in den Grenzen der obrigkeitlichen Genehmigung, einer regierungsfreundlichen Gesinnung, sie entspricht dem Willen des Gesetzes. *Beifallsmurmeln. Sehr richtig!* Darum, meine Herren, handeln wir echt deutsch, das heißt vorsichtig!

Starker Beifall.

KÖPKE: Ich erteile Herrn Großhändler Flosse das Wort.

FLOSSE: Meine Herren! Gestatten Sie einem erfahrenen Kaufmanne einige Bemerkungen. Ich bin Deutscher, durch und durch Deutscher *Bravo!*, aber ich bin auch Praktiker. Ich habe mir für mein ganzes Tun und Lassen einen Grundsatz stets vor Augen gehalten, der Grundsatz heißt: Was schaut dabei heraus? *Sehr gut!* Meine Herren, ich bin nicht schlecht gefahren bei dem Prinzip, wie Sie vielleicht wissen. *Allerdings! Sehr richtig! Famos!* Ich habe mich von unten heraufgearbeitet. Mit zehn Leuten habe ich das Geschäft angefangen und heute folgen zweihundert meinem Winke.

Bravo! – Eine Stimme im Hintergrunde: Sauprotz!

KÖPKE: Ich bitte um Ruhe; unanständige Bemerkungen darf ich nicht dulden.

FLOSSE: Meine Herren! Ich frage mich, was kommt bei dieser Ehrung des verflossenen Präsidenten heraus? Antwort: Nichts! gar nichts! *Oho! Unruhe.* Ja, wenn er noch im Amte wäre, aber so! Was kann er uns geben? Ich will Ihnen was sagen, es kommt doch was dabei heraus. Ein unberechenbarer Schaden. Die Engländer werden uns boykottieren, in meiner Branche spüre ich heute schon sehr stark den Einfluß des südafrikanischen Krieges, und mancher unter Ihnen wird das gleiche erfahren haben. Im Privatleben hüten wir uns, einen einzigen Kunden zu vertreiben, meine Herren, warum soll es im öffentlichen Leben anders sein? *Murmeln. Allerdings! Er hat recht!* Gefühle sind schön, Gefühle sind gut, aber auch sie dürfen wir nicht überzahlen. Meine Herren, ich erinnere Sie daran, wie sehr an maßgebender Stelle der deutsche Handel geschätzt wird, hüten wir uns, Pläne zu stören, vor deren Weisheit wir uns zu beugen haben. *Bravo! Bravissimo!* Ich bin gegen jede Ehrung, welche in England bemerkt werden kann.

Starker Beifall. Einiger Widerspruch. – Stimme im Hintergrunde: Sauprotz!

KÖPKE: Ich muß nochmals ganz energisch darum ersuchen, daß Beleidigungen unterbleiben. Ich erteile das Wort dem Herrn Professor Dr. Wernhard.

PROFESSOR WERNHARD: Meine Herren! Es war immer ein Vorrecht der deutschen Wissenschaft, daß sie mit dem nationalen Fühlen sich im Einklange befand. Wenn ich der heute angeregten Frage als Historiker näher trete, so möchte ich untersuchen a) welchen Einfluß haben spontane Kundgebungen an sich b) überhaupt und c) in dem gegebenen Falle? Zu a drängt sich uns sofort die Frage auf, haben wir hiezu α) überhaupt ein Recht und wenn β) worin besteht dasselbe?

Nicht immer, meine Herren, war sich die germanische Rasse ihrer Vollkommenheit so bewußt, wie sie dies nach den gegebenen Faktoren durfte, konnte und mußte. In dem großen Strome, welcher das Signum der indogermanischen Einwanderung ist zu einer Zeit, deren genaue Feststellung noch heute die Gelehrtenwelt in zwei feindliche Lager spaltet, bildete sich ein fluktuierendes Moment, das bald hierhin bald dorthin die festen Linien der historischen Forschung... *Zur Sache! Schluß! Zur Sache.* Meine Herren! Verzeihen Sie die kleine Abschweifung, aber sie ist notwendig zum Verständnisse des folgenden. Also ich sagte, in dieser fluktuierenden Bewegung verwischten sich die Konturen allmählich so, daß es uns heute kaum möglich ist, mit der Genauigkeit, welche ein glücklicher und nie genug zu schätzender Vorzug der deutschen Forschung an sich und der historischen im besonderen ist, festzustellen, wo sich die Grenzen der einzelnen Nationalitäten befinden. Bald scheiden sie sich scharf von einander, bald vermischen Sie sich bis zur Unkenntlichkeit, und bald...

Stimme im Hintergrunde: Und bald halten Sie hoffentlich das Maul!

KÖPKE: Es ist hier jemand, welcher offenbar bestrebt ist, den guten Ton zu verletzen. Ich warne den Betreffenden, dies zu unterlassen.

Stimme im Hintergrunde: Tu ich schon nicht.

KÖPKE: Hm! Fahren Sie bitte fort, Herr Professor!

PROFESSOR WERNHARD: Ich wende mich also von der indogermanischen Periode zu der nicht minder merkwürdigen Epoche der Völkerwanderung. Bei genauer Betrachtung zerfällt sie a)...

Lautes Murmeln. Schluß! Schluß!

PROFESSOR WERNHARD: Meine Herren, Sie verhindern die deutsche Wissenschaft, zu dieser Frage Stellung zu nehmen. Ich füge mich, aber ich will das konstatieren.

KÖPKE: Meine Herren! Wir alle sind dem Herrn Professor aus tiefstem Herzen dankbar für seine licht- und geistvollen Ausführungen; es ist lediglich der Mangel an Zeit, was einige Herren veranlaßte, um Schluß der Debatte zu bitten. *Gewiß! Sehr richtig!* Nehmen Sie also die Versicherung unserer aufrichtigen Bewunderung, welche dem glänzenden Vertreter der deutschen Forschung gebührt. *Verbeugung. – Bravo!*

Meine Herren! Ich danke auch den übrigen Vorrednern, welche so trefflich in die Debatte eingegriffen haben. Es ist einer der vielen Vorzüge des deutschen Volkes, daß es der Belehrung zugänglich ist *Bravo!*, daß es nicht starrköpfig auf seiner Meinung besteht *Bravo!* und, meine Herren, ich glaube, wir sind belehrt! *Stürmisches Bravo!* Ich möchte hier gleich konstatieren, daß es mir, wie jedem Anwesenden durchaus ferne lag, den Absichten und Intentionen unserer weisen Regierung zuwider zu handeln. Ich glaubte nur, daß die von mir vorgeschlagene Kundgebung die Weihe der obrigkeitlichen Genehmigung erhalten würde. Der leiseste Zweifel, welcher in dieser Richtung geäußert wurde, hat in mir – und ich spreche hier wohl im Sinne aller – *Bravo! Bravo!* – ich sage, der leiseste Zweifel hat in mir sofort eine Wandlung hervorgebracht. Ich gebe meinen Vorschlag auf, ich sehe ein: es handelt sich viel weniger darum, was wir tun wollen, als darum, was wir tun dürfen. *Sehr richtig! Bravo!*

Und nun, meine Herren, politische Ansichten dürfen wir nicht äußern, wenn sie unangenehm sind, aber eines dürfen wir, wir dürfen unser Mitgefühl dem treuen Vater seines Volkes aussprechen, wohlverstanden, ich sage Mitgefühl *Bravo!*, wir dürfen ihm das als Herzstärkung reichen auf seinem schweren Wege – ich glaube nicht, daß wir damit die Gefühle unserer Polizei verletzen – oder?

Rufe: Nein! Nein! Das geht schon!

Wir tun es in einer Form, welche den Gewohnheiten der deutschen Familie entspricht, ich meine auf Ansichtspostkarten!

Stürmischer Beifall. Bravo! Bravo!

FLOSSE *springt auf und ruft:* Meine Herren, ich rate auch davon ab. Ich kenne das englische Nationalgefühl. In England ist man sehr empfindlich und duldet nichts, was den Stolz verletzt.

KÖPKE: Auch wir Deutsche sind stolz. Aber wenn Sie glauben...

FLOSSE: Ich glaube nicht, ich weiß.

KOMMERZIENRAT MEINEKE: Meine Herren! Lassen Sie mich einen Vermittlungsvorschlag machen. Etwas sollten wir tun; das erfordert die hohe sittliche Erregung, welche uns durchglüht, aber seien wir vorsichtig. Auch England hat geheiligte Rechte auf unser Gefühl. *Bravo! Sehr richtig!* Ich schlage ihnen vor, wir schreiben Ansichtspostkarten an den Präsidenten, aber... *blickt triumphierend um sich* aber mit unleserlichen Unterschriften!

Stürmischer, anhaltender Beifall.

KÖPKE: Und die Ansichtspostkarten liefert unser verehrtes Mitglied, Herr Großhändler Flosse.

FLOSSE: Meine Herren! Sie sollen sehen, daß auch ich national fühle. Ich nehme das mir übertragene Vertrauensvotum an, und stimme dem Vorschlage bei.

KÖPKE: Meine Herren! Wie ich sehe, sind Sie damit einverstanden, und so wäre die Sache zur allgemeinen Zufriedenheit erledigt.

Ludwig Thoma, Deutsche Helden, in: Simplicissimus, Jg. 5 (1900/01), Nr. 38, S. 302–303.

Die Protestversammlung

Saal im Gasthause zum »Weißen Adler«. Gefüllt mit Mitgliedern des Vereins »Deutsche Eiche«. Die Mitglieder haben womöglich altväterische Gehröcke an und dito Zylinder auf; die meisten ha-

ben Regenschirme bei sich. Rechts vorne ist das Rednerpult; daneben Präsidialtisch. An demselben sitzen der Vorstand Privatier Röpke, Kaufmann Flosse und ein Schriftführer. Röpke besteigt das Rednerpult unter allgemeiner Unruhe. Der Schriftführer läutet, worauf Stille eintritt.

RÖPKE *sich öfters räuspernd:* Hochverehrte Vereinsmitglieder! Meine Herren! Wie Ihnen allen bekannt sein dürfte, ist die Lage der Burenfrauen und Kinder in Südafrika eine sehr mißliche. Wenn irgendwo, so wird diese Tatsache gerade in deutschen Herzen nachzittern! *Einzelne dumpfe Bravos! Sehr gut!* Jawohl, meine Herren, nachzittern. Wir empfinden dies als Deutsche, wir empfinden dies als Familienväter *Bravos!*, wir empfinden dies als deutsche Familienväter. *Lebhafte Bravos! Röpke wird pathetischer.* Als vor nunmehr zwei Jahren der Krieg in Südafrika entbrannte, da loderte in der Brust eines jeden deutschen Mannes das Feuer der Begeisterung auf, und es brannte fast, fast, meine Herren! *Bravo!* Soll ich Sie erinnern an die Festlichkeiten, welche wir begingen? Soll ich Sie erinnern an den Familienabend im Dezember 1899, an die Punschbowle im Januar 1900? *Bravo!* Mit der Geschichte unserer Vereinsabende sind die Namen Moderriver und Spionskop unauslöschlich verbunden. *Sehr starke Bravos. Ein besonders Begeisterter im Hintergrund brüllt furchtbar: »Hurra, Hurra, Hurra!« (Ton auf der ersten Silbe.)* Niemals haben wir vergessen, daß diese tapferen Helden in Südafrika deutsches Blut in ihren Adern rollen lassen, daß sie Fleisch sind von unserem Fleische, Bein von unserem Bein, daß auch sie die Enkel derer sind, die bei --- die bei --- die im Teutoburger Walde das Joch der Fremdherrschaft abschüttelten. *Lebhaftes Bravorufen. Der Aufgeregte brüllt wieder: Hurra, Hurra, Hurra!* Meine Herren! Nunmehr sieht das deutsche Volk die Weiber und Kinder seiner wehrhaften Stammesgenossen im Unglück verkommen. Soll die große, sittliche Erregung auf einmal in verlegenem Schweigen ab --- ab --- abebben? Äh! Ja abbeben? *Bravo! Bravo! Der Aufgeregte ruft: Hoch Röpke!* Meine Herren! Ich bitte um Ihre Vorschläge, wie sich der Verein »Deutsche Eiche« zu der Sachlage, zu dem Unglücke der stammverwandten Frauen stellen soll. Ich schlage vor: Einlegung eines feierlichen Protestes, Absendung von Geldmitteln und Einberufung einer Volksversammlung, welche zu den Beschlüssen des Haager Friedens-Kongresses Stellung nimmt. Wollen Sie sich hierzu äußern. *Lebhafter Beifall. Bravo mit Händeklatschen.*

KOMMERZIENRAT MEINEKE *erhebt sich rasch, bittet um das Wort und geht zum Rednerpult:* Meine Herren! Bevor wir uns mit der Lage der Burenfrauen befassen, möchte ich meinem Vorredner und unserm allverehrten Vorstande den Dank aller Anwesenden aussprechen *Sehr gut!*, den Dank dafür, daß er, wie so oft, auch heute den rechten Ausdruck für unser deutsches Fühlen und Denken gefunden hat. *Dumpfes Bravo. Alle schauen sich bedeutungsvoll an und nicken ernst mit den Köpfen.* Seine kerndeutschen Worte klingen in unseren Herzen nach, wo sie freudigen Widerhall gefunden haben. *Verbeugt sich tief gegen den Vorstand hin, was dieser mit ebenso tiefer Verbeugung erwidert.* Nun meine Herren! Zur Sache selbst! Nie und nirgends vergessen wir, daß Politik nicht unsere Sache ist, daß sie vielmehr uns nicht zusteht. Ich glaube also, daß unsere Kundgebungen sich in den weisen Grenzen halten müssen, welche einerseits ein Gebot der Vernunft sind, andererseits den polizeilichen Verhaltungsmaßregeln entsprechen. Meine Herren! Wir Deutsche sind stolz darauf, daß die Ehre des deutschen Namens, der deutschen Flagge, äh, stolz im Winde flattert. *Bravo.* Jawohl, meine Herren, nach außen und innen, aber es muß uns ferne liegen, in blindem Enthusiasmus wie z.B. die Franzosen zu verfahren. Wir sind, gottlob, eine in uns selbst gefestigte Nation. *Bravo.* Der deutsche Aar horstet sicher und fest, und wenn er seine Schwingen regt, so tut er es mit der weisen Mäßigung, welche unserem Nationalcharakter entspricht. *Stürmische Bravorufe. Der Aufgeregte brüllt wieder: Hurra! Hurra!* Meine Herren! Wir sind sittlich erregt über manche Vorkommnisse in Südafrika, aber, meine Herren, diese Erregung, ist sie eine gesetzmäßige? *Murmeln.* Darum, meine Herren, handeln wir echt deutsch, das heißt handeln wir vorsichtig.

RÖPKE: Ich erteile Herrn Großhändler Flosse das Wort.

FLOSSE *Typus eines reich gewordenen Parvenü:* Meine Herren! Gestatten Sie – einem erfahrenen Kaufmann einige Bemerkungen. Ich bin Deutscher, durch und durch Deutscher, – aber ich bin auch Praktiker. Ich habe mir für mein ganzes Tun und Lassen einen Grundsatz stets vor Augen gehalten. Der Grundsatz heißt: *Wichtige Pause.* Was schaut dabei heraus? *Murmeln. Meinecke ruft: Sehr gut!* Meine Herren, ich bin nicht schlecht gefahren bei dem Prinzip, wie Sie vielleicht wissen. *Beifall. Meinecke ruft wieder: Sehr gut! Allerdings!* Ich habe mich von unten heraufgearbeitet. Mit drei Leuten habe ich das Geschäft eröffnet, und heute folgen 200 meinem Winke. *Bravo! Meinecke klatscht ostentativ. Der Aufgeregte im Hintergrunde ruft: Sauprotz!*

RÖPKE *läutet:* Ich bitte um Ruhe! Ich bitte um Anstand!

FLOSSE *fährt fort:* Meine Herren! Ich frage mich, was schaut bei dieser Protestkundgebung heraus? Antwort: Nichts. Gar nichts! *Unruhe. Oho.* Ich will Ihnen was sagen: es schaut doch etwas dabei heraus. Die Engländer werden uns boykottieren; ich spüre heute schon in meiner Branche den unheilvollen Einfluß des Krieges. Meine Herren! Im Privatleben hüten wir uns, einen einzigen Kunden zu vertreiben, warum soll es im öffentlichen Leben anders sein? *Murmeln. Allerdings. Er hat Recht. Meinecke ruft. Ganz ausgezeichnet.* Gefühle sind schön, Gefühle sind gut, a b e r ... wir dürfen auch sie nicht überzahlen. Das Hemd sitzt uns näher als der Rock, zuerst kommt unser Interesse, und dieses Interesse erfordert gebieterisch, daß wir alles unterlassen, was dem Handel schädigen könnte. *Bravorufe!* Ich bin gegen jede Kundgebung, welche in England verstimmen könnte. *Starker Beifall. Einige murren. Der Aufgeregte brüllt: Sauprotz!*

RÖPKE *läutet sehr heftig:* Ich muß nochmals ganz energisch um Anstand bitten. Beleidigungen dulde ich nicht. Ich erteile das Wort dem Vertreter der Wissenschaft, dem Herrn Professor Dr. Wernhardt.

PROFESSOR WERNHARDT *Typus eines deutschen Philologen. Blonder Vollbart. Brille. Doppelreihiger Rock à la Dr. Jäger. Germane. Spricht sehr wichtig und gemessen:* Meine Herren! Es war immer ein Vorrecht der deutschen Wissenschaft, daß sie mit dem nationalen Fühlen sich im Einklange befand. Wenn ich der heute angeregten Frage als Historiker näher trete, so möchte ich untersuchen:

a) welchen Einfluß haben spontane Kundgebungen an sich,
b) überhaupt und
c) in dem gegebenen Falle?
Zu a) drängt sich uns sofort die Frage auf, haben wir hierzu
d) überhaupt ein Recht? Und wenn,
e) worin besteht dasselbe?
Nicht immer, meine Herren, war sich die germanische Rasse ihrer Vollkommenheit so bewußt, wie sie dies nach den gegebenen Faktoren durfte, konnte und mußte. In dem großen Strome, welcher das Signum der indogermanischen Einwanderung ist, zu einer Zeit, deren genaue Feststellung noch heute die Gelehrtenwelt in zwei feindliche Lager spaltet, bildete sich ein fluktuierendes Moment, das bald hierhin, bald dorthin die festen Linien der historischen Forschung... *Lebhafte Unruhe. Ruhe: Zur Sache! Schluß! Zur Sache!*
PROFESSOR WERNHARDT *weiterfahrend:* Meine Herren! Verzeihen Sie die kleine Abschweifung, aber sie ist notwendig zum Verständnis des Folgenden. Also ich sagte, in dieser fluktuierenden Bewegung verwischten sich die Konturen allmählich so, daß es uns heute kaum möglich ist, mit der Genauigkeit, welche ein glücklicher und nie genug zu schätzender Vorzug der deutschen Forschung an sich und der historischen im besonderen ist, festzustellen, wo sich die Grenzen der einzelnen Nationalitäten befinden. Bald scheiden sie sich scharf von einander, bald vermischen sie sich bis zur Unkenntlichkeit und bald... *Der Aufgeregte ruft: Und bald halten Sie hoffentlich das Maul.*
RÖPKE *läutet:* Es ist hier jemand, der offenbar bestrebt ist, den guten Ton zu verletzen. Ich warne den Betreffenden, dies zu unterlassen. *Der Aufgeregte brüllt: det tut er schon nicht!*
RÖPKE: Äh – äh! Bitte fahren Sie fort, Herr Professor.
PROFESSOR WERNHARDT: Meine Herren! Ich wende mich also von der indogermanischen Periode zu der nicht minder merkwürdigen Epoche der Völkerwanderung. Bei genauer Betrachtung zerfällt sie a) – – – *Lautes Murren. Schluß! Schluß!*
WERNHARDT: Meine Herren, Sie verhindern die deutsche Wissenschaft zu dieser Frage Stellung zu nehmen. Ich füge mich, aber ich will dies konstatieren.
RÖPKE *besteigt das Pult:* Verehrte Versammlung! Vereinsmit-

glieder! Wir alle sind dem Herrn Professor aus tiefstem Herzen dankbar für seine licht- und geistvollen Ausführungen. Es ist lediglich Mangel an Zeit, was einige Herren veranlaßte, um Schluß der Debatte zu bitten. *Gewiß. Sehr richtig!* Nehmen Sie also die Versicherung unserer aufrichtigen Bewunderung, welche dem glänzenden Vertreter der deutschen Forschung gebührt. *Verbeugung. Bravorufe. Der Aufgeregte brüllt: Gebührt se ooch!* Meine Herren! Ich danke auch den übrigen Vorrednern, welche so trefflich in die Debatte eingegriffen haben. Es ist einer der vielen Vorzüge des deutschen Volkes, daß es der Belehrung zugänglich ist *Bravo!*, daß es nicht starrköpfig auf seiner Meinung besteht. *Bravo!* Meine Herren, ich glaube, wir sind belehrt. *Lautes Bravo!* Ich möchte hier gleich konstatieren, daß es mir wie jedem Anwesenden durchaus ferne lag, irgendwie und irgendwo anzustoßen. Ich glaube, daß die von mir vorgeschlagene Kundgebung die Weihe der Genehmigung erhalten würde, der leiseste Zweifel, welcher in dieser Richtung geäußert wurde, hat in mir – und ich spreche hier wohl im Sinne aller – *Bravo! Bravo!* ich sage, der leiseste Zweifel hat in mir eine Wandlung hervorgebracht. Ich gebe meinen Vorschlag auf; ich sehe ein, es handelt sich viel weniger darum, was wir tun wollen, als darum, was wir tun dürfen. *Sehr richtig! Bravo!* Und nun, meine Herren, ich glaube, daß wir uns darauf beschränken, den Unglücklichen unser Mitgefühl auszusprechen. Ich glaube nicht, daß wir damit Anstoß erregen – oder? – *Rufe: Nein, nein! Das geht schon!* Wir tun es in einer Form, welche den Gewohnheiten der deutschen Familie entspricht, ich meine auf Ansichtspostkarten.

FLOSSE *springt auf und ruft:* Meine Herren! Ich rate auch davon ab. Ich kenne das englische Nationalgefühl. Es duldet nicht, daß man seinen Stolz verletzt.

RÖPKE: Auch wir sind stolz. Aber wenn Sie glauben...

FLOSSE: Ich glaube nicht, ich weiß.

KOMMERZIENRAT MEINECKE: Meine Herren! Lassen Sie mich einen Vermittlungsvorschlag machen. Etwas sollen wir tun, das erfordert die hohe sittliche Erregung, welche uns durchglüht, aber seien wir vorsichtig. Auch England hat geheiligte Rechte auf unser Gefühl. *Bravo! Sehr richtig!* Ich schlage Ihnen vor, wir schreiben Ansichtspostkarten, aber... *er blickt triumphierend herum* aber mit unleserlichen Unterschriften! *Stürmischer anhaltender Beifall. Alle erheben die Regenschirme und rufen: Hurra! Hurra! Hurra!*

Vorhang.

Ludwig Thoma, Die Protestversammlung, in: Ernst von Wolzogen's offizielles Repertoir, hrsg. von Karl Freiherrn von Levetzow, 1. Band, Berlin 1902, S. 20–32.

Wiegenlied

Untertanen sind wie Kinder,
Brauchen eine starke Hand,
Manchmal strenger? Manchmal linder,
So gedeiht das Vaterland.
  Michelchen ist noch so klein,
  Michelchen muß artig sein,
  Michelchen was tust du da?
  Was, ich sag's dem O-Papa,
  Dudi, dudi, O-Papa!

Kinder müssen sein bescheiden,
Untertanen ebenso,
Dann mag sie der Vater leiden,
Dann erst wird er ihrer froh.
  Michelchen ist noch so klein,
  Muß ein braves Bubi sein,
  Muß gehorchen flink und still,
  Alles tun, was Papa will,
  Dudi, dudi,
  Papa will!

Manchmal ist das Kind nicht munter,
Wenn du eine Suppe hast,
Schluckt sie schließlich doch hinunter,

Wie das Volk die Steuerlast.
  Michelchen nicht aufgemuckt,
  Eins, zwei, drei, und fest geschluckt?
  Flintchen will Papa und Helm,
  Gib sie her, du kleiner Schelm!
  Dudi, dudi,
  Kleiner Schelm!

Muß das Kind zur Schule gehn,
Welchen Lehrer nimmt man da?
Kann ein Streit sich darum drehn?
Das bestimmt doch bloß Papa!
  Michelchen, du bist noch klein,
  Darfst nicht gar so vorlaut sein!
  Dem Professor folg' still,
  Den Papachen für dich will,
  Dudi, dudi,
  Für dich will!

Ludwig Thoma (Peter Schlemihl), Wiegenlied, in: Ernst von Wolzogen's offizielles Repertoir, hrsg. von Karl Freiherrn von Levetzow, 2. Band, Berlin 1902, S. 66–69.

Bänkel-Lied

Russisch soll heut' jeder Mann sich
Einstudieren denn es kann sich
Hie und da etwas begeben,
Wo man's brauchen kann, fürs Leben.
Auch der Deutsche muß sich mühen
Muß in Liebe heiß erglühen
Für das Väterchen, den Zar,
Welitschestwo gospodar.
Heut' darf uns der Russe seifen,
Morgen geht's nach Englands Pfeifen,
Übermorgen in der Früh
Herrscht 'ne and're Sympathie,

Und der deutsche Mannesstolz
Ist aus ganz besond'rem Holz,
Untertanen schweigen still,
Doch das Denken:
Kann man leider noch nicht henken,
Denken kann man was man will!

Ludwig Thoma (Peter Schlemihl), Bänkel-Lied, in: Ernst von Wolzogen's offizielles Repertoir, hrsg. von Karl Freiherrn von Levetzow, 2. Band, Berlin 1902, S. 79–80.

KAMPF GEGEN DAS ZENTRUM

Bayerische Bauern!

München, 9. Januar

Die Zentrumspartei hat ein Flugblatt unter Euch verteilt, in dem es Euch erzählt, daß ich den Bauernstand vor der ganzen Welt verspotte, weil ich den Abgeordneten Joseph Filser erfunden habe.

Ich rede nicht für mich, aber ich meine, daß Ihr nicht immer und überall von diesen Lugenschippeln angeschwindelt werden sollt, und deswegen will ich über die Sache reden. Es ist nicht wahr, daß ich in dem Joseph Filser einen Vertreter des Bauernstandes hinstellen will, sondern ich habe einen Zentrumsabgeordneten geschildert, der von den Pfarrern in den Landtag hineingeschickt worden ist und darin stimmen muß, wie es ihm der Pichler und Orterer anschaffen.

Es ist nicht wahr, daß ich ihn als Deppen – so schreibt der Zentrumsgeistliche – geschildert habe.

Der Joseph Filser ist ein schlauer Kerl, und er ist in dem, was er versteht, viel heller, wie sein Kommandant Pichler, der höchstens ein paar Zeitungen mehr liest, aber an gesundem Menschenverstand ganz gewiß unter dem Filser steht.

Es ist nicht wahr, daß ich ihn als »Gauner und Spitzbuben« hingestellt habe.

Der Filser merkt recht gut, wie eingebildet, hochmütig und dabei dumm die großkopfeten Zentrumsherren sind, und er seift sie ein, wo es geht.

Wenn einer einen Ochsen für mehr verkauft, als er eigentlich wert ist, so ist er deswegen kein Gauner, sondern ein gescheiter Kerl, den man wegen seiner Schlauheit lobt, und wenn der Joseph Filser die siebengescheiten Parteiherrgötter verkauft, so ist er erst recht kein Spitzbube, sondern ein Schlauberger, über den man sich freuen kann.

Auch ist er kein »ungehobelter, scheinheiliger, abgefeimter und ordinärer Kerl«, wie das Flugblatt schreibt.

So einer ist vielleicht der Ultramontane, der Euch das vorgelogen hat.

In Tegernsee und an anderen Orten haben viele Bauern das Theaterstück »Erster Klasse« gesehen, in dem der Filser vorkommt, und alle haben sich darüber gefreut und haben gelacht, weil sie recht gut gemerkt haben, daß darin nicht der Bauernstand, sondern ein Beamter verspottet ist, der zuerst gegen die Bauern hochnäsig ist, aber ganz und gar umschlagt, wie er erfährt, daß der Filser zu der großmächtigen Partei gehört.

Auch in den Briefen des Filser sind nicht die Bauern verspottet, sondern die ganz anderen Herren, die Euch nur benützen, um ihre Macht zu stärken; die Herren, die vor fünfzehn Jahren mit den gemeinsten Schimpfworten jeden Bauernbündler überschüttet haben, die jeden, der offen für die Bauern eingetreten ist, verleumdet und verfolgt haben, die in jedem Hause gehetzt und die Leute um ihr Brot gebracht haben.

Und die jetzt die Bauernfreunde spielen.

Denkt nur ein paar Jahre zurück!

Diese Herren ärgern sich, daß der Filser das Kind beim rechten Namen nennt, und die Leute, die vor Hochmut stinken, an den Pranger stellt als lächerliche Kerle, die unsere bayerische Heimat vor der ganzen Welt blamieren.

Ich will Euch nicht schön tun, ich habe keinen Grund, Euch zu schmeicheln, und ich will ganz gewiß nicht, daß Ihr mich in den Landtag schickt.

Wenn ich hier zu Euch rede, geschieht es nur, weil ich nicht haben will, daß die Lügen dieses Zentrumsgeistlichen unwidersprochen verbreitet werden.

Es kann nicht leicht einer von Euch Bauern besser Farbe bekennen, wie ich, und ich kann Euch beweisen, daß ich vor keinem Stand mehr aufrichtigen Respekt habe, als vor dem Bauernstand.

Ich habe mehr wie ein Buch vom bayerischen Bauern geschrieben, und in jedem muß zu lesen sein, daß mir auf der Welt nichts lieber und nichts wertvoller ist, wie der bayerische Bauer.

Ich habe Euer Leben geschildert und Eure Arbeit und ich habe es so getan, daß viele tausend Leute, die Euch nicht kannten, etwas von meiner Verehrung und Liebe für Euch fühlen.

Das erzählen Euch die Schwindler freilich nicht, die sagen Euch nicht, daß in meinem »Andreas Vöst«, »Wittiber«, »Hochzeit« und in anderen Büchern die Gesundheit, die Kraft, die hohe Sittlichkeit des bayerischen Bauernstandes geschildert ist.

Und das sind die Bücher, in denen meine ernsthafte Meinung über Euch steht.

Der Mensch, der das Zentrumsflugblatt geschrieben hat, weiß das recht gut, er weiß, daß keiner mehr für Euch geschrieben hat, als ich, aber das unterdrückt er, und er lügt Euch vor, daß ich den bayerischen Bauern als Ausbund der Schlechtigkeit hingestellt habe. Weil ich eine Parteiführung, die nichts als Hohn verdient, nach besten Kräften verhöhnt habe, will er den Spieß umdrehen, und tut so, als hätte ich Euch verspottet. Das ist eine traurige Kunst, wenn einer im Priesterkleid das Schwindeln los hat.

Ich bin, seitdem ich selbständig denke, gegen das Zentrum gewesen, aber ich habe mir den Respekt vor braven Seelsorgern, die der Menschheit helfen wollen, bewahrt, und auch darum bedaure ich, wenn ein Geistlicher in seinem politischen Hasse so weit herunterkommt, daß er seinen Beruf als Lügner ausübt.

Und Ihr Bauern werdet gerade so denken, wenn Ihr es recht erkennt und seht.

Ludwig Thoma

Ludwig Thoma, Bayerische Bauern!, in: Münchner Neueste Nachrichten, Jg. 65 (1912), Nr. 14, Morgenblatt, S. 1.

NACHWORT

von Jean Dewitz

DER WEG ZUR BÜHNE

Ludwig Thoma ist erst 1899 zur Bühne gekommen, vier Jahre nach Erscheinen seiner ersten Bauerngeschichte »Der Truderer« im »Sammler«, der »Belletristischen Beilage« zur »Augsburger Abendzeitung«. 1897 hatte er die Bauerngeschichten in dem Band »Agricola« herausgegeben.[1] Ob Thoma sich schon früher zum Bühnenautor bestimmt glaubte, ist anhand des vorhandenen Materials kaum nachzuweisen.

Abschied vom Traum der Kindheit

Der junge Thoma hat zuerst gar nicht an eine literarische Karriere gedacht, denn als Nachkomme von Jägern und Forstleuten war er überzeugt, daß er eines Tages den Beruf seiner Ahnen ergreifen würde. Diese Richtung hatte er ja auch eingeschlagen, bis die in zahlreichen Briefen geäußerte Hoffnung an der Aschaffenburger Forstakademie enttäuscht wurde. Nach zwei Semestern gab er das Studium auf, und der Zwanzigjährige zog das Fazit: »Ich hatte immer meine große Freude am Walde, an der Natur, aber ein Untersuchen, ein Studium derselben, ging mir nie zusammen... Ich fühlte das Bedürfnis mich geistig zu beschäftigen...«.[2]

Wenn der Abschied vom Traum der Kindheit Thoma auch schwer fiel, so scheint er die Notwendigkeit eines solchen Schrittes erkannt zu haben: »...weil ich meiner Mama und mir selbst schuldig bin, einst etwas zu werden, und beim Forstwesen hätte ich es nicht fertig gebracht«.[3]

Das Jurastudium in München und Erlangen sowie die Praktikantenjahre scheinen für die Entwicklung zum Bühnenautor keine entscheidende Rolle gespielt zu haben. Erwähnenswert ist jedoch die 1893 in München absolvierte Vorbereitungspraxis bei Rechtsanwalt Dr. Löwenfeld, der mit Max Bernstein assoziiert war, »de(m) Vertraute(n) der Neuesten«.[4] »Schriftsteller, Kritiker von Ruf, und dabei berühmter Anwalt sein, das hielt ich für ein zur Höhe geführtes Leben«,[5] erinnerte sich Thoma später in den 1919 abgeschlossenen »Erinnerungen«. Sowohl Bernstein wie auch seine Frau Elsa (1866–1949), die unter dem Pseudonym Ernst Rosmer schrieb, waren erfolgreiche Bühnenautoren, die L. Melitz beide in seinen »Schauspielführer« aufgenommen hatte.[6] Briefe aus den Jahren 1893/94[7] bezeugen ebenfalls, daß der angehende Rechtsanwalt damals Interesse für die dramatische Kunst zeigte.

In den »Erinnerungen« erscheint Thoma als Verfechter der modernen Literatur, er interessiert sich für das Neue, d. h. den Naturalismus: »Die literarische Bewegung, die damals in Deutschland einsetzte, erregte mein lebhaftes Interesse. Von Hauptmann hatte ich »Vor Sonnenaufgang« und »Einsame Menschen« gelesen, von Sudermann »Die Ehre« gesehen. »Vor Sonnenaufgang« packte mich stark, gegen »Die Ehre« lehnte ich mich auf, und ich erregte Widerspruch, wenn ich etwas schroff erklärte, der Graf Trast sei eine ausgestopfte Marlittfigur... Ich trat keck für das Neue ein...«.[8]

Was Thoma 1919 über die frühen Jahre schrieb, darf zwar nur mit Vorbehalt hingenommen werden, da er in der Nachkriegszeit die Vergangenheit oft stark beschönigte. Während seines Aufenthalts in München knüpfte er jedenfalls erste unmittelbare Kontakte zu Leuten, welche die damalige künstlerische Landschaft mitgestalteten, in einer Stadt, die sich zur Kunstmetropole entwickelt hatte und im geistigen Leben fruchtbare Impulse gab.

Dachau

Am 2. November 1894 ließ sich Thoma als selbständiger Anwalt in Dachau nieder, wo er eine »stille, liebe Zeit«[9] genoß, im engeren Kreise seiner Schwestern Marie und Bertha, sowie der alten Viktor, die schon bei Thomas Eltern im Dienst war. Der zweieinhalbjährige Aufenthalt in diesem zwanzig Kilometer von München liegenden Markt erwies sich in mancher Hinsicht für Thomas weitere Entwicklung als wichtig.

Er hatte nicht nur Gelegenheit und Zeit, Beamtenkreise und Bauern der Dachauer Gegend zu beobachten, er lernte auch ab

Herbst 1894 die Maler kennen, die sich in Dachau niedergelassen hatten, »darunter Dill, Hölzel, Langhammer, Keller-Reutlingen, Flad, Weißgerber, Klimsch und andere«.[10]

Von besonderer Bedeutung erwies sich für Thoma die Bekanntschaft Adolf Hölzels (1853–1934), mit dem der angehende Autor sich befreundete. Bei diesem Wegbereiter der abstrakten Malerei in Deutschland fand Thoma nicht nur Kompositionsprinzipien vor, die seinem eigenen Willen entsprachen, auf alles Überflüssige in der künstlerischen Gestaltung zu verzichten, er verdankte dem Maler wahrscheinlich auch manchen wertvollen Hinweis: »Besonders die Russen und einige Skandinavier lernte ich durch ihn kennen: ich bereute es nicht, ihnen erst später und mit gereiftem Urteil begegnet zu sein«.[11] War er in München auf den Naturalismus aufmerksam geworden, so entdeckte nun der beinahe dreißigjährige Thoma Dichter wie Tolstoi und Ibsen, der auf die deutschen Bühnenautoren der 2. Hälfte des 19. Jahrhunderts am stärksten eingewirkt hatte.[12]

Während des Aufenthalts in Dachau wurde Thoma literarisch produktiv, und zwar mit der Veröffentlichung der ersten Bauerngeschichten, die 1897 als Buch erschienen, mit Illustrationen von A. Hölzel und B. Paul[13], einem Zeichner der 1896 von A. Langen gegründeten satirischen Zeitschrift »Simplicissimus«. Der junge Autor verschaffte sich dadurch Zugang zu dem Kreis der Simplicissimus-Künstler, mit denen er sich von nun an im Münchner Hofgartencafé traf, wo die Redaktionsmitglieder des »Simplicissimus« nach dem Essen zusammenkamen.[14]

Der Ausdruck »stille, liebe Zeit« darf also keineswegs mißverstanden werden und auf Zurückgezogenheit schließen lassen. In den »Erinnerungen« bezieht er sich auf die Sehnsucht des älteren, vergrämten Thomas nach einer Zeit der häuslichen Geborgenheit, die er in Dachau wahrscheinlich zum letzten Mal genoß. In dieser Hinsicht halfen Thoma die Dachauer Jahre über die persönliche Krise hinweg, die 1894 der Tod seiner Mutter ausgelöst hatte. Für den Künstler scheint diese Entwicklungsperiode von grundlegender Bedeutung gewesen zu sein: er beobachtete, versuchte sich mit einem gewissen Erfolg als Autor von Bauerngeschichten und stellte erste Überlegungen an, den Rechtsanwaltberuf aufzugeben und »das bißchen Brot... durch Schriftstellerei zu verdienen... & ginge es nicht, durch ehrliche Arbeit«.[15]

Rückkehr nach München

Auf das Einkommen der »Ferkelstecherei« – so bezeichnete er seine Tätigkeit als Anwalt – konnte Thoma 1896 noch nicht verzichten, am 1. April 1897 gab er aber seine Praxis und seinen Hausstand in Dachau auf und übersiedelte nach München: »Ich bin also endlich und hoffentlich endgültig Großstädter«, schrieb er seinem Freund und Gönner J. Frankl.[16] Was Thoma nach München trieb, war nicht die Hoffnung auf die vermutlich saftigen Einnahmen einer Großstadtkanzlei, es waren vielmehr die Aussichten im künstlerischen Bereich. Um die Jahrhundertwende blieb München, neben Berlin, eine Stadt, die zahlreiche Schriftsteller und Maler anzog.

In einer bestimmten Richtung konnte er sich zwar immer noch nicht festlegen, er blieb sogar ziemlich zurückhaltend, wenn es um Zukunftspläne ging: »Ich trage mich mit einigen Plänen, die freilich in nicht naher Zukunft liegen. Ich fühle, daß mir zur Novellistik größ. Stiles absolut das Zeug fehlt. Und so begnüge ich mich notgedrungen mit den leichten Schilderungen, deren Sie einige im »Sammler« schon gelesen haben. Dagegen empfinde ich, daß ich auf dem Gebiete der Geschichte vielleicht etwas leisten könnte...«.[17]

Die »Tagebücher«[18] bezeugen Thomas starkes Interesse für Geschichte, die ernste Geschichtsschreibung wurde aber trotz der andauernden Leidenschaft nie seine Sache. Im literarischen Bereich mag der Grund der Zurückhaltung im noch mangelnden Selbstvertrauen zu suchen sein, weil Thoma derzeit nicht wußte, ob es ihm gelingen würde, eines Tages von der Feder zu leben. Im Brief an J. Frankl kam Thoma zu der Einsicht, er sei an einem Wendepunkt angelangt: um den immer mehr verhaßten Beruf aufgeben zu können, durfte er es nicht bei den kurzen Geschichten belassen.

Zu den Plänen, die »in nicht naher Zukunft liegen«,[19] gehörte wahrscheinlich das Lustspiel »Witwen«,[20] das er im April 1897 begonnen hatte und dann in der Schublade liegen ließ, bis die Aussichten auf eine freie schriftstellerische Tätigkeit besser standen.

Der Anschluß an den Künstlerkreis des »Simplicissimus« stellte einen entscheidenden Schritt dar. 1898 begann er, für die satirische Zeitschrift zu schreiben, und im Oktober desselben Jahres bewirkte die Affäre der Palästina-Nummer[21] redaktionelle Veränderungen, die Thomas Eintritt in die Redaktion zur Folge hatten, was ihn in seinem Entschluß bekräftigte, »2–3 Jahre in Urlaub zu gehen und die Stichprobe mit der Schriftstellerei zu machen«.[22] Freude und Stolz über die frisch gewonnene Freiheit kamen in einem Brief an eine Verwandte zum Ausdruck: »Ich bin also nicht mehr Aktenhund, sondern Schriftsteller, Lump, Vagabund. Ein Kerl ohne Titel und Rang aber tausendmal glücklicher, als zu der Zeit, wo ich Tag für Tag auf dumme Fragen dumme Antworten gab«.[23]

WITWEN

Thomas Bühnenerstling

Der Verzicht auf den sicheren Beruf sollte Thoma in die Lage versetzen, »erheblich produktiver zu werden«[24]. Dazu zwangen ihn übrigens auch die ständigen Geldsorgen, welche ihm zu einem großen Teil aus der finanziellen Unterstützung erwuchsen, die er seinen Geschwistern gewährte.

Während er sich beim »Simplicissimus« unter dem Pseudonym Peter Schlemihl durchsetzte, versuchte er gleichzeitig, sich als Bühnenautor einen Namen zu machen, was ihn veranlaßte, das zwei Jahre zuvor begonnene Stück »Witwen« so schnell wie möglich zu beenden.[25]

Übertriebene Erwartungen

Aus Briefen geht hervor, daß Thoma große Hoffnungen auf seinen Bühnenerstling setzte: »...innerlich hat es mehr Kern, als der ganze Quatsch, welchen wir in den letzten 19 Jahren vorgesetzt bekamen«.[26] Als das Stück fertig war, fiel die Beurteilung seiner Freunde so wohlwollend aus, daß er in Begeisterung ausbrach: »Es ist viel, viel besser geworden, als ich jemals zu hoffen wagte. Wolmuth und Paul behandeln es als Ereignis und gaben mir Versicherungen, die viel zu schmeichelhaft sind, als daß ich sie Dir schreiben könnte... Ich bin übrigens selbst frech genug, um zu sagen, daß mir das Ding lustiger und frischer vorkommt, als »Probepfeil«, »Veilchenfresser« und wie die Komödien der letzten 20 Jahre heißen...«.[27]

Trotz der Vermittlung des Schauspielers A. Wohlmuth lehnten die Münchner Theater die Aufführung der »Witwen« ab. Diese ersten Absagen scheint Thoma ziemlich gelassen hingenommen zu haben, wahrscheinlich weil er sich an die Hoffnung klammerte, daß er das Stück doch noch auf die Bühne bringen würde.[28] Empfindlicher traf ihn hingegen die Ablehnung des »Simplicissimus«-Verlegers A. Langen, der sich zunächst weigerte, das Werk zu drucken. Was Thoma in Zorn versetzte, war nicht nur die Tatsache, daß die Absage gerade von dem Verleger kam, für den er als Redakteur tätig war und an dessen Verlag er sich gebunden fühlte,[29] noch entscheidender war für ihn die Sorge um die Zukunft: »Ich bleibe nicht dabei stehen, als Redakteur des Simplicissimus mein Dasein zu fristen. Als ich die Praxis niederlegte, sah ich die Berechtigung zu diesem Schritt nur in dem Vertrauen auf mein literarisches Können. Versagt es, dann denke ich kühl und anständig genug, um einem Berufe nicht nachzuhängen, in dem ich nichts leiste... Nur die Lumpen sind bescheiden; wer etwas auf sich hält, der mag Geringschätzung nicht dulden«.[30]

Thoma schrieb in der Hoffnung, als literarischer Autor anerkannt zu werden, um nicht nur, wie er etwas später meinte, »ein besserer Ostini« zu sein.[31] Er hatte sich ein Ziel gesteckt, das er nur mit einem raschen, womöglich durchschlagenden literarischen Erfolg erreichen konnte. Als er »Witwen« schrieb, arbeitete er also unter einem Zwang, was vielleicht erklärt, daß er bei der Wahl der Mittel nach einem dramatischen Modell griff, das Erfolg zu versprechen schien.

Der erste Versuch, einen Stoff dramatisch zu gestalten

Poetologische Schriften hat Thoma nicht hinterlassen. In seinen Briefen und Werken sind aber unzählige Bemerkungen, die über seine Entwicklung ziemlich zuverlässig Auskunft geben.

Thoma richtete sich nie nach den Modeerscheinungen oder den verschiedenen Richtungen, die seinerzeit die literarische Landschaft beherrschten. Die Schriftstellerei war in seinen Augen ein Beruf, den viele zu erlernen vergessen: »Diese jungen Stiesel, welche vom Gymnasium weg schon den Beruf fühlen, zu schriftstellern oder richtiger zu faulenzen, haben in meinen Augen überhaupt keine Existenzberechtigung. Ich halte es für unerlaubt, ohne Arbeit zu leben und lehren zu wollen, wenn man nichts gelernt hat«.[32] Um sich das nötige Können anzueignen, bevorzugte er die Rolle des aufmerksamen Zuschauers: »Das Theater will ich fleißig besuchen. Ich fand bei jeder Vorstellung entweder in den Mängeln oder in den Vorzügen eines Stückes sehr viel zu lernen«.[33]

Ausschlaggebend bei der Arbeit an dem ersten Bühnenwerk scheinen biographische Elemente gewesen zu sein: als Hauptperson fungiert ein junger Anwalt, dessen Haushälterin unmißverständlich an die alte Viktor erinnert, wie Thoma sie später in den »Erinnerungen« schilderte.[34] Neben den zahlreichen biographischen Zügen verwertete Thoma altbewährte Motive. Von der Posse übernahm er die liebes- bzw. geldsüchtigen Witwen, Figuren, die schon Charlotte Birch-Pfeiffer (1800–1868) in »Alte Liebe rostet nicht oder Welche von den Dreien« oder Johann Nestroy (1801–1862) in »Der Talisman« auf die Bühne gebracht hatten.[35] Possenhaft wirken auch die zwei komischen Figuren des Stückes: der Hofbauer, eine Erinnerung aus der Dachauer Zeit, knüpft an die Tradition des verschlagenen Bauern an, der in dem städtischen Milieu ausgelacht wird, während der Buchhalter die Linie der lächerlichen Diener fortsetzt. Spielte aber in der Posse[36] das Schicksal – oder die Satire auf das Schicksal – eine gewichtige Rolle, so machte sich in diesem ersten Bühnenwerk von Thoma die Entwicklung zum Schwankhaften bemerkbar: das Motiv wurde durch Überraschung, Verwechslung, Mißverständnis zurückgedrängt, was zu einer Betonung der Situationskomik führte.

Das Ergebnis der Verbindung biographischer und bühnenwirksamer Elemente nannte Thoma Lustspiel, womit er sich eben vom Schwank absetzen wollte, einer Gattung, die seit den neunziger Jahren die deutsche Bühne beherrschte.[37]

Auseinandersetzung mit der zeitgenössischen Produktion

Daß er dabei nicht an »das problematische Lustspiel«[38] dachte, das in der deutschen Literatur recht selten ist, geht sowohl aus Thomas Briefen wie aus den zwei kritischen »Theater- und Literaturbriefen«[39] hervor, die er im »Sammler« veröffentlichte in der Hoffnung, die Theaterdirektoren unter Druck zu setzen und sie zur Annahme seines Stückes zu bewegen.[40] Anlaß dazu war der 100. Geburtstag von Charlotte Birch-Pfeiffer,[41] der wahrscheinlich erfolgreichsten deutschsprachigen Bühnenautorin des 19. Jahrhunderts, deren Wirkung auch um die Jahrhundertwende noch beträchtlich war, wie es aus einer Literaturgeschichte von 1906 hervorgeht: »Ihren Meister aber sollten alle Lieferanten des täglichen Theaterbrotes an der Schauspielerin und Schriftstellerin Charlotte Birch-Pfeiffer finden, deren Name später gleichbedeutend wurde mit Plattheit, Borniertheit, Coulissenschwindel, sentimentaler Theaterlüge und hausbackenem Humor. »Birch-Pfeifferei« ist noch heute die Bezeichnung für die eben aufgezählten Eigenschaften, die ja unseren heutigen Unterhaltungs- und Gesellschaftsdramatikern zum größten Teil nicht fehlen. Charlotte Birch-Pfeiffer hatte eine entschiedene Begabung für das Bühnenmäßige und eine für ihre Zeit recht bedeutende Routine«.[42]

In den zwei Artikeln richtete Thoma seine Kritik gegen Strömungen, die seit zwanzig Jahren die Bühne beherrschten, die aber seiner Ansicht nach einem Vergleich mit den Produktionen vor der Gründerzeit nicht standhielten.

Der erste »Brief« lehnte Mittel und Effekte des zeitgenössischen Schwankes ab, den die Münchener Bühnen seinem eigenen Lustspiel vorzogen: »Wir wollen herbe Wirklichkeit. Und da der Ehebruch nicht in das Gebiet des Märchenhaften gehört, ist es lobenswert, daß unser Münchener Residenztheater den seit Boccaccio nie versiegenden Stoff zur Geltung brachte. »Der Schlafwagenkontrolleur«[43] half dem dringenden Bedürfnisse ab... unsere Eltern, welche in »Dorf und Stadt«[44] Tränen weinten, hatten immer noch einen besseren Geschmack, als das gebildete Publikum von heute, welches in »Mamselle Tourbillon«[45] bei den Wirkungen eines kräftigen Laxiermittels in Entzücken gerät und immer wieder die Lügen bewundert, welche nicht Schuljungen sondern leichtfüßige Ehemänner vorbringen... Wir stecken in einer Schablone, die alle künstlerische Freiheit tötet... Was beginnen unsere Bühnenleiter, wenn der alte Lebemann durch das Podagra dermaßen gebessert ist, daß er weder Chansonetten noch Nähmädeln nachstellt?«[46]

Mit den Nachzüglern des Naturalismus, den er als Student verteidigt hatte, rechnete Thoma im zweiten »Brief« ab. Schon ein Jahr zuvor hatte er in einem Brief an Langen keinen Hehl daraus gemacht, wie sehr er bedauere, daß der »Simplicissimus« Arbeiten »der Clara Viebig... Else Meyer und anderer Frauenzimmer« veröffentliche: »Diese Damen winseln sich heute noch – also zwanzig Jahre zu spät – mit einer Kontrast- und Elendmalerei ab, daß es zum Himmel um Rache schreit«.[47] Den Naturalismus lehnte Thoma jedoch nicht pauschal ab, ein gewisser Einfluß läßt sich sogar in seinem eigenen Urteil über sein erstes Stück nachweisen: »Es sind ... 2–3 photographierte Personen«.[48]

In seiner Argumentation widerspiegelte sich erneut seine eigene Auffassung der Künstlerarbeit: »Wir haben begründete Ursache, gegen alles mißtrauisch zu sein, was »Richtung« genannt wird. Es steckt dahinter nur die Schablone der Kleinen, welche glauben, das Rezept der Großen gefunden zu haben. Jede starke Eigenart macht Schule: hinter allen Pfadfindern suchen die Vielen den Weg zum Erfolge«.[49] Aus dieser Wendung zur schöpferischen Individualität wird deutlich, wie Thomas Ansichten sich mit allgemeinen Tendenzen deckten, die mit der Nietzsche-Rezeption am Anfang der neunziger Jahre einsetzten.[50] Den Schwerpunkt seiner Kritik am Naturalismus bildete zuallererst nicht die Forderung einer neuen Subjektivität, sondern der Vorwurf »der Unwissenheit unserer vielen Autoren«: »Eine vorlaute Jugend, die sich zu keiner wirklichen Erkenntnis durchdringen will, versucht die reiche Mannigfaltigkeit des Lebens zu schildern; weil aber keiner mehr geben kann als er besitzt, wollen sie das, was sie an der Oberfläche erschauen, wirksamer gestalten durch Hervorheben greller Gegenstände, deren innerstes Wesen ihnen doch fremd bleibt«.[51]

Hatte er sich in seiner Kritik des Schwankes auf das bürgerliche Erfolgsstück des 19. Jahrhunderts berufen, so knüpfte Thoma auch hier an die Vergangenheit an, diesmal an Aufklärung und Klassik. Er bedauerte, »daß wir... die schlichte, klare Sprache nicht mehr finden, welche Goethe unserem Volke geschenkt hat«, und daß »die Effekt haschende Stimmungsmalerei... der erzieherischen Aufgabe der Bühne«[52] nicht gerecht wird.

Trotz aller Mängel und Widersprüche, die sowohl im Stück

wie in den zwei kurzen Beiträgen zum Vorschein kamen, zeichneten sich jedoch Tendenzen ab, denen Thoma zutiefst verhaftet blieb. Vor den Theaterdirektoren versuchte er sich jetzt schon als ein Bühnenreformer zu profilieren, der »vom Alten« nicht nur »das Gemeine«, »die Zote« übernehmen möchte, sondern auf Qualität und Bühnenwirksamkeit setzt. Als Beispiel eines Erneuerungsversuchs des komischen Theaters führte er »Die Fahnenweihe« an, das erste Bühnenwerk Josef Ruederers,[53] ein Stück ohne positive Figur, weil der Autor die allgemeine Heuchelei anprangert. »Gute, derbe Satire… frische Natürlichkeit…« entdeckte Thoma im Werk des »begabten, heimatlichen Dichters«[54] und steckte somit das eigene Programm ab, das ihm zum Durchbruch verhelfen sollte.

DIE MEDAILLE

Der erste Bühnenerfolg

Wenn es auch viel Überwindung kostete, so sah Thoma bald ein, daß sein erstes Stück ihn zu übertriebenen Erwartungen verlockt hatte. Bald wurde in den Briefen das »Lustspiel« zum »Schwank« abgestempelt.[55]

Nach Abschluß der »Witwen« ging er fast unmittelbar zur Vorbereitung eines neuen Lustspiels[56] über. Die schmerzlich empfundenen Absagen der Theaterdirektoren und Langens negatives Urteil brachten ihn aber aller Wahrscheinlichkeit nach von diesem Vorhaben ab. So, wie er einige Jahre zuvor erkannt hatte, daß ihm »zur Novellistik größ. Stiles absolut das Zeug fehlt(e)«,[57] schien er sich auch auf der Bühne zunächst mit einer Form bescheiden zu wollen, die seinem Talent besser entsprach.

Satire als Intention

»Ich denke... bis Ende November einen derberen Schwank fertig zu haben«,[58] schrieb Thoma an Langen, noch bevor er einsehen mußte, daß keine Bühne sein erstes Stück aufführen würde. Auf den ersten Blick verraten die Briefe recht wenig über die Entstehung, obwohl der Autor einen regen Briefwechsel mit seinem Verleger führte, der den »Simplicissimus« von Paris aus leitete. Seitdem er im März 1900 als Redakteur des »Simplicissimus« an die Stelle von Korfiz Holm getreten war, beschäftigte sich Thoma jedoch immer eifriger mit Fragen der Kunst, besonders der Satire, nur ließ er nicht immer deutlich durchblicken, daß seine Überlegungen auch auf die »Medaille« gemünzt waren.

»Gute, derbe Satire... frische Natürlichkeit... Heimatliche(s)«[59] empfahl der Theaterreformer Thoma den Münchner Bühnen. Mit diesem Rezept, das er nun selbst mit einem »derberen Schwank«[60] ausprobieren wollte, beabsichtigte der neugebackene Redakteur, dem »Simplicissimus« zu höheren Auflagen zu verhelfen und ein Erfolgsstück auf die Bühne zu bringen.

Was ihm diese Begriffe bedeuteten, erläuterte Thoma zum Teil in einem Brief an Dagny Langen, die Gattin des Verlegers: »Als Dame – nun werden Sie nicht bös – können Sie an wirklicher Satire keinen Gefallen finden. Für die Satire ist Derbheit die allererste Grundbedingung. Die sog. »feine Satire« geht vielleicht in der Form von Nadelstichen, Bosheiten, Geistreichereien in einem Salon; an der rauhen Luft, welche draußen im politischen Leben weht, sehen die Zierpflänzchen kläglich aus; sie ertragen das weiße Sonnenlicht nicht... Das, was Sie mir empfehlen, tut Ostini in der Jugend. Er kitzelt seine Gegnerchen, und zeigt mit seinem Püppchenspiel, daß er sich beinahe etwas getraut hätte«.[61] »Frische Natürlichkeit« setzte auch Ablehnung einer Haltung bzw. einer Perspektive voraus, die den Eindruck des Gewollten erwecken würde: »Es gibt keine Höhe, von der herunter man satirisch ist. Das wäre immer Pose. Mit den Füßen muß man auf dem Boden stehen, recht fest. Und zuhauen muß man«.[62]

Was hier als Auflehnung gegen eine bestehende Ordnung gedeutet werden könnte, darf keine Mißverständnisse aufkommen lassen. Ein anderer bayerischer Dichter, O. M. Graf, hat schon betont, wie Thoma »aus einer rein individuellen, völlig natürlich-egoistischen Empörung heraus«[63] handelte. Es ging um die Reaktion eines Menschen, der plötzlich in das Milieu der Großstadt verpflanzt wurde und gleichsam in Notwehr[64] handelte, um sich zu behaupten und nicht unterzugehen, wie Leni, die unglückliche Heldin der »Magdalena«.[65]

Den Zweck dieser vorwiegend persönlich motivierten Satire umschrieb Thoma bei seinen Verhandlungen mit dem Verleger A. Langen folgendermaßen: »Ich hätte meine Freude daran, unserer Gesellschaft den intimen Krieg zu erklären[66] ... Die Welt ist so süß; ich will etwas Sauerteig hineinbringen und meinen lieben Mitmenschen zeigen, wie spießig sie an der Neige des Jahrhunderts stehen«.[67] Er lebte in dieser Gesellschaft, weigerte sich, an den Rand gedrängt zu werden, war sich aber jederzeit seiner Eigenart als Mensch und Künstler bewußt. Dadurch geriet er wie die meisten Künstler der Jahrhundertwende mit bürgerlichen Werten in Konflikt, wonach der Dichter, wie Dobler in Thomas »Moral«,[68] ein Luxusartikel wäre.

Bemerkenswert ist das Einfühlungsvermögen, die Fähigkeit Thomas, sich rasch und zielbewußt auf den Geschmack seines Publikums einzustellen, der seinen eigenen Grundtendenzen entsprach: »Von den Sozialdemokraten werden wir nicht fett... die Entwicklung liegt im Nationalismus... das Publikum, an welches wir uns wenden, die Intelligenz in Deutschland, würde es nicht verstehen, wenn wir im Heine'schen Tone das eigene Nest beschmutzen. Scharf aber ernst, lustig aber nicht frech, so müssen wir versuchen, das allgemeine Empfinden zum Ausdruck zu bringen«.[69]

Notwehr, schriftstellerische Eitelkeit, wahrscheinlich auch Lust am »Zuhauen« erscheinen als motivierende Faktoren der satirischen Intention, die als gattungsübergreifendes Element auf »Darstellung von Entrüstung«, dichterische Gestaltung von »Verkehrtem, Umgekehrtem, Negativem« zielt, auch wenn Thomas Texte nicht immer alle Kriterien der literarischen Satire aufweisen.[70] In diese Konstellation ordnete Thoma ebenfalls »Die Medaille« ein, die seiner Meinung nach »ist, was sie sein sollte, eine gut beobachtete Milieuschilderung und eine Satire auf die tatsächlich vorhandene Kluft, welche Beamte und die von ihnen Regierten trennt«.[71]

Fiktion und Wirklichkeit: Beamte und Bauern

Im Werk eines aufmerksamen Beobachters des »Werkeltagslebens«[72] wie Thoma spielt die Beziehung zur empirischen Wirklichkeit eine nicht zu unterschätzende Rolle. In bezug auf die meistens unter dem Pseudonym Peter Schlemihl erschienenen Gedichte meint G. M. Rösch, daß »eine Analyse ... auf der möglichst vollkommenen Rekonstruktion des ursprünglichen Wirklichkeitszusammenhangs beruht«.[73] In der »Medaille« gebrauchte Thoma ebenfalls Motive, die er jede Woche in der satirischen Zeitschrift verwertete: Budget, Landtag, Reichstagswahlen, Fortschritt. Kein Zweifel, daß sich beide Bereiche, Tagesschriftstellerei und Dichtung, hier manchmal berührten. Was die Bauern und Beamten betrifft, die er in der »Medaille« schildert, ist es nicht einfach, zu unterscheiden, was maßgebend war:

das Aufgreifen überlieferter Gestalten und Motive aus Literatur und Presse, die Verarbeitung von Erlebtem oder die Rolle der Phantasie.

Aus heutiger Sicht könnten wir betonen, daß die Beamten, sowie die Bauern, schon altbewährte Figuren des Wiener Volkstheaters waren. Obwohl Thoma die Werke dieser Vorgänger vertraut waren, hatte er sich in den ersten Jahren seines Schaffens nie zu dieser Tradition bekannt. Kurz bevor er »Die Medaille« dem Regisseur des Residenztheaters brachte, schrieb er empört an D. Langen: »Sie möchten nicht glauben, was jetzt im Residenztheater gegeben wird. Wiener Volksstücke, Possen von Blumenthal, Trotha: schreckliches Zeug von Journalisten ...«[74]

Die Beamtenkreise hatte Thoma in Dachau nicht nur beobachtet, er kam auch allabendlich mit dem Bezirksamtmann, dem Amtsrichter sowie anderen Beamten und Honoratioren im »intimeren Kreise« zusammen, womit die Stammtischgesellschaft »Stellwagen« im »Zieglerbräu«[75] gemeint war. In den »Erinnerungen« berichtete er später: »... Zur Feier des 25. Jahrestages des Frankfurter Friedens hielt ich auf dem Marktplatze eine Ansprache an die Veteranen... Nach dem Umzug und der Pflanzung einer Friedenseiche war Festessen. Als ich etwas verspätet den Saal betrat, standen alle Veteranen auf, um den Redner zu ehren. Den Bezirksamtmann, der schon anwesend war, verdroß das, und er erhob sich, um von seinem höheren Standpunkte aus den Tag zu beleuchten. Zuerst war es still, aber wie der Mann im trockensten Amtsstil über den Krieg sprach, als hätte das Königliche Bezirksamt Dachau nachträglich seine Billigung auszudrücken, fingen alle Veteranen wie auf ein gegebenes Zeichen an, mit klappernden Löffeln die Suppe zu essen. Und in dem Lärm ging die obrigkeitliche Meinung unter«.[76] Aus diesem Auszug könnte sich beinahe das ganze Stück entwickeln, da Thoma nicht nur das Hauptthema – den Hochmut der Beamtenschaft – deutlich zum Ausdruck brachte, sondern auch andere Motive und Situationen andeutete: die verhinderte Rede des Assessors, den Verdruß des Bezirksamtmanns, die Veteranen.

Wie tief und persönlich motiviert die Ablehnung dieses Milieus bei Thoma saß, geht ebenfalls aus Briefen hervor; seiner

Schwester, die sehr in Sorge um die Zukunft ihres Sohnes war, antwortete er anderthalb Jahre vor seinem Tod: »Nur keine Beamtenzüchterei, das war einmal«.[77]

Waren die Beamten schon ein vertrautes Motiv der »Simplicissimus«-Künstler, als Thoma K. Holm in der Redaktion ablöste, so erschloß er für die satirische Zeitschrift einen neuen Themenkreis mit seinen Bauerngeschichten und einem eigenartigen Ton, der Holm zunächst fürchten ließ, der neue Mitarbeiter wäre »für den »Simplicissimus« gar zu »krachledern«.«[78]

Zwischen Thoma und den Bauern bestand gleich anfangs eine besondere Beziehung, die auf den Erlebnissen des Kindes in der Vorderriß und später des Anwalts in Dachau beruhte. Kein Wunder, daß dem jungen Autor die Bauerngeschichten zum ersten Erfolg verhalfen. Die Begriffe »Bauer« und »Heimat« berührten sich bei Thoma und deckten sich beim älteren Thoma. Wenn es um Bauern geht, fällt es immer schwer, zwischen Wirklichkeit und Fiktion zu unterscheiden, weil Thoma, der sonst sehr wenig von Theorien hielt, diesem Milieu ein Ethos unterstellte, das er schon sehr früh entwickelte, und nicht erst, als der verbitterte Dichter in der Vergangenheit Zuflucht suchte. In einem Brief an M. G. Conrad, den Herausgeber der »Gesellschaft«, der Thomas »Hochzeit«[79] besprochen hatte, schrieb er 1902: »... Ich muß mir etwas vom Herzen herunterschreiben ... weil Sie aus meinem Buche eine Meinung über unsere Bauern gewannen, die ich Ihnen nicht ganz so lassen möchte. Das ist aber rein persönlich, und ich bitte Sie, daß es unter uns bleibt. Sie sagen: ›Wohnen diese Dreckseelen ohne jegliche Regung etc. 1 ½ Stunden von München?‹ Also zuerst, es ist schlichte Wirklichkeit, so wahr als ich zu sehen, und was ich gesehen, zu schildern vermag. Trotzdem sage ich, daß ich diese Bauern gerne habe und sehr hoch schätze. Sie sind durchaus nicht ohne höhere menschliche Regung, sie sind nur anders als wir ... Was sind denn unsere Ideale? ... Nicht ein Ding, über das wir Kultivierten uns einig sind ... Und der Bauer? Er hat ein Ideal, das allen gemeinsam ist, über das kein Streit besteht, und bestehen kann. Es ist ein recht ernstes und nüchternes Ideal. Die Arbeit ... Der Bauer streitet nicht über den Begriff der ›Ehre‹. Seine Ehre

Ehre ist nichts Wesenloses, Spitzfindiges, Unerklärliches; es ist die Arbeit«.[80] Aus diesem einzigen, nüchternen »Ideal« leitet er die ganze Lebensweise seiner Bauern ab. Die Starrheit des nur scheinbar ungekünstelten Systems hat zur Folge, daß in diesem Milieu die Gesetze der Entwicklung aufgehoben sind, und alle anderen Menschen, d. h. diejenigen, die »Hände ohne Schwielen«[81] besitzen, am Maßstab jener unabänderlichen Werte gemessen werden. Der Autor glaubte, als Sprachrohr eines Milieus zu sprechen: »Wenn ich die Bauern schildere, fahre ich in ihre Haut, denke ihre Gedanken und rede ihre Sprache...«.[82]

»Keine starke Handlung... Komische Szenen«

Die zentrale Stellung der Bauern bestätigte Thomas Arbeit an der »Medaille«. Die Bauernstücke, mit denen die »Münchner« und nach ihnen die »Schlierseer«[83] in Deutschland und sogar Amerika in den 80er und 90er Jahren große Erfolge geerntet hatten, bevorzugten die starke Handlung in wilden oder romantischen Gebirgsgegenden und benötigten zahlreiche Kulisseneffekte. Thoma strebte – eine Nachwirkung des Naturalismus – eine getreuere Beobachtung und Darstellung der Bauern an: »... es ist keine starke Handlung darin. Wer eben Bauern, d. h. oberbayerische Bauern schildern will, echt und damit künstlerisch, der muß zu allererst die »starke Aktion« vermeiden. Die ist immer unecht, – weil unser Bauer in einer naiven, schlichten, dabei aber nüchternen u. berechnenden Art jede »starke Handlung« haßt, sich ihr nicht hingibt«.[84] Thoma nahm sein erstes Bauernstück zum Anlaß, sich nicht nur von dem oberbayerischen Gebirgsstück zu distanzieren, sondern von allen Künstlern, denen der Bauer nur Mittel zum Zweck war: »Ob Schriftsteller oder Maler, wer Bauern schildern will, muß die Handlung vermeiden. Leibl, der einzige große Bauernschilderer hat das wohl erkannt u. danach gemalt. Die anderen, z. B. Defregger u. von den Schriftstellern z. B. Anzengruber, auch Rosegger, haben künstlerisch eingebüßt, was sie beim Publikum gewonnen, gerade weil sie starke Effekte suchten«.[85]

Neben Leibl berief sich Thoma in demselben Brief auf Tolstoi, dessen Werke er seit dem Aufenthalt in Dachau kannte. Er verschwieg die Nähe zu Gogol, der auch in der Tradition des satirischen, realistischen, gesellschaftskritischen Lustspiels stand und dessen »Revisor« schon für Ruederer »ein Leitstern war«.[86] Gogols Beamte leben in der Angst vor der Ankunft eines Vorgesetzten, wie Thomas Bezirksamtmann.

Thoma sah ein, daß ein Stück ohne Handlung nicht bühnenwirksam gewesen wäre: »Aber den Mangel an Handlung sollten komische Szenen ersetzen. Betrachten Sie nur Hartlebens Einakter«.[87] Lustige Szenen entstanden durch den krassen Gegensatz der Bauern und Beamten, deren Dialog das tiefe Mißverständnis zwischen den zwei Welten zum Ausdruck brachte. Die zahlreichen Versuche des Bezirksamtmanns, die Landbewohner in eine ernste Diskussion über die aktuellen politischen Probleme zu verwickeln, scheitern kläglich am Widerstand der Bauern, für die nur der bäuerliche Alltag und die »Gaudi« als Gesprächsthema in Betracht kommen. Diese Situation führt zu einem Aneinander-Vorbeireden, wobei die Triebfeder des Dialogs die Angst des Bezirksamtmanns ist, er könnte aus seiner Rolle fallen, wozu es am Ende auch kommt. Durch die Diskrepanz zwischen den zwei Gruppen entsteht eine Reihe von lustigen Szenen, die, wie im Roman des Barock, nur durch die Hauptfigur verknüpft sind.

Der kleine Einakter

Der Bezug auf Hartleben war weniger ein Hinweis auf die Struktur des Stücks als auf die Gattung.

Bis zum 19. Jahrhundert diente die dramatische Kurzform hauptsächlich als Abschluß eines Theaterabends oder als Zwischenspiel.[88] Mit dem Naturalismus wurde er zur selbständigen Gattung, weil er dem künstlerischen Programm der Bewegung zu entsprechen schien.

Nach dem Mißerfolg der »Witwen« griff Thoma auf eine Kurzform zurück, die er besser beherrschen würde als das mehraktige Lustspiel. Viele Jahre später bedauerte er in einem Brief an seinen Freund C. Haußmann: »Auch in der »Medaille« war es ja bloß eine Situation«.[89] Durch die Beschränkung auf eine einzige Situation unterscheidet sich der Einakter gerade vom Mehrakter. Wenn der Vorhang hochgeht, sind die Sachverhalte bekannt und bleiben bis zum Schluß unverändert: der Bezirksamtmann empfängt die Gäste, die Beamten und die Bauern müssen am Tisch sitzen bleiben, bis der Regierungsdirektor erscheint, sie plaudern, essen und trinken – was auf der Bühne erst seit dem Naturalismus möglich ist – jede Gruppe verhält sich, wie von ihr erwartet wird. Daß die Handlung keine wichtige Rolle spielt, wie Thoma es im Brief an Langen schon hervorhob, ist hier selbstverständlich, da Handlung Evolution bedeuten würde. Es geschieht eigentlich nichts, und doch vollzieht sich die Katastrophe, deren Urheber aber keiner der Protagonisten ist, sondern ausschließlich die Situation. Im Fehlen einer Evolution ist auch die additive Struktur begründet, denn dadurch entstehen einzelne Handlungsmomente, Thomas »komische Szenen«,[90] die auftauchen und plötzlich abgebrochen werden. Der Autor sperrt seine Personen sozusagen in ein Gefängnis, das Eßzimmer, wo sie zum Warten verurteilt sind, wobei die unlösbaren Gegensätze ans grelle Tageslicht kommen. Fast alles scheint determiniert zu sein, eigentlich motiviert nur der Konsum von Alkohol das anscheinend Gegensätzliche im Verhalten der Personen, wie schon in Strindbergs »Fräulein Julie« oder später Brechts »Kleinbürgerhochzeit«.[91]

Daß Thoma in diesem Stück bei manchen Elementen auf die Tradition zurückgriff, darf also nicht zum Trugschluß verleiten, es handle sich einfach um »bayerisches Volkstheater«, weil Bauern auf der Bühne erscheinen. Er hat sich hier nicht nur ganz bewußt für eine zeitgemäße Form entschieden, wichtiger ist noch, daß er es verstand, alle Möglichkeiten auszunutzen, die sie ihm bot, eine aktuelle Thematik zu behandeln. Schon hier erwies er sich als ein Künstler, welcher der Tradition zwar verpflichtet blieb, aber nicht abseits der zeitgenössischen Entwicklung in der Kunst stand.[92]

Arbeit am Text

Frühe Fassung

An dieses zweite Bühnenstück scheint Thoma im April 1900 gedacht zu haben. Seit einem Monat war er Redakteur des »Simplicissimus«, wo ein großer Teil seiner Beiträge eben dem Thema der »Medaille« galt, dem Standesdünkel der Beamtenschaft, der »Kluft, welche Beamten und die von ihnen Regierten trennt«.[93] Die Hoffnung, den Einakter bis Ende November 1900 zu beenden,[94] erfüllte sich nicht, und erst am 24. Januar konnte er seinem Verleger A. Langen die damalige Fassung des Stücks schicken.

Allem Anschein nach dürfte es sich um eine Überarbeitung der als Manuskript erhaltenen Fassung (L2319) handeln. Da es die einzige handschriftliche Quelle ist, kommt nur ein Vergleich mit dem Text der Erstausgabe in Frage.[95]

– Das Blatt mit Personen-, Zeit- und Ortsangaben ist nicht erhalten.
– Eine Bühnenanweisung fehlt in der Erstausgabe:

L2319	EA
Großer Salon, geschmacklos tapeziert + eingerichtet. Rechts mehrere Tische zu einer Festtafel zusammengestellt. An der Wand hängt die große Photographie des Landesherrn	Salon bei Bezirksamtmann Kranzeder; geschmacklos tapeziert und möbliert. In der Mitte mehrere Tische zu einer Festtafel zusammengestellt.

Thoma hat hier wahrscheinlich ein satirisches Element entfernt, weil er ahnte, daß die Zensur ihm schon das Thema übelnehmen würde.

Was die Namen der hohen Beamten betrifft, scheint Thoma gezögert zu haben:

L 2319	EA
Bezirksamtmann Streng	Bezirksamtmann Kranzeder
[Rechtspraktikant Engert]	Assessor von Hingerl
Assessor Deiglmaier (ab 2. Szene)	

[Regierungsdirektor Baumann]	Regierungsdirektor Steinbeißel

Regierungsdirektor Steinbeißl

Die Namen der Bauern sind schon alle in der Handschrift vorhanden. Es kommt gelegentlich zu Verwechslungen.

Aus Metzgermeister Johann Lampl (L2319) wird Metzgermeister Jakob Lampl (EA).

Die frühe Fassung (L2319) beträgt sechs Szenen, die EA sieben, weil Thoma die erste lange Szene in zwei kürzere unterteilte.

Die Situation ist in der Handschrift schon genau bestimmt.

Die stilistischen Änderungen zielen meistens auf einen gerafften, gedrängten Ausdruck:

L2319	EA
S. 9	S. 12
Fr.	*Frau Bezirksamtmann*
Warum thust du's dann?	(zuckt die Achseln)
BA	*Bezirksamtmann*
Liebe Amalie, das ist...	Das ist...
Fr.	*Frau Bezirksamtmann*
Das kenne ich schon. Das sagst du so ziemlich jedesmal	Das sagst du so ziemlich jedesmal
BA	*Bezirksamtmann*
...andererseits sollen wir den Leuten Gelegenheit geben der Regierung, äh... wie soll ich sagen, der Regierung menschlich näher zu treten, ja... menschlich näher zu treten.	...andererseits sollen wir den Leuten Gelegenheit geben der Regierung, äh... der Regierung näher zu treten.
S. 80	S. 76
Fr. BA	*Frau Bezirksamtmann*
Ach! Laß doch das mit dem Programm! Wo ist denn das überhaupt heute bei... bei dieser Kirchweih?	Wo ist denn das Programm bei dieser – – dieser Kirchweih?

An einigen Stellen werden kurze Szenen getilgt oder eingefügt. Thoma tilgt eine kurze Szene, in der die Frau des Bezirksamtmanns die Hauptrolle spielte (L2319, S. 4–6):

Fr.

Seit Jahren erzählst du mir von deiner günstigen Stellung beim Minister [seit drei Jahren], ich erwarte täglich die Auszeichnung. [Du hast mich in solche Sicherheit gewiegt], daß ich unser Kränzchen auf das Ereignis vorbereitet habe. Nun sieh zu, wie du das gut machst.

BA

Das dürfte wohl deine Sache sein.

Fr.

Die meine? Habe ich einen Order zu erhalten, oder du?

BA

Niemand [und Nichts] hat dich berechtigt, im Kränzchen davon zu reden.

Fr.

Ich werde doch nicht um deine Genehmigung für meine Rede nachsuchen müssen? Allerdings, wenn ich gewußt hätte, daß dir dein Amtsdiener vorgezogen wird, dann hätte ich geschwiegen.

In der EA ist nicht mehr die Rede vom »Kränzchen«, es bleibt nur (S. 9):

Frau Bezirksamtmann

Schweig! Ist es vielleicht nicht wahr, daß dein eigener Amtsdiener dir vorgezogen wird.

Thoma versuchte auch, den Typ des hochmütigen Beamten genauer zu umreißen. Er strich z. B. (L2319, S. 39) die Stelle, wo der Bezirksamtmann von »Wirsing« sprach. In der EA, S. 62, befiehlt Kranzeder dem Jubilar, das Fenster zu öffnen, um ihn zu erniedrigen: die Stelle fehlt im Manuskript.

Ein Vermerk vom 6. April im Tagebuch beweist, daß die Fassung, welche Langen im Januar 1901 erhielt, noch einmal überarbeitet wurde: »Habich riet mir gestern, den Schluß meiner Medaille zu ändern. Ich werde sie mit einer Rauferei enden lassen«.[96] Da es die bedeutendste Abweichung zwischen den zwei Fassungen ist, geben wir die zwei Endszenen im Wortlaut.

L 2319

S. 105

Merkl (sehr laut schreiend zu Grubhofer)

Mit dir stoß i net a. Du Haderlump!

Grubhofer (noch lauter)

Wos?

Merkl

[Ja] Du Haderlump!

(In diesem Augenblick läutet es heftig.)

BA

Der Oberegierungsrath!

Das fehlte noch!

(Die Thür wird hastig geöffnet & ein Postbote erscheint)

[*BA*]

[Was ist]

(Hahnrieder zieht Merkl & Sedlmaier [den] Grubhofer auf den Sessel nieder)

S. 106

BA (zum Postboten)

Was ist?

Postbote:

Ein Telegramm, H. BA.

BA (öffnet hastig & und liest)

Dienstlich verhindert. Komme morgen. Steinbeißl. Ach! das ist ja...

[(Häberlein kommt schwankend auf ihn zu)

Häberlein:

Da... darf ich mit Sto... Stoßen Sie an, Herr Bezirksamtmann, ich ich danke für die die fr... freundliche Einladung.

EA

S. 100

Merkl (schreiend zu Grubhofer)

Du ganz schlechter Kerl! Du Haderlump!

Grubhofer (Noch lauter)

Wos?

(Grubhofer faßt Merkl an die Kehle. Merkl schlägt auf Grubhofer los.)

Grubhofer

Hob i, du Herrgottsbazi!

S. 101

Merkl

Sag's no amal! (Schlägt)

Do hast was? Und do hast was!

Neusigl, Hahnrieder, Sedelmaier, Lampl (schreiend)

Aufhören! Auslassen! Merkl! Schamt's Enk! Gruabhofer!

(Im Geräufe fällt der Tisch um)

Frau Neusigl

Jesses! Jesses Mariand Josef! Unser Fest! Unser Fest!

Frau Bezirksamtmann (wütend zu ihrem Mann, der ratlos da steht)

Da hast du die Quittung für deine... deine Dummheit! Willst du dir nicht einen Prügel holen? Herr Assessor, Ihren Arm! (Sie will mit dem Assessor rasch hinaus. In diesem Augenblick wird die Thüre aufgerissen).

BA (Sehr scharf)
Was wollen Sie?
Häb.
Ich be... bedauere die geha... gehabten Unkosten.
BA
Sie sind betrunken. Setzen Sie sich! Ich werde auf Ihr Benehmen dienstlich zurückkommen.

S. 107

Häberl.
Es... es war alles reichlich u... und gut.
BA
Schweigen Sie!
(Freu Neusigl führt Häberlein auf seinen Platz)
Fr N.
San's doch stad Herr Lehrer!]

Babette ruft herein:
Der Herr Direktor ist da!
(Regierungsdirektor Steinbeißl, ein streng aussehender Herr, tritt ein und blickt erstaunt auf die Balgerei)
Bezirksdirektor Steinbeißel
Was ist das? Was soll das heißen?

S. 102

Bezirksamtmann (stotternd)
Ich... Ich habe im Sinne seiner Excellenz zu... handeln geglaubt... und die allerhöchste Verlcihung der Verdienstmedaille durch eine... äh... entsprechende... äh... Festlichkeit begangen.
Regierungsdirektor Steinbeißel (sehr gedehnt)
Soo?

Langen hat wahrscheinlich die Fassung erhalten, die mit dem Lesen des Telegramms schließt, denn der Wortwechsel zwischen Bezirksamtmann und Lehrer ist im Manuskript schon gestrichen.

Dieser erste Schluß bedeutete zwar kein Happy End, wirkte jedoch eher versöhnlich: den Bezirksamtmann hätten nur die Auslagen gereut. Dem Satiriker Thoma, der damals »verbittert... gegen alles Konventionelle«[97] war, mag die Andeutung von Harmonie zur Umarbeitung gedrängt haben. Der Schluß der EA bleibt »insofern noch dem traditionellen Schema verhaftet, als in ihm die negativen Charaktere gestraft werden«[98]: die Grobheit der Bauern zwingt den hochmütigen Kranzeder, die Maske des gutmütigen Beamten fallen zu lassen, und entlarvt ihn vor dem Vorgesetzten. Um diesen Ausgang herbeizuführen, sah sich Thoma aber genötigt, die Grobheit der Bauern besser zum Ausdruck zu bringen. Wenn den Bauern auch die Sympathie der

Zuschauer gesichert bleibt, weil sie dem Repräsentanten des überheblichen Beamtentums einen Strich durch die Rechnung machen, kommen sie doch nicht ganz ungeschoren davon.

Am 18. April 1900 lag das Stück druckfertig vor.[99]

Hoftheaterfähig in München

Schon als er Langen die erste Fassung schickte, gab Thoma zu verstehen, daß er die Hoffnung hatte, diesmal erfolgreich zu sein: »Ich ersuche Sie, die Lektüre gleich anzufangen. Sie werden sie dann schon rasch beendigen. Ich glaube, daß sie sehr »ächt« und lustig ist. Prüfen Sie das Stück auch auf Verlegung. Ich selbst glaube, damit meinen »Agricola« um einige Nasenlängen geschlagen zu haben«.[100] Er hatte vor anderthalb Jahren den sicheren Beruf aufgegeben und war nun auf einen literarischen Erfolg angewiesen, einerseits, weil er sein Leben nicht nur als Journalist fristen wollte, anderseits, weil er sich in Schulden gestürzt hatte.

Am 28. Mai vermerkte Thoma im »Tagebuch«: »Am 25. August sagt Savits, daß er die Medaille für das Hoftheater wolle«.[101] Güngstige Aussichten hatte er auch bei anderen bayerischen Bühnen: »Der Akad. Dram. Verein erbat es zur Aufführung Mitte Juni... Dreher hat mich ebenfalls darum gebeten. Es rührt sich was...«[102] Vier Tage später schrieb er an A. Langen: »Das hiesige Hoftheater hat meine »Medaille« angenommen, Savits u. Possart haben mir dies heute mitgeteilt: die offizielle Bestätigung soll ich Montag erhalten. Es ist, Gott sei es getrommelt und gepfiffen, ein Schritt vorwärts; und endlich vielleicht die baldige Aussicht meine Schuld an Sie, abzutragen oder möglichst zu verringern. Ich erkläre Ihnen heute schon verbindlich, daß ich alle Honorare Ihnen überlasse. Es klingt am Ende großartiger als es ist. Aber, wenn die Nachfrage in dem Tempo weitergeht, sieht schon was heraus... Ich kann Ihnen nicht sagen, wie es mich drückt, daß ich bei Ihnen so tief in der Kreide stehe...«[103]

Für das Residenztheater, wo das französische Boulevardstück noch dominierte, war Thomas nicht besonders staatstragende Satire etwas Neues. Es überrascht also nicht, daß vor dem Einakter, der den Abend nicht ausfüllte, ein rein unterhaltsamer Schwank in vier Akten von W. Wolters und Königsbrunn-Schaup, »Der Hochzeitstag«, aufgeführt wurde.[104] Da Thoma während der Proben ziemlich streichen mußte,[105] darf auch angenommen werden, daß bayerische Kraftausdrücke getilgt wurden.

Am 24. August 1901, also ein paar Stunden vor der Aufführung, klingt in dem »Tagebuch« etwas Enttäuschung durch, obwohl Thoma selber die Proben geleitet hatte[106]: »Ich werde wohl keinen Durchfall erleben, allein hoch über die Mittelmäßigkeit geht die Darstellung nicht hinaus. Das Kolorit, das Intime an dem Stück ist ziemlich verwischt...«[107] Das Stück wurde aber zum durchschlagenden Publikumserfolg, und auch bei der Kritik fanden die dichterischen Qualitäten der »Medaille« meistens Zustimmung. Von der Tendenz her nahm die linksstehende und liberale Presse das Stück am günstigsten auf, was Thoma nicht nur freute: »Die sozialdemokratische »Post« konnte sich vor Entzücken nicht helfen und hieß mich den »großen Lacher usw«. Das Lob könnte mir hier schaden, denn auch ultramontane Blätter griffen das Stück auf und fanden es »unerhört«, daß Possart die »Medaille« nahm. Das »Münchner Tageblatt« schrieb, er solle doch die demnächst tagende Kammer zu dieser Verhöhnung einladen. Es wäre möglich, daß die Sache sogar in der Kammer zur Sprache käme, und daß Possart Angst kriegt«.[109] Es kam aber nicht dazu, und der Erfolg der »Medaille« dauerte an.

Wolzogens Überbrettl in Berlin

Schon vor der Zusage des Intendanten des Münchner Hoftheaters stand Thoma mit anderen Bühnen in Kontakt. »Wolzogen will... mit der Medaille das neue Bunte Theater in Berlin eröffnen... ich korrespondiere fleißig mit Arthur Langen«.[109] Obwohl die Bauern Dialekt sprachen, war also der Durchbruch in Berlin, Wien und anderen Städten von Anfang an geplant und darf nicht als Folge des Münchner Erfolgs gedeutet werden.

Der Briefwechsel mit Langen zeigt, wie sehr Thoma damals

bemüht war, in Berlin und anderen Städten neue Abnehmer für den »Simplicissimus« zu finden. Mit ihrer Kritik an der Wilhelminischen Gesellschaft, mit Angriffen gegen Junker, Großgrundbesitzer, Reserveoffiziere, Spießer u. a. m. griff die Redaktion nach Themen, die nicht nur in Bayern ankamen. Auch finanzielle Erwägungen machten eine erhöhte Auflage erforderlich. Thomas literarischer Ehrgeiz deckte sich wieder mit dem des Tagesschriftstellers.

Ganz unbekannt war er nicht mehr in Berlin, wie aus einem Brief von Januar 1901 hervorgeht: »Am 18. hat Wolzogen in Berlin das Überbrettl mit Erfolg eröffnet. Alle Blätter erzählen, daß eine Satire auf Major Lauff den stärksten Treffer bildete. Ich konstatiere mit Vergnügen, daß sie von einem gew. Schlemihl war«.[110]

Ernst von Wolzogen hatte versucht zu verwirklichen, was Bierbaum in seinem Roman »Stilpe«[111] theoretisch vorweggenommen hatte. Mit anderen Dichtern wie F. Wedekind, der das Pariser Kabarett aus eigener Erfahrung kannte, strebte Bierbaum eine Synthese von Kunst und Varieté an. Um diese Vorstellung in die Praxis umzusetzen, eröffnete E. v. Wolzogen am 18. Januar 1901 am Berliner Alexanderplatz sein »Buntes Theater«, ein Überbrettl, womit er auf eine Erhebung des »Brettl« (Varieté in Süddeutschland) zielte. Für schwierig hielt er das Unternehmen »weil unserem deutschen Publikum... die zärtliche Teilnahme für die künstlerische Bohème fehlt und wohl auch ein wenig der feine Kunstinstinkt..., weil unseren Dichtern und Musikern das Talent, persönlich ihre Werke wirkungsvoll zum Vortrag zu bringen, abgeht«. Ein drittes Hindernis erblickte er in der »besonders empfindlich gewordenen Zensur«.[112]

Am Eröffnungsabend wurde das satirische Couplet von Thoma, »Zur Dichtkunst abkommandiert«, mit großem Erfolg gegeben, und auch später fanden sich »neben der Überzahl mehr oder weniger seichter Unterhaltungsprodukte auch einige interessante gesellschaftskritische Texte... fast ausschließlich von Ludwig Thoma«.[113] Als Wolzogen im November 1901 in die Köpenicker Straße übersiedelte, wurde am Eröffnungsabend Thomas »Medaille« aufgeführt.

Der wahre Grund für den langen Aufenthalt Thomas in Berlin

(1. Oktober 1901 bis März 1902) ist schwer zu bestimmen. Im »Tagebuch« und in den Briefen an Langen, den die Sorgen um die »Simplicissimus«-Redaktion quälten, rechtfertigte er diesen Schritt als Flucht vor einer »unerträglichen Verbindung... Weibergeschichten... Es gibt bloß ein Mittel, und das ist die Entfernung... Ich will nach Berlin... 4–5 Monate«.[114] Er machte natürlich geltend, daß er in Berlin »die Kontinuation des »Simplicissimus« erhöhen« würde.[115]

Andere Beweggründe waren jedoch ganz sicher ausschlaggebend. Seit dem 28. Mai 1901 wußte er, daß Wolzogen mit der »Medaille« sein neues Theater in Berlin eröffnen wollte.[116] Am 27. Juni ging er auf Wolzogens Angebot ein, ihn »zum literarischen Mitarbeiter für sein Überbrettl fest zu kriegen. Sehr günstiges Offert«.[117] Thoma rechnete wahrscheinlich auch damit, daß er in Berlin – wie es denn auch geschah – die bekanntesten Autoren und einflußreichsten Kritiker der Zeit treffen würde. All diese Anzeichen lassen darauf schließen, daß der Bühnenautor Thoma mit der »Medaille« einen Erfolg im ganzen deutschsprachigen Raum anstrebte, um nicht nur eine Münchner Lokalgröße zu bleiben.

In Berlin hätte er die Proben ab 16. September 1901 leiten sollen, sie begannen erst am 11. November.[119] Die Premiere wurde vom 1. Oktober auf den 28. November verlegt.[119] »Ludwig Thomas prächtige Bauernkomödie »Die Medaille« wurde durch eine schlechte Darstellung um ihre Wirkung gebracht« klagte ein Kritiker.[120] Trotz eines ansehnlichen persönlichen Erfolgs war Thoma als Künstler durch Wolzogens »Kitschinstitut« tief enttäuscht.[121] Eine Karikatur von Th. Th. Heine im »Simplicissimus« zeigte Schiller mit Gitarre und verspottete Wolzogens Absicht, eine höhere Richtung anzustreben, mit dem Text: »Ihr »Lied der Glocke« wird erst dann von der Volksseele in seiner ganzen Tiefe empfunden werden, wenn Sie es selbst vortragen und dabei eine brennende Petroleumlampe balancieren«.[122]

In Berlin wurde »Die Medaille« auch im Lessingtheater gespielt, und Thoma versuchte, den Einakter durch K. Dreher und dessen Schlierseeer Bauerntheater in Berlin aufführen zu lassen.

Der Berliner Aufenthalt entsprach also nicht allen Erwartungen Thomas; er war nun über die Grenzen Bayerns hinaus bekannt, hatte sich aber als literarische Figur nicht ganz durchsetzen können, zum Teil sicher, weil er – nicht nur in Berlin, auch in Wien und anderen Städten – keine Schauspieler fand, die ein Bauernstück ohne starke Effekte hätten spielen können. Vielleicht war Berlin auch nicht bereit, einen Autor aus Bayern ernst zu nehmen; die Literaturgeschichte begann damals erst wahrzunehmen, daß der süddeutsche Sprachraum eine eigene literarische Tradition besaß.[123]

Zum Text

A. Langen erklärte sich sofort bereit, »Die Medaille« zu verlegen,[124] wegen der Überarbeitung lag das Stück erst am 18. April 1901 druckfertig vor.[125] Der »Simplicissimus« warb in der »Extra-Nummer China« für die 1901 erschienene Buchausgabe: »Umschlag-Zeichnung von Bruno Paul. Preis 1 Mark 50 Pf. Eleg. gebunden 2 Mark 50 Pf«.[126] 1901 kam es noch zu einer zweiten Auflage. 1923, zwei Jahre nach Thomas Tod, erschien das 14.–16. Tausend.

Der Text wird hier nach der Erstausgabe wiedergegeben. In einigen Fällen wurde die Schreibung modernisiert, (zum Beispiel «Tätigkeit« statt »Thätigkeit«, »Exzellenz« statt »Excellenz«). Offensichtliche Druckfehler wurden berichtigt. Was die Namen der französischen Ortschaften »Bazeilles« und »Epernay« (Handschrift L2319 S. 69/72) betrifft, haben wir uns für »Batzailles« und »Epernei« entschieden, wie in der Erstausgabe (EA, S. 67/70). In »Bazeilles« hatte »das I. bairische Korps von der Tanns die Schlacht eröffnet«.[127] Es handelt sich wahrscheinlich nicht um Druckfehler, sondern um Hinweise für die Aussprache.

DIE LOKALBAHN

Der Streit um die Lokalbahn

»Leider ist Kleinberghofen etwas gestört durch die Arbeiten von dem Eisenbahnbau. Sie okkupieren die Wirtsstube u. grölen an Samstag u. Sonntagen, daß man sich nicht halten kann«,[128] schrieb Thoma am 1. Juni 1913 an seine seit zwei Jahren von ihm geschiedene Frau Marion.

1913 bedeutete das Ende eines langen, beinahe fünfzehnjährigen Streits um die Linienführung der Bahnverbindung Dachau–Altomünster. Thoma, der als Anwalt in Dachau tätig war und später sein Jagdrevier in Kleinberghofen hatte[129], einer der geplanten Lokalstationen, konnte dieser Streit nicht entgangen sein. Der Vater seines Freundes Simon Kronschnabl in Bachern war »der geistige Vater« der Dachauer Lokalbahn. Thoma war später auch beim Prominentenschießen in Bachern, als die erste Strecke eröffnet wurde.[130]

Merkwürdig war die Linienführung: »Sie zieht sich auf einem Zickzackkurs durch das Dachauer Hinterland. Während im allgemeinen die bayerischen Lokalbahnen auf dem kürzesten Weg ihrem Ziel zustreben, bummelt die Dachauer Bahn auf Umwegen nach Altomünster... Ursprünglich sollte die Bahn in gerader Linie von Dachau nach Altomünster gebaut werden, ohne dabei den Markt Indersdorf zu berühren. Doch dieser Plan scheiterte am Widerstand der Indersdorfer, die sich dagegen wehrten, vom Eisenbahnverkehr ausgeschlossen zu werden. Sie schlugen deshalb als Konkurrenzprojekt zu den Plänen der Dachauer den Bau einer Lokalbahn vor, die von Altomünster über Indersdorf nach Röhrmoos führen sollte... Die Folge war ein erbitterter Konkurrenzkampf zwischen den beiden Märkten, dem das Verkehrsministerium in München erst nach Jahren mit der Entscheidung ein Ende bereitete: Die Lokalbahn hat den Weg von Dachau über Indersdorf nach Altomünster zu nehmen!«[131]

Die Genehmigung für Bau und Betrieb der beiden Strecken Dachau–Indersdorf und Indersdorf–Altomünster wurde am

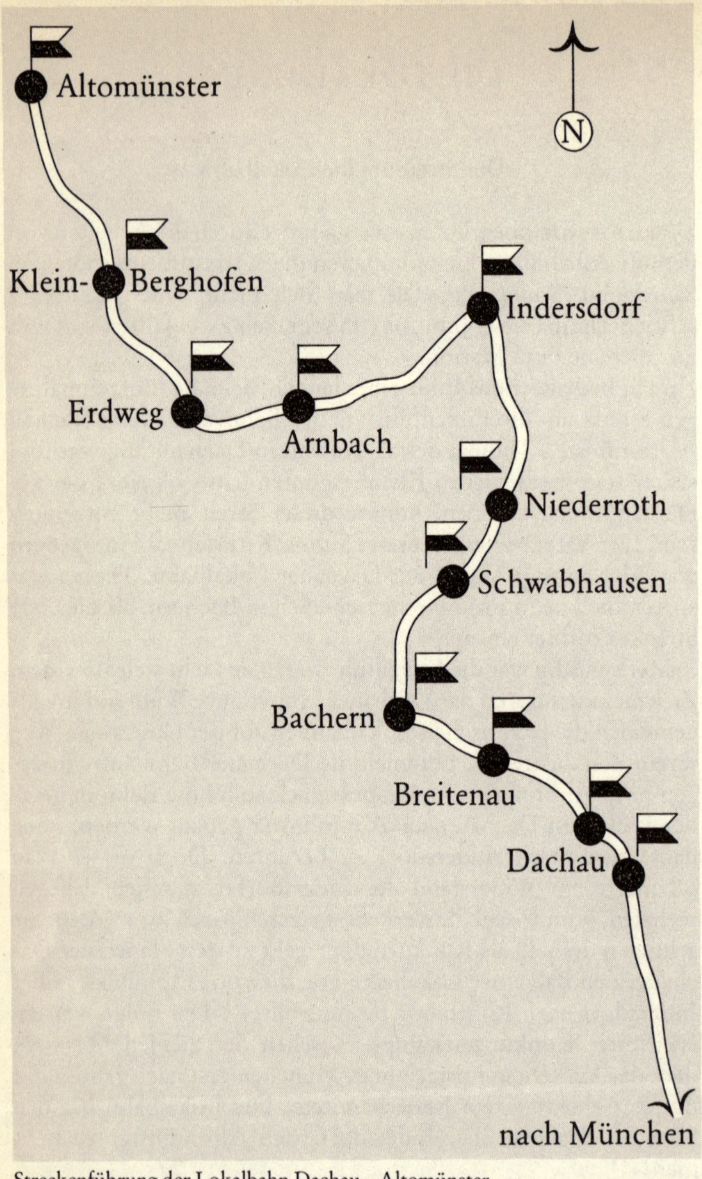

Streckenführung der Lokalbahn Dachau – Altomünster
In: Richardi/Winkler, »Ludwig Thoma und die Dachauer Lokalbahn. Geschichte und Jubiläum einer bayerischen Nebenstrecke«, Dachau 1974.

26.06.1908 erteilt; wegen neuer Schwierigkeiten konnte aber die Eröffnung erst viele Jahre später stattfinden: 7. Juli 1912 für die Strecke Dachau–Indersdorf, 22. Dezember 1913 für die Strecke Indersdorf–Altomünster.[132]

In mehreren Werken kam Thoma auf die sonderbare Linienführung zurück, zum Beispiel in »Altaich« und »Der Ruepp«.[134] In der »Medaille« befürwortet der Bezirksamtmann das Projekt, während die Bauern sich eher gegen den vermeintlichen Fortschritt aussprechen. Einer der Bauern heißt sogar Sedlmaier wie der damalige Bürgermeister von Altomünster,[134] während ein anderer aus Niederroth, einer der Lokalstationen, stammt.

Der Streit um die Dachauer Lokalbahn bildet den äußeren Rahmen zur Handlung des dritten Stückes von Thoma. Es ließen sich eindeutig Parallelen zu den damaligen Ereignissen feststellen. In beiden Fällen handelt es sich um den Bau einer Bahn, deren Trasse umstritten ist, was in der Stadt zu endlosen Streitigkeiten führt. Der Bezug auf lokale Begebenheiten mag zum Erfolg der »Lokalbahn« in München stark beigetragen haben, darf aber nicht zu dem Schluß verleiten, daß Thoma nach Modell arbeitete. Wie er es später selbst in einem Brief an seine Geliebte Maidi von Liebermann zum Ausdruck brachte, lehnte er »Abkonterfeien und Abklatschen« ab: »Man kriegt keinen Typ. Schriftstellerische Figuren müssen wie malerische Typen sein, Zusammensetzungen aus vielen Individualitäten, sie müssen eine ganze Rasse, einen Stand verkörpern«.[135]

»Das phrasenhafte Wesen unserer Berufspolitiker«

In der »Medaille« galt Thomas Kritik vor allem dem Hochmut der Beamten, und der Ort war »eine kleine Stadt in Altbayern«.[136] Alles war genau abgesteckt, und alles hing von einer klar umrissenen Situation ab.

Als er begann, ein neues Bühnenwerk zu entwerfen, verfiel er zunächst auf eine »dreiaktige Bauernkomödie«.[137] Er hatte also eine Situation im Sinne, die wieder auf dem Gegensatz einer sozialen Gruppe zu den Bauern beruhte: »Ich will darin das phrasenhafte Wesen unserer Berufspolitiker, den Gegensatz zur nüchternen und durchaus objektiven, wenn auch sehr kleinen Anschauung des Bauern herausfeilen«.[138]

Mit dem Wort »phrasenhaft« pflegte Thoma, vorwiegend das schlechte Schreiben oder Reden in der Politik zu brandmarken. Schon 1894 vermerkte er selbstkritisch im »Tagebuch«: »Warum ich nur bei jedem polit. Artikel so schwulstig schreibe? Ich komme unwillkürlich ins Phrasenhafte. In Politik ist jeder einseitig und leidenschaftlich. Dazu kommt, daß man, ohne es zu wollen, mit Zeitungsphrasen vollgestopft ist. Sie kommen mit den Gedanken, lassen sich nicht wegbringen & zuletzt bringt man es nicht fertig, mit eigenen Worten Politisches zu schreiben oder zu sagen. Es wäre dankenswert, eine Statistik aufzustellen über die Wortarmut der Parlamentarier«.[139] Hier klingen schon die satirischen Töne der Kritik an den Reden des Kaisers[140] durch, als er sie 1906 im Gefängnis las: »Will man diese Reden beurteilen, so muß man gleich hervorheben, daß sie durchaus inhaltlos sind... Es ist Lärm. Sonst nichts«.[141]

1901, drei Jahre nach der Palästina-Affäre, die Langen ins Exil getrieben hatte, griffen Thoma und die Simplicissimus-Künstler den Kaiser nicht direkt an, er war jedoch Zielscheibe der an die Politiker oder an das Militär gerichteten Kritik. Das Schlemihl-Gedicht »Ruhm und Ehre« prangert eine Politik an, wo alles Pose ist:

Andre Zeiten, andre Sitten,
Heute ist es wohl gelitten,
Mit dem Mundwerk zu ergänzen,
Was an Taten fehlte. Alle
Wagen in die Ruhmeshalle
Sich mit Worten einzuschwänzen;
    Wie sie selbst sich Ehren schenken!
    Ruhmeszappler
    Bahnhofpappler
    Und die Zunge sich verrenken![142]

Wollte Thoma zunächst das Maulheldentum nur bei den Politikern betonen, so deutete sich allmählich eine Entwicklung an. Ende August 1901 ist nur noch die Rede von einem »gesalzenen

3Akter... »Den Stoff habe ich«.[143] Obwohl er auf eine Einladung Langens nach Norwegen verzichtete, kam er nicht mehr dazu, das neue Stück vor der Abfahrt nach Berlin zu beginnen, wo er dann mit kurzen Unterbrechungen bis März 1902 blieb. Die ersten Wochen in Berlin, wo er »vorerst in bescheidener Zurückgezogenheit«[144] lebte, scheinen ihm Zeit für das Stück gelassen zu haben. Am 29. Oktober, nach einem Aufenthalt von einem Monat in Berlin, berichtete er über Stoff, Tendenz und Thema: »Mein 3. Akter liegt nun im Rohstoff fertig. Der Stoff ist viel lustiger als der zur »Medaille« und reicht für 6 Akte aus. Ich freue mich auf die Ausarbeitung, bei der sich viel Satire verwenden läßt... Diesmal bringe ich möglichst Handlung, die Hauptperson ist ein großmauliger Bürgermeister einer kleinen Stadt; und die Satire geht auf die politische Charakterlosigkeit unseres Bürgertums sowie auf die Phrasendrescherei. Dialekt kommt bloß in ein paar Nebenrollen vor. Ich will versuchen, mir diesmal die norddeutsche Kundschaft zu gewinnen«.[145]

Kritik an der bürgerlichen Gesellschaft

Durch die Verschiebung des Schwerpunkts rückte Thoma vom ursprünglichen Plan ab, das Gegensatzpaar Politiker–Bauern auf die Bühne zu bringen, und griff nach dem sowohl für die Literatur der Zeit als für die »Simplicissimus«-Künstler klassischen Motiv der Kritik an der bürgerlichen Gesellschaft.

Daß das deutsche Bürgertum 1890 den Rücktritt Bismarcks stillschweigend hinnahm, war für Thoma der erste große Fehler. Weil es weiterhin schwieg, bürdete ihm Thoma eine Mitschuld auf an dem, was er 1917 »20 Jahre verpfuschte Politik« nannte.[146]

Thomas Verhalten während des Burenkrieges verdeutlicht, wie der Bühnenautor allmählich vom »phrasenhaften Wesen der Berufspolitiker« zur »politischen Charakterlosigkeit« des Bürgertums gelangte. Es handelte sich in Südafrika (1899–1902) um einen Kampf um die Vorherrschaft zwischen den Buren, den ersten Einwanderern, und den Engländern, die später hinzugekommen waren und von der englischen Regierung unterstützt wurden. In Deutschland war man den Buren ursprünglich sehr freundlich gesinnt. Auf der einen Seite sah in den Buren »jeder Deutsche, der ihre Abneigung gegen alles, was neu und modern war... teilte, sein Ideal«,[147] auf der anderen Seite stellte England immer häufiger ein Hemmnis für die wilhelminische Weltpolitik dar. Bei Thoma spielte ein weiterer entscheidender Faktor mit: »...sie fechten gegen niederdeutsche Bauern, jetzt ist die Sache persönlich. Ich hänge leidenschaftlich an den Burschen, warum? Ich weiß es nicht. Wohl weil Blut dicker wie Wasser ist«.[148]

Wie leidenschaftlich Thoma sich engagierte, bezeugte die Herausgabe einer »Simplicissimus«-Sondernummer, in welcher er neben der Zeichnung »Anno dreizehn« von E. Thöny einen Appell im Geiste der Freiheitskriege veröffentlichte:

Mir war's ein Gruß aus schöner'n Zeiten
Die Welt durchzog ein frischer Hauch,
Als ich vernahm, ihr geht zum Streiten
Nach unsrer tapfern Väter Brauch

Und das ist deutsch! Jetzt könnt ihr lehren,
Ob uns 're Eiche Zweige trieb!
Der lieben Heimat führt zu Ehren
Gar manchen scharf geschlag'nen Hieb![149]

Das Gedicht »Ohm Krüger« verdeutlichte den Übergang vom Thema der Politiker, die nach den schönen Worten »die Achseln« zucken, zu dem des charakterlosen Bürgertums:

Wir dürfen euch zu Ehren manchmal singen
Im tiefen Basse: von der Freiheit Hauch,
Von Hochgefühlen, die die Brust durchdringen,
Doch vor den Fürsten liegen wir am Bauch.[150]

Auf die Ergiebigkeit des Themas läßt eine große Zahl Gedichte schließen. Einige Texte wurden vertont und im Kabarett aufgeführt; im Anhang drucken wir »Wiegenlied« und »Bänkel-Lied«, zwei selten veröffentlichte Lieder Thomas aus dem Repertoire von Wolzogens »Buntem Theater«.[151] Der Anhang bietet einen dritten Text aus Wolzogens Repertoire, »Die Protestversammlung«[152], die bei Wolzogen am 3. Dezember 1901 uraufgeführt wurde,[153] gerade als Thoma den ersten Akt des neuen Stückes schrieb.[154] Nach hochtrabenden Worten läßt sich auch hier das Bürgertum belehren: »...es handelt sich viel weniger darum, was wir tun wollen, als darum, was wir tun dürfen«.[155]

Eine Krähwinkeliade?

Die Tagesschriftstellerei bot Thoma ein Thema, das es nun galt, dichterisch zu gestalten.

Wer als Thema ausschließlich die Verspottung des Maulheldentums ins Auge faßt, erwartet ein Stück in der langen Lustspieltradition des »miles gloriosus«. Dies hätte eine starke Typisierung der Figuren und Situationskomik erfordert, was den Ansichten Thomas absolut nicht entsprach. Nach den ersten Aufführungen meinte er sogar, er »hätte dem Theater zuliebe« im dritten Akt »mehr Spektakel hineinbringen müssen«.[156] Sein Wille, sich als Autor einer literarischen Komödie durchzusetzen, hatte ihn wahrscheinlich von starken Effekten abgehalten.

Die Ortsangabe lautet: »Dornstein, eine deutsche Kleinstadt«.[157] Die Spannung, welche die Handlung vorantreibt, entsteht durch den Gegensatz zu einem zweiten Pol, der Residenz, wo der Bürgermeister sich am Anfang des Stückes befindet. Dornstein liegt ziemlich abgelegen, die Fahrt zur Residenz, Sitz der Regierung, dauert vier Stunden. Diese Angaben deuten auf eine Bühnentradition, die von Kotzebues »Die deutschen Kleinstädter« über Nestroys »Freiheit in Krähwinkel«[159] sowie andere Werke des Wiener Volkstheaters[159] bis zu Thoma führt.

Der Name Krähwinkel wurde zum Inbegriff der spießbürgerlichen Kleinstadt, als Kotzebue 1802[160] »Die deutschen Kleinstädter« auf die Bühne brachte. Nicht nur der Ort läßt auf die Nähe zur Krähwinkeliade schließen: es herrscht eine gewisse Enge der Verhältnisse, jedes Gerücht verbreitet sich mit Windeseile, die Charaktere der handelnden Personen unterscheiden sich nicht wesentlich voneinander, da die meisten Figuren eben charakterlos sind.

Weder die Opposition Residenz-Kleinstadt noch die Beschränktheit in der kleinen Stadt bildeten aber Thomas Hauptanliegen.

Im Gegensatz zu Kotzebue, der nach einem französischen Modell arbeitete[161], versuchte Thoma jeder Schablone aus dem Wege zu gehen, indem er sich bemühte, »bloß Menschen mit Fleisch und Bein auf die Bühne zu stellen und aus wahren Charakteren heraus die wirklichen Schäden unserer Zeit zu schildern, und auch das wieder nicht im hohlen Pathos der Moralisten, sondern im Tone eines Menschen, der nur lachend darauf hinweist«.[162] Wenn er auch das bewährte Motiv der Kleinstadt verwertete, so sollte die komische Wirkung nicht auf Verwicklungen in Situationen oder auf der Zeichnung von Typen beruhen. Thoma hatte die Absicht, sich von den meisten anderen Autoren abzuheben, die auf die »Charakteristik« verzichteten, denn »es ist sehr viel schwerer, als Verwicklungen, Menschen und Dinge erfinden. In allem ist... die Natur die Hauptsache. Aber sie beobachten, dann wirklich kennen, und dann schildern, sind drei schwere Dinge«.[163]

Es darf nicht übersehen werden, daß Thoma in der »Lokalbahn« immer bemüht war, die Handlungsweisen seiner Figuren genau zu motivieren. Der Bürgermeister ist kein Prahlertyp, er wird nach seiner Rückkehr aus der Residenz zum Maulheldentum verführt, weil die enttäuschten Bürger ihn durch ihre Bemerkungen dazu bringen. Die Fiktion eines Widerstandes gegen die Obrigkeit entspricht deren Erwartungen, weil ihnen die Illusion, freie Bürger zu sein, über die Enttäuschung hinweghilft. Die weitere Entwicklung beweist, daß den braven Bürgern auch eine fiktive Freiheit nicht geheuer ist. Rücksicht auf Familie, Beruf, Geschäft läßt sie den Rückzug aus der Politik antreten, wobei der Bürgermeister mit seiner zweiten »Heldentat« wieder ihren Erwartungen entgegenkommt: er beschließt, sich beim Minister wegen nie gesprochener Worte zu entschuldigen.

Die Zeitangabe »Gegenwart« läßt keine Zweifel aufkommen über die »wirklichen Schäden«, von denen im Brief an Langen die Rede war. Dieses Bürgertum mit Untertanengesinnung ist das deutsche Volk unter Wilhelm II. Bei Kotzebue stellte die Residenz noch eine positive Alternative dar, Nestroy ließ die Problematik der Freiheit ungelöst.[164]

Bei Thoma bleibt für die Hoffnung wenig Raum. Das Bürgertum, hier Geschäftsleute, Handwerker, Beamte, auch die Frauen, verschuldet selbst seine Ohnmacht, weil es durchaus nicht willens ist, seine Interessen bei der Obrigkeit oder in der Öffentlichkeit zu verteidigen. Eine panische Angst ergreift die Bürger, sobald nur die Möglichkeit eines Konflikts mit dem Minister auftaucht. Ein Konflikt kann gar nicht offen ausbrechen, da sie schon bei den ersten Anzeichen lieber ihre Meinung untertänig aufgeben.

Dieser charakterlosen Masse stellt Thoma eine einzige positive Figur gegenüber, den Major, der als Vertreter des bürgerlichen Liberalismus selbstbewußt auftritt, am Ende aber mit einem resignierten Lächeln zusehen muß, wie die allgemeine Versöhnung hergestellt wird auf Kosten der Werte, die er verteidigt. Der magere Trost, den ihm sein Bruder bietet, besiegelt die Ohnmacht seiner Ideen: »Du hast es gewiß gut gemeint«.[165] Daß Thoma das Stück nicht nur für die Lacher geschrieben hatte, betonte er gleich nach Abschluß des dritten Aktes: »Wer besser hinsieht, könnte auch den Ernst merken, der in dem Übermut steckt«.[166]

Den Sinn dieser Resignation dokumentiert ein Brief Thomas an den liberalen Politiker C. Haußmann, dessen Bekanntschaft er anläßlich der Stuttgarter Premiere der »Lokalbahn« machte: »Die lebende Mannigfältigkeit, welche das geistige Leben in Deutschland so interessant und reizvoll machte, noch in der Biedermeierzeit, verschwindet. An die Stelle originellen Denkens, individuellen Urteilens tritt uniforme Gesinnungstüchtigkeit. Die Züge reiner Menschlichkeit werden verwischt; behagliches Weltbürgertum hat keinen Boden mehr. Man ist heute staatserhaltend oder subversives Element. Kein Verstand mehr, alles Pathos, Phrasen«.[167]

Arbeit am Text

Handschriften sind keine erhalten. Wir können nur die ziemlich langwierige Entstehung verfolgen.

»Die Unbeugsamen?«

»Und jetzt beginne ich mit der ersten Szene des ersten Aktes meines neuen Lustspiels. Glück auf!«[168] vermerkte Thoma am 30. Oktober 1901 in seinem »Tagebuch«. Ein paar Tage später erwähnte er zum ersten Mal einen Titel: »Im Lustspiel geht es gut vorwärts, komme heute zur 5. Szene. Titel: »Die Unbeugsamen?«[169]

»Friedrich Rebholtz«

Am 5. Dezember schrieb er: »Mit dem I. Akt meines Friedrich Rebholtz, werde ich vielleicht noch heute fertig«.[170] Dieser Vermerk weist darauf hin, daß in der ersten Fassung der Bürgermeister Rebholz anstatt Rehbein hieß.

Der II. Akt wurde im Januar 1902 beendet,[171] dann stockte die Arbeit am Lustspiel mehrere Monate lang. Zuerst wegen Krankheit: »... Influenza, aber stark. Jetzt geht es wieder, nur leide ich noch an Rheumatismus in beiden Händen. Gestern konnte ich seit längerer Zeit wieder schreiben. Mein Lustspiel ist bis zum 3. Akt gedichtet, ca. 6 Wochen habe ich nichts mehr daran tun können«.[172] Die lange Pause hatte aber auch noch andere Gründe.

»Die Sekundärbahn«

Erst am 20. Juni 1902 finden wir die nächste Eintragung, mit neuer Titelangabe, im »Tagebuch«: »Dazwischen liegt viel. Aufenthalt in Paris, Tour nach Venedig. Ich bedauere lebhaft, kein Tagebuch darüber geführt zu haben. Seit Donnerstag 5. Juni sind wir, das heißt, Viktor, Peter, Bertha und ich hier in Finsterwald, Post Gmund a/Tegernsee... 3. Akt der »Sekundärbahn« gut im Zug«.[173]

Was die Arbeit am Lustspiel am meisten hinauszögerte, war die Tagesschriftstellerei, da A. Langen immer wieder neue Ideen beisteuerte. Thomas wachsender Unwille gegen eine Tätigkeit, die ihm keine Zeit ließ, die Werke auszufeilen, erklärt zum Teil das negative Bild der Presse in der »Lokalbahn«: »... alle Wochen... krampfhaft politisch zu sein... det jeht nich... Die Journalistentätigkeit sagt mir nicht zu... Ich mag keine seichten Allerweltsverse machen«.[174]

In Finsterwald versuchte nun Thoma, im 3. Akt und bei der Umarbeitung des 2. Aktes den richtigen Ton zu treffen, indem er Erinnerungen aus der Praktikantenzeit in Traunstein auffrischte: »Um mich recht in Stimmung zu bringen, lese ich zwei Jahrgänge »Traunsteiner Wochenblatt«. Dadurch kriege ich das Kolorit für die Umarbeitung noch besser heraus. Das Stück muß frisch werden, wie eine Walderdbeere. Es darf nicht eine konventionelle Silbe darin sein«.[175] Der dritte Akt war am 12. Juli abgeschlossen,[176] die Umarbeitung am 10. August: »In ca. 6 Tagen sind die Abschriften fertig«.[177] Am 11. August vermerkte er in dem »Tagebuch«: »Heute habe ich die 9. Szene des 3. Aktes nochmal geändert, nach Rücksprache mit Wilke«.[178] Thoma überarbeitete also erneut die wichtige Aussprache zwischen dem Major und Bräuereibesitzer Schweigel, der den Rückzug des Bürgertums aus der Politik begründete.

»Die Lokalbahn«

Zwischen dem 11. und 17. August[179] gab Thoma dem Stück den endgültigen Titel »Die Lokalbahn«: »Ich habe diesen Titel gewählt, denn er ist besser, als das von den Fliegenden Blättern tot gehetzte Wort »Sekundärbahn«.«[180]

Eine neue Szene

»Die Lokalbahn« erschien als Buch im Oktober 1902, kurz vor der Premiere. Die erste Ausgabe betrug 165, die folgenden 171 Seiten. Inzwischen hatte Thoma den 3. Akt um die manchmal heftige Auseinandersetzung zwischen den Bürgern und dem Journalisten Heitzinger erweitert. Das »Tagebuch« bietet eine plausible Erklärung für diese Änderung. Possart, der Intendant des Münchner Hoftheaters, glaubte, »Die Lokalbahn« sei kein Abendfüller. Um Possart vom Gegenteil zu überzeugen, leistete sich Thoma eine Lüge und schrieb, »daß die L. B. ca. 190 Druckseiten stark werde«.[181] Wahrscheinlich erwies sich der 3. Akt doch als zu kurz, die neue Szene konnte aber nicht mehr in die Erstausgabe aufgenommen werden. Seinem Verleger meldete Thoma, daß er im dritten Akt eine »kleine Länge ... ausgemerzt habe«.[182]

Wirkung

Erfolg und Enttäuschung

»Passen Sie mal auf, die »Sekundärbahn« soll mein Meisterstück werden«[183], hatte Thoma während der Umarbeitung des zweiten Aktes an A. Langen geschrieben. Er war voller Zuversicht, wünschte aber aufgrund seiner Erfahrungen mit der »Medaille« mit den großen Theatern persönlich zu verhandeln: »... weil ich die betr. Theaterdirektoren sämtlich persönlich kenne u. auch wegen ev. Rollenbesetzung spezielle Wünsche auf Grund meiner Bekanntschaft mit den Theatern habe«.[184]

In München wandte er sich wieder an den Regisseur des Hoftheaters: »... Savits ... spricht von großer Freude«.[185] Wie ein Jahr zuvor fanden konservative Kreise das Stück hoftheaterunwürdig. Die Premiere am 19. 10. 1902 war ein großer Erfolg, obwohl die Kritik der Regie vorwarf, das Possenhafte übertrieben zu haben: »Der Thoma'sche Humor bedarf der Vergröberung nicht, ja leidet direkt darunter«.[186] Es wurde auch eine gewisse »Dissonanz der Dialekte« bemängelt, weil neben bayerischen auch norddeutsche Schauspieler mitwirkten.

Das Münchner Publikum nahm das neue Stück mit heller Begeisterung auf. In der Presse hingegen klangen auch kritische Töne durch: »Während Thoma einerseits als glänzender Satiriker gefeiert wurde, wurden ihm andererseits Schwächen in der technischen Durcharbeitung des Stücks und Einfallslosigkeit in bezug auf die Thematik vorgeworfen«, stellt M. Gabriel nach einer eingehenden Analyse der Münchner Pressestimmen fest.[188]

In den meisten großen Städten Deutschlands und Österreichs kam es ebenfalls zu Aufführungen. In Wien war der eifrigste Verteidiger der »Lokalbahn« der gefürchtete Karl Kraus, der dem Ereignis die vier ersten Seiten seiner »Fackel« widmete, weil

»Ludwig Thomas »Lokalbahn« von der gesamten Kritik mißverstanden worden«[189] sei. Seiner Ansicht nach vertrat Thoma »eine durchaus »reaktionäre« Idee: Er will den Spießern das Politisieren abgewöhnen... Wenn Ludwig Thoma in seiner »Lokalbahn« – man mag sie technisch wie man will beurteilen – nichts weiter gebracht hätte als die Episode dieses gewiß tüchtigen Schreinermeisters, der in jeder Lebenslage, in der heroischen und in der friedlichen Epoche des Dornsteiner Lebens, den Zeigefinger bedeutsam hebt und ein geheimnisvolles: »Wann die Regierung – –!« murmelt, er hätte ein gutes Stück Zeitsatire geschaffen«.[190]

Absagen – z. B. das »Deutsche Theater« in Berlin[191] – mußte Thoma ebenfalls hinnehmen, was ihn nicht überraschte: »Ich verstehe es ganz gut, wenn einige Bühnen vorerst die Lokalbahn ablehnen. Der knappe Dialog, die anscheinend absolut nüchterne Sprechweise und die absolut untheatralische Art der Charakterisierung lassen einem gewöhnlichen Theaterdirektor die Handlung nicht voll und genug erscheinen«.[192]

Trotz aller erfolgreichen Aufführungen war Thoma doch unzufrieden: »Ich habe keine rechte Freude am Erfolge. Die Aufführung zeigte mir das Unzulängliche der Bühnenkunst. Was bleibt, wenn die Stimmung des Milieu verloren geht? Doch herzlich wenig. Warum wird das Intime zu Grunde gerichtet auf den Brettern?«[193] Er schätzte die Tantiemen der »Lokalbahn«, äußerte aber in einem langen Brief an Langen seine Zweifel an der Möglichkeit, ein dichterisches Werk in Bühnenkunst umzusetzen: »Alle Bühnenkunst ist doch nur Schminke und Lampenlicht, wenn man es auch noch so sehr vermeiden will«.[194] Zu der künstlerischen Enttäuschung kam noch ein anderer schwerer Schlag: die alte Viktor starb an den Folgen einer Erkältung, die sie sich bei der Premiere in München zugezogen hatte. Thoma zog das Fazit: »...ich bin jetzt allein. Die Kindererinnerungen sind tot; ich habe niemanden mehr, der mir davon erzählt. So uneigennützige Liebe kann ich nicht mehr finden & was noch kommt, wird einsam sein«.[195] All diese Umstände mögen erklären, daß das nächste »literarische« Stück erst sechs Jahre später aufgeführt wurde.

Zum Text

Die Erstausgabe der »Lokalbahn« erschien im Oktober 1902. In den nächsten Einzelausgaben wurde der III. Akt überarbeitet.

Da die zahlreichen Einzelausgaben nicht alle erreichbar waren, wird der Text nach der ersten Sammelausgabe gedruckt, die ein Jahr nach Thomas Tod herausgegeben wurde: Ludwig Thoma, Gesammelte Werke, Bd. 1–7, Albert Langen, München 1922.

Die Bühnenwerke stehen im Bd. 6, »Die Lokalbahn«, S. 53–129. Fehler wurden berichtigt, die Rechtschreibung dem heutigen Brauch angepaßt.

ERSTER KLASSE

DAS SÄUGLINGSHEIM

1902–1910

Nach dem Erfolg der »Lokalbahn« wandte sich Ludwig Thoma zuerst kleineren Erzählungen zu, bevor er 1905 den Roman »Andreas Vöst« abschließen konnte.[196] Kurz danach lernte er Maria Trinidad de la Rosa kennen, eine junge Frau von exotischem Typus, die er dann 1907 heiratete.[197]

Obwohl er 1905 die Posse »Der Schusternazi« ohne großen Erfolg anonym aufführen ließ, darf nicht übersehen werden, daß Thoma damals einer der erfolgreichsten Schriftsteller war. Bekannt gemacht hatten ihn sowohl die Schlemihl-Gedichte im »Simplicissimus« wie die literarischen Werke.

Die zahlreichen Beleidigungsprozesse, die ihm einige Texte des »Simplicissimus« einbrachten, trugen auch zum Ruhm bei. Wegen des Gedichts »An die Sittlichkeitsprediger in Köln am Rheine«[198] wurde er zu sechs Wochen Gefängnisstrafe verurteilt, die er 1906 in der Münchner Strafanstalt Stadelheim absitzen mußte.[199]

Einen »Bombenerfolg«[200] erntete 1908 das Stück »Moral«[201]; eine Zeitlang beabsichtigte Thoma sogar, Paris mit einer französischen Fassung zu erobern.[202] Ein Brief, den er nach Abschluß der »Moral« an C. Haußmann schrieb, dokumentiert Thomas Entwicklung, der die wachsende Angst vor der wilhelminischen Politik zugrunde liegt: »...ich schreite retro innerlich. Zum Großdeutschland von anno 48, wo man's träumte. Ich hülle mich aber mehr in Sehnsucht nach süddeutscher Kultur und weiß gar nichts mehr anzufangen mit unserer Größe«.[203] Die Wendung, die sich mit der Gründung der Zeitschrift »März«[204] angebahnt hatte, ließe sich wieder als Notwehrreaktion begründen: »Wir führen keinen Krieg gegen Norddeutschland, aber wir verabscheuen die militärische Phrase, unter der die deutsche Kultur dem Erstickungstode nahe ist«.[205]

Auch im dramatischen Schaffen fand diese Entwicklung ihren

Niederschlag. Hatte er früher die Werke des Wiener Volkstheaters als Possen abgetan und den Wiener Dramatiker L. Anzengruber der Effekthascherei bezichtigt, so kam jetzt der Wunsch zum Ausdruck, ein Werk zu schaffen, das an die bayerisch-österreichische Tradition anknüpfen würde: »Ich las heuer und sah viel Anzengruber. Da fand ich, daß wir ein Volksstück wieder einmal brauchen könnten, und ich trau mir die Kraft zu, eins zu dichten«.[206] Diesen Bemühungen verdanken wir »Magdalena«,[207] Thomas einziges, erst vier Jahre später abgeschlossenes ernstes »Volksstück«. Den Gegensatz Stadt–Land hatte Thoma in der »Medaille« schon verwertet; in Anlehnung an Anzengruber, der von L. Feuerbach (1804–1872) beeinflußt war und seine Werke auf aufklärerische Ideen gründete, befaßte sich nun Thoma auch auf der Bühne mit dem Antiklerikalismus.

Anzengruber knüpfte mit diesem Thema an den Kampf gegen Bestimmungen an, die zwischen 1849 und 1868 in Österreich den kirchlichen Einfluß in vielen Bereichen verstärkten.[208] Thoma hatte das Thema schon im Roman »Andreas Vöst«, in der Erzählung »Der Heilige Hies«[209] sowie in anderen Texten aufgegriffen. Im »Simplicissimus« entwickelte sich eine heftige Polemik gegen das Zentrum, die ihren Höhepunkt mit den Filser-Briefen[210] erreichte.

Der Kampf gegen das Zentrum

In den Jahren 1868/69 hatte sich eine »Patriotische Fraktion« im bayerischen Landtag zusammengeschlossen, »auf dem Untergrund einer breiten katholisch-konservativ-großdeutschen Strömung… Sie stand in der Tradition universal-abendländischer Vorstellungen, welche den Nationalismus und Individualismus in Staat und Gesellschaft bekämpfte«.[211] Daraus wurde 1887 die »Bayerische Zentrumspartei«, die sich dem Reichszentrum anschloß. Der ultramontanen Ausrichtung dieser Partei konnte der national und liberal gesinnte Bismarck-Verehrer Thoma nur feindlich gegenüberstehen. Die Ablehnung mag noch gewachsen sein, als nach 1905 der aristokratisch-konservative Flügel unter Förderung des Episkopats erstarkte.[212]

Weil der Klerus sich weigerte, Religion und Politik zu trennen, war er schon lange in die Schußlinie von Thoma geraten. Aus seiner Kindheit blieb Thoma »ein behagliches Bild vom katholischen Pfarrherrn im Herze... der über den Verdrießlichkeiten« seiner Pfarrkinder stand. »Aber dann kam die Politik. Der Mann, der immer außerhalb der Streitigkeiten seiner Gemeinde gestanden war, ist jetzt mitten darin... Die Partei, die vom ersten Tage an auf ihn Beschlag legt, ohne ihm die Freiheit des Entschlusses zu lassen, verlangt von ihm, daß er in seiner Gemeinde als Politiker Freunde und Feinde unterscheidet«.[213] So hob die Kritik Thomas und des »Simplicissimus« immer wieder den Zusammenhang zwischen katholischem Klerus und Zentrum hervor. Das Zentrum wäre nur ein Machtinstrument in den Händen der Geistlichen, und die Partei würde auch zahlenmäßig vom Klerus beherrscht, was übertrieben war.[214] Daß die Polemik keine Nuancen zuläßt, zeigt die nach den Landtagswahlen von 1905 im »Simplicissimus« veröffentlichte »Eröffnungshymne«:

Was ist schwärzer als die Kohle?
Als die Tinte? Als der Ruß?
Schwärzer noch als Rab' und Dohle
Und des Negers Vorderfuß?
Sag mir doch, wer dieses kennt!
Bayerns neues Parlament.[215]

Nicht nur in Bayern, auch im Reichstag, wo es 1906 zum Bruch zwischen Zentrum und Kanzler Bülow kam,[216] wurde in diesen Jahren die Partei zur Zielscheibe von Thoma, für den auch auf Reichsebene das Zentrum die Partei der Pfaffen blieb:

Und braucht' da Bülow was,
Sprach er zum Pfaffen glei:
»O Sie, mein liaba Freund,
I hab koa Geld dabei.«
Huliö – hu – hohu – hohu – ho!

Da Pfaff hat wieda g'sagt:
»Ich will für Sie bezahl'n,
Weil Sie mei Spezi san.
Sie tean mir aa'r an G'fall'n.«
Huliö – hu – hohu – hohu – ho![217]

Zwischen 1907 und 1912 veröffentlichte Thoma im »Simplicissimus« die Filser-Briefe,[218] die zu einem bemerkenswerten Erfolg wurden.

Es handelte sich um fingierte Briefe, die ein Abgeordneter des Zentrums seiner Frau, dem Pfarrer und Bekannten schrieb. Im ersten Brief stellte er sich vor: »Ich bin der Jozef Filser, kgl. Abgeordneter im Barlamend... Ich bin fon meinen Beruf Ökonohm... Ich habe als Man des Folkes nichd gewißt das ich zur Regirung beruffen bin sontern inser hochwirninger Herr Bfarrer hat es entdeckt... Ich bin bei dem Zendrum und mus bemergen das ich mein Bardeischwuhr imer drei gehalden hawe«.[219]

An Hand dieser Einführung läßt sich Thomas Thematik verdeutlichen. Von Anfang an rekrutierten sich die Wähler des Zentrums zum größten Teil aus ländlichen Kreisen.[220] Auch Filser gehört zum Bauernstand. Der Entschluß, in die Politik einzutreten, ist kein persönlicher Schritt: damit betont Thoma, daß die Zentrumsleute nur Strohmänner sind, während der Klerus die Macht in Händen hat, was Filser im ersten Brief an seine Frau bestätigt: »Es sind viele geischtlinge Herren da gewesen, die wo gsagt haben, mir brauchen blos das Maul halden und sie machen es schon«.[221]

Es klingt hier das Motiv der Volksverdummung durch den Landklerus an; Filser wurde nicht wegen seiner Kompetenz in den Landtag geschickt, auch nicht wegen seiner besonderen Frömmigkeit, sondern weil er von der Politik nichts verstand und einen zuverlässigen »Hinterbänkler« abgeben würde. In der »Lokalbahn« unterdrückten die Bürger ihre Meinung, weil Politik die Sache der Obrigkeit war und sie treue Untertanen bleiben wollten, auf dem Land hatten die Leute keine andere Wahl als für das Zentrum zu stimmen, wenn sie sich als gute Katholiken verstanden. Die Verwertung des Motivs der Verdummung brachte Thoma in Verlegenheit, weil er vor einem argen Dilemma stand:

wie konnte er die Bauern, denen er sehr nahe stand, negativ schildern? Das Zentrum nutzte diese schwache Stelle aus und ließ vor den Landtagswahlen von 1912 ein Flugblatt verteilen, um die Bauern gegen den Verfasser der Filser-Briefe aufzubringen. Thoma reagierte mit dem Appell »Bayerische Bauern!«[222], worin er versuchte sich zu rechtfertigen: »Es ist nicht wahr, daß ich in dem Joseph Filser einen Vertreter des Bauernstandes hinstellen will, sondern ich habe einen Zentrumsabgeordneten geschildert, der von den Pfarrern in den Landtag hineingeschickt worden ist«.[223] Dieser Filser wurde 1910 zur Hauptfigur des Einakters »Erster Klasse«.

In den Jahren nach 1905 kam es in Bayern allmählich zu einer »Verhärtung der parteipolitischen Fronten«,[224] so daß es für die Regierung, die verfassungsrechtlich nur vom Regenten abhing, immer schwieriger wurde, über den Parteien zu stehen. Der Verkehrsminister war in die Schußlinie des Zentrums geraten, und diese Auseinandersetzungen führten am 12. November 1912 zur Auflösung des bayerischen Landtages. Die Anmaßung des Zentrums, das Ministerium maßregeln zu wollen, wurde vom »Simplicissimus« sofort aufgegriffen; in der Nummer vom 20. November sagt einer der »Zentrumsbauern« des Zeichners P. Schondorff: »Guat war's, wann ins unsere Deanstboten, halbwegs so parier'n tat'n wia d'Minister«.[225] Auf der Angst der Minister vor dem »Präsidenten des Parlaments« beruht auch zum größten Teil die Handlung im »Säuglingsheim«.

Der »Simplicissimus« gab während der Wahlkampagne die 104 Seiten dicke Kampfschrift »Gegen das Zentrum«[226] heraus, mit mehreren, zum Teil unveröffentlichten Beiträgen von Ludwig Thoma. Im Vorwort heißt es: »Der Kampf gegen das Zentrum ist Kultursache. Er richtet sich keineswegs, wie das Zentrum aus begreiflichen Gründen immer wieder behauptet, gegen die religiösen Güter oder gegen die katholische Konfession als solche; er will vielmehr mit jener Vermengung weltlicher und geistlicher Dinge aufräumen, mit dem politischen Pfaffentum...«[227]

Am 5. Februar 1912 verlor das Zentrum einige Sitze, die Zentrumsmehrheit wurde aber nicht gebrochen. Wahrscheinlich aus Angst vor der Sozialdemokratie, die auch bei der Reichstagswahl im Januar 1912 erfolgreich abgeschnitten hatte, berief der Regent Luitpold G. V. Hertling, den konservativen Fraktionsvorsitzenden der Reichstagsfraktion des Zentrums, zum Vorsitzenden des bayerischen Ministeriums.[228] Daß er ein Beamtenministerium bildete, veranlaßte wahrscheinlich Thoma, die Satire der Ministerialräte im »Säuglingsheim« zu verschärfen.

ERSTER KLASSE

Entstehung

In seinen Erinnerungen berichtet der Volksschauspieler Bertl Schultes, Thoma habe im Herbst 1908 Michl Dengg das Versprechen gegeben: »Michl i schreib' dir a Stück«.[229] Dengg, der 1892 als Schuhplattler angefangen hatte und 1903 sein »Großes Oberbayerisches Bauerntheater« gründete,[230] hatte sich für das ernste Bauernstück entschieden. Seine Inszenierungen von einigen Werken Anzengrubers im Sommer 1908[231] begeisterten Thoma und waren ausschlaggebend für dessen Entschluß, ein Volksstück zu schreiben. Thoma erinnerte sich wahrscheinlich an sein Versprechen, als Denggs Truppe dann auch »wundernett« seine »Medaille« aufführte.[232]

Am 6. Januar 1910 schrieb er an C. Haußmann: »Ich bin manchem auf der Fährte, aber nicht mehr, u. so kann ich Dir von meinen Arbeiten nichts mitteilen. Zwei Einakter habe ich angefangen. Vielleicht werden sie was bei systematischer und strenger Zeiteinteilung«.[233] Es trat hier eine Unzufriedenheit zutage, die auf die Tatsache zurückzuführen war, daß Thoma und seine Frau Marion sich damals auseinanderlebten. Nur ungern hatte er Marion zum Wintersport begleitet: »In Wahrheit hocke ich nur Marion zuliebe hier, denn ich entwickle mich immer mehr zum Einsiedler und lebe im Zwiespalt, der sich zwischen Neigung und Entgegenkommen auftut. Ende Januar kratze ich aber ab nach Tegernsee und lebe allein mit meinen Büchern, indes Marion in Kitzbühel Ski fährt«.[234] Diese Verstimmung und die Beschäftigung mit der Tagesschriftstellerei erklären, wieso Thoma erst im Juni 1910 dazu kam, die Arbeit an einem der beiden Einakter fortzusetzen: »Ich arbeite gerade an einem fidelen Einakter für Dengg... Es geht mir wieder besser von der Hand u. hoffentlich kommt so bald keine Pause mehr«.[235]

Am 5. Juli 1910 waren Stoff und Handlung genau umrissen: »Josef Filser im Coupé I. Klasse, auf der Fahrt in die Stadt. Es gab mir Gelegenheit, die bayer. Bahn, bayer. Beamtenzopf und einen Berliner Geschäftsreisenden und dazu zwei Dachauer Hammel schön zu verulken. Eine Arbeit... die man zu seiner eigenen Freude macht«.[236]

Es handelte sich also wieder um eine Situation wie in der »Medaille«. Thoma sperrte ein Liebespaar aus dem Norden, einen bayerischen Beamten, einen Preußen und zwei Dachauer Bauern in ein Zugabteil. Indirekter Anlaß zur Satire auf die bayerische Bahn war gewiß das 1909 vom Verkehrsminister verhängte Verbot, den »Simpliscissimus« in den Bahnhofsbuchhandlungen und -kiosken zu verkaufen, nach Veröffentlichung einer Karikatur vom Prinzregenten und vom Kaiser.[237] Die bayerischen Schnellzüge waren eigentlich schon 1907 Thomas Zielscheibe geworden, und zwar in einem Artikel, der den Rahmen des Einakters bereits absteckte: »Sie setzen sich im Coupé zurecht, falten die Zeitung auseinander, sehen auf die Uhr, konstatieren, daß bereits dreizehn Minuten Verspätung vorliegen, und rrr – wum – rrr – rennen sie mit der Stirn an die gegenüberstehende Wand. Der Zug fährt nämlich an... hopp! brr! – der Zug hält schon wieder... Wir halten in Haching, Glaching, Moching, Daglfing, Kraglfing, Gscheerthausen, Woadling und Haar. Warum, wenn niemand aussteigt, niemand einsteigt?... In Haching lebt ein Pfarrer...«.[238]

Der Mangel an Handlung wurde auch diesmal durch Verwertung von altbewährten Gegensätzen ausgeglichen. Einerseits stehen die zwei Bauern, wie in der »Medaille«, einem hohen Beamten gegenüber, dessen Übermut in Unterwürfigkeit umschlägt, sobald er wahrnimmt, daß Filser Abgeordneter ist. Das Verhalten des preußischen Geschäftsreisenden, der die Bayern als rückständiges Volk hinstellt, begründet andererseits den Gegensatz zwischen Norden und Süden. Im Gegensatz zu der »Medaille« entwickelt sich hier das Stück nicht nur durch die ständige Konfrontation zweier Gruppen; mit dem Zentrumsabgeordneten Filser brachte Thoma zum ersten Mal in seinem dramatischen

Werk einen Bauern als komische Hauptfigur auf die Bühne, womit er auch wieder an die süddeutsche Tradition anknüpfte. Sobald Filser – seine Frau schimpft ihn einen Hanswurst – ins Abteil getreten ist, übernimmt er wie ein Spielleiter meisterhaft die Regie. Er bemächtigt sich der ganzen Bühne, fast wie ein Clown, und nimmt die Sprache in seinen Dienst, wodurch sich dann die Komik entfaltet. Den anderen bleibt keine andere Wahl, als mitzuspielen; da sie aber den Dialekt – also die Spielregeln – nicht ganz beherrschen, hat Filser die Lacher immer auf seiner Seite. Zuweilen verselbständigt sich die Sprache und dient nur noch dem Spiel, was die Handlung wirklich in den Hintergrund rücken läßt.

Arbeit am Text und Wirkung

Obwohl Thoma am 2. Juli 1910 schon die Premiere erwähnte, war der Einakter noch lange nicht abgeschlossen: »Erst muß er fertig sein, dann die Rollen geschrieben, die Szenerie gemacht etc. u. einstudiert werden«.[239] Da die sprachlichen Pointen äußerst wichtig waren, scheint Thoma bei der Arbeit an diesem Stück in gewissem Maße an die Tradition des Stegreifspiels angeknüpft zu haben, was der Volksschauspieler B. Schultes bestätigte: »Mitte Juli begannen die Proben. Es wurde noch viel herumgefeilt und verbessert«.[240]

Erhalten ist eine handschriftliche Fassung,[241] die Thoma wahrscheinlich Ende Juli zur Abschrift gab.[242] Dengg schickte er am 2. August zusätzliche Korrekturen.[243] Da nur eine handschriftliche Quelle vorhanden ist, ist nur ein Vergleich mit dem Text der Erstausgabe möglich.[244]

L 2324	EA
S. 1	S. 3
Erster Klasse	Erster Klasse
Posse in einem Akte	Bauernschwank in einem Akt

Mit der Bezeichnung »Posse« knüpfte Thoma unmittelbar an die Posse des neunzehnten Jahrhunderts an.

Was die Personen- und Ortsangaben betrifft, hat Thoma einiges schon auf L2324 geändert. Ursprünglich gab es eine Person mehr: einen Oberexpeditor. Es war auch nicht die Rede von einem Eilzugcoupé, sondern nur von einem Eisenbahncoupé.

Die Handschrift hat keine Szeneneinteilung.

Die meisten Abweichungen sind stilistischer Art und zielen auf einen gedrängten Ausdruck.

In der handschriftlichen Fassung fehlen der Anfang des Gesprächs zwischen Gsottmaier und Filser (EA, S. 53–54) sowie das Motiv der Erhöhung der Biersteuer (EA, S. 81–82), die 1910 in Bayern zu Krawallen geführt hatte.[245]

»Erster Klasse« wurde am 12.8.1910 in Rottach-Egern durch Michl Denggs Bauernbühne uraufgeführt. Thoma inszenierte das Stück mit Josef Meth, der auch als Darsteller mitwirkte.[246] Vor »Erster Klasse« wurde »Die Medaille« gegeben. Mit Dengg hatte Thoma einen Darsteller entdeckt, dessen Spiel die Lustigkeit des Textes ohne Übertreibung zum Ausdruck brachte.

Obwohl die Uraufführung in Egern stattfand, darf sie als Münchner Premiere gewertet werden, da im Sommer Egern zum gesellschaftlichen Bereich Münchens gehörte.[247] Die Kritik reagierte meistens positiv, obwohl man teilweise Thoma den Vorwurf machte, die Figuren etwas überzogen zu haben.[248] Im Münchner »Residenztheater« wurde das Stück erst am 8.7.1927 aufgeführt. »Erster Klasse« hatte auch später andauernden Erfolg.

Zum Text

»Erster Klasse« erschien Anfang November 1910 als Buch mit einer Titelzeichnung von Ignatius Taschner. Die geheftete Ausgabe war zu 1 Mark 50 Pf erhältlich, die gebundene zu 2 Mark 50 Pfg.

Der Text wird hier nach der Erstausgabe abgedrukt, die 1910

im Verlag Albert Langen veröffentlicht wurde, dessen Gründer ein Jahr zuvor gestorben war. Offenkundige Fehler wurden berichtigt; in Zweifelsfällen wurde die handschriftliche Fassung herangezogen. Was die Bühnenanweisungen betrifft, wurde die Rechtschreibung dem heutigen Brauch angepaßt.

DAS SÄUGLINGSHEIM

Nach Abschluß des Bauernschwanks »Erster Klasse« hoffte Thoma, bald den zweiten Einakter schreiben zu können, den er ebenfalls im Januar 1910 begonnen hatte.

Kontext

Am 7. August 1910 schrieb Thoma an L. Ganghofer: »Erster Klasse soll ein Vorläufer sein; denn ich will noch was darauf setzen. Eine Satire, die unseren jetzigen Zuständen gerecht wird. Vermutlich wird sie Säuglingsheim heißen.« Die Krise, die monatelang seine Schaffenskraft gelähmt hatte, schien er überwunden zu haben, und er hoffte, »wieder das alte Vieh zu werden mit einiger Abklärung«.[249] Ein paar Tage später wurden diese Hoffnungen zunichte, als er am 18. August vom Ehebruch seiner Frau Marion erfuhr.[250] Er unterbrach die Arbeit am Einakter und begann den tragischen Bauernroman »Der Wittiber«[251], der seiner depressiven Stimmung besser entsprach. Erst im Januar 1913, zwei Monate nach der Uraufführung eines anderen Werks mit tragischem Ausgang, »Magdalena«,[252] befaßte er sich erneut mit dem »Säuglingsheim«: »Vom 20. auf 21. habe ich einen politischen Einakter geschrieben. Das Säuglingsheim. Er geht auf bayerische Konfessionsschnüffelei & ist mir auf einen Guß geraten«.[253]

Thoma hatte 1910 wahrscheinlich das Stück skizziert, aber nicht ausgearbeitet. Das Thema der Partität und der Toleranz beschäftigte ihn damals. In der Zeitschrift »März« erinnerte er am 4. Oktober 1910 an »die gemischten Ehen der bayerischen Herrscher« und mahnte den bayerischen Thronfolger zur Vorsicht: »Sein Großvater, König Ludwig I., ist ja auch von klerikalen Neigungen geheilt worden, als er sah, mit welchem rohen Hasse die Münchner Pfaffen sich gegen die tote Königin-Witwe Karoline benahmen, nur weil sie Protestantin geblieben war«.[254]

Im Einakter deutet die Angst der Minister vor dem Zentrum auf die Zeit hin, als die bayerische Regierung sich immer wieder den Angriffen der Zentrumsmehrheit ausgesetzt sah. Dies war vor der Auflösung des Landtags am 14. November 1911 der Fall. Ein paar Tage vor der Auflösung durch den Prinzregenten hatte Thoma selbst in einer Glosse im »März« die Demission des Ministeriums verlangt, weil es sich dem Willen des Zentrums beuge.[255] Es war in Bayern die letzte Regierung, die versuchte, »über den Parteien«[256] zu regieren.

Diese Wende zeichnet sich deutlich in den Worten des Ministerialdieners Schierhofer ab, der auf dem Schreibtisch des Ministerpräsidenten einen Rosenkranz entdeckt hat: »A Rosenkranz unter an Bog'n Papier versteckt. Den ziahgt er füra, wenn a schwarzer B'suach kimmt. Ahaa! Aber off'n legt er 'n do net her. Dös san die letzt'n Zuckungen des Beamtenliberalismus. Jetzt werd er bald hi sei, aba g'schamig san's do no!«[257]

Nach den Wahlen vom 5. Februar 1912, die dem Zentrum wieder die absolute Mehrheit brachten, griff der »Simplicissimus« sofort das Thema auf. Eine Zeichnung von Blix zeigte Orterer, den Zentrumsführer und künftigen Präsidenten des Landtags, in der Uniform Napoleons; hinter ihm folgten Pfarrer und Bauern mit Sensen und Gabeln als Waffen. Der Text lautete: »Auf seiner Rückkehr von Elba«.[258] Im »Säuglingsheim« nahm Thoma genau dasselbe Motiv auf: »Präsident Wimmerl schreitet in Napoleonspose, die rechte Hand zwischen die Brustknöpfe des Pelzmantels gesteckt, die linke Hand rückwärts, im Hahnenschritte an den Ministern vorbei«.[259]

Bei der Überarbeitung im Januar 1913 kam es also zu einer Verschmelzung der Motive aus der Zeit vor und nach den Wahlen.

Eine Burleske

Sprach Thoma in bezug auf »Erster Klasse« von ein »paar kleinen Bosheiten«, so sollte das zweite Stück »eine Satire« werden, »die unseren jetzigen Zuständen gerecht wird«.[260]

Zweieinhalb Jahre später nannte Thoma seinen Einakter eine »Burleske«, womit er auf eine Stilart derben Spotts verwies, wahrscheinlich im Sinne der Posse des 19. Jahrhunderts. Die Situation, von der Thoma in der »Medaille« und in »Erster Klasse« ausgegangen war, fehlte diesmal. Das Stück scheint vorwiegend auf dem Ausgestalten karikaturistischer Züge zu beruhen, die den beißenden Spott zum Ausdruck bringen sollten. Diese Absicht wird schon durch die Wahl der Namen der Ministerialräte deutlich: Semmel-, Nudel-, Hammel- und Rammelmayer.

»Politische Burleske«, »politische(r) Einakter«[261]: Thoma wies immer wieder auf den politischen Charakter des Stückes hin. In dem Sinne ist die Satire ein Appell an die liberalen Kräfte, zur Abschaffung des geschilderten Mißstandes, d. h. der Klerikalisierung, beizutragen. Thoma versuchte, zu exemplifizieren, wie durch Vermengung von Politik und Religion Minister und Ministerialbürokraten zu Marionetten degradiert werden, die nur noch als willenlose Werkzeuge einer allmächtigen Partei handeln, welche das Individuum um seine Rechte bringt. Diesem Apparat stellte er eine alte, gebrechliche, pathetisch wirkende Witwe als Vertreterin aufklärerischer Ideale gegenüber, was zu einer sich ins Groteske steigernden Diskrepanz führt. In gewisser Hinsicht nahm Thoma hier als einer der ersten auf der Bühne die moderne Kritik an monopolistischen Parteiorganisationen vorweg, die den totalitären Regimes zugrunde liegen.

Wegen der Verspottung der Regierung war eine Aufführug im Residenztheater wahrscheinlich unmöglich.

»Das Säuglingsheim« wurde am 13. März in den 1906 gegründeten »Kammerspielen« aufgeführt.[262] Regie führte E. Robert, der Leiter der »Kammerspiele«. Da die Burleske kein Abendfüller war, wurde eine Komödie von A. Paul vorangestellt, welche bei der Presse durchfiel.[263]

Daß ein politisches Stück bei der Kritik auf geteilte Meinung stoßen würde, war zu erwarten. Aber auch die Thoma wohlgesinnten Kritiker waren nicht ganz überzeugt. Das Publikum, das sicher in Erwartung einer scharfen Satire auf die Obrigkeit kam, spendete Beifall.[264] Das Stück verschwand aber nach der dritten Saison von den Münchner Spielplänen und wurde erst 1965 wieder aufgeführt.[265]

Zum Text

Erhalten ist nur die endgültige handschriftliche Fassung.[266]

Der Vorname des Ministerpräsidenten und der Name des Protokollführers wurden noch einmal geändert. Was den Verlobten betrifft, so zögerte Thoma noch zwischen Kari und Kare. (L2322)

Der Ort der Handlung war zuerst »Die Residenzstadt eines Kulturstaates«.

Die letzten Korrekturen sind meistens stilistischer Art.

Wir geben im Wortlaut die zwei wichtigsten Stellen, die in der Erstausgabe fehlen[267]:

L2322, S. 22

– *Spann.* (wieder zur Decke emporsehend)
»Die Frau Eichenlaub ist da! Als ob man sonst nichts zu denken hätte, als an dieses … Säuglingsheim … mhn – ja … und Ansprüche machen – – Schierhofer!«
– *Schierhofer* (der die Stühle links etwas verstellt)
»Jawoi, Exalenz …

L2322, S. 76

– *Wimmerl*
»Ruhe! Man spreche erst wenn man gefragt wird. Ich wüßte nicht, was mehr zu tadeln wäre, die grobe Nachlässigkeit in der Auswahl der Angestellten, oder der böse Wille die katholischen Empfindungen des katholischen Volkes zu verletzen …«

»Das Säuglingsheim« war am 29. Januar 1913 »im Druck«[268] und erschien Ende Februar oder Anfang März als Buch.[269]

Der Text wird hier nach der Erstausgabe gedruckt, die 1913 im Albert Langen Verlag veröffentlicht wurde. Offenkundige Fehler wurden berichtigt. In den Mundartteilen wurde »th« in »t« verändert.

Nachbemerkung

Die im Nachlaß erhaltenen Handschriften wurden für die Textgeschichte der vier Stücke ausgewertet. Dem Leiter der Monacensia-Abteilung der Münchner Stadtbibliothek, Dr. Fritz Fenzl, danke ich für die Druckerlaubnis. Für freundliche Anregung und wichtige Hinweise sei Prof. Dr. Bernhard Gajek (Universität Regensburg), Richard Lemp, Prof. Dr. Jean-Marie Valentin (Universität Paris-Sorbonne) sowie den Mitarbeiterinnen der Monacensia-Abteilung gedankt. Für die Durchsicht des Typoskripts danke ich Prof. Dr. Hildegard Chatellier (Universität Strasbourg) und Richard Lemp.

ABKÜRZUNGEN UND SIGLEN

AB — Ludwig Thomas Ausgewählte Briefe. Hrsg. von J. Hofmiller und M. Hochgesang. München 1927.

AL — Ludwig Thoma. Vom Advokaten zum Literaten. Unbekannte Briefe. Hrsg. und kommentiert von Richard Lemp. Piper Verlag, München 1979.

BF — Ludwig Thoma – Ignatius Taschner. Eine bayerische Freundschaft. Hrsg. und kommentiert von Richard Lemp. Piper Verlag, München 1971.

GDW — Gesammelte dramatische Werke.

GW — Ludwig Thoma, Gesammelte Werke. Bd. 1–6. Piper Verlag, München 1968, 6.–8. Tsd, München 1974.

EA — Erstausgabe.

L — mit einer Zahl: Standort im Ludwig-Thoma-Archiv der Stadtbibliothek München.

LB — Ludwig Thoma, Ein Leben in Briefen (1875–1921). Hrsg. von Anton Keller. Piper Verlag, München 1963.

LE — Ludwig Thoma, Geschichte seiner Liebe und Ehe. Aus Briefen und Erinnerungen. Hrsg. von W. Ziersch. München 1928.

Lemp — Richard Lemp, Ludwig Thoma. Bilder, Dokumente, Materialien zu Leben und Werk. Süddeutscher Verlag, München 1984.

Nachlaß — Handschriftenabteilung, Stadtbibliothek München.

P.S. — Peter Schlemihl.

TAB — Thoma-Archiv/Briefe, Handschriftenabteilung, Stadtbibliothek München.

TL — Tagebücher, L2467/73–84, 2423. Ich danke Richard Lemp für die Einsicht in das Typoskript.

[ ] — in den Handschriften gestrichen

ANMERKUNGEN

1 Thoma, Agricola, Passau 1897. Vgl. die Ausgabe in der Serie Piper, hrsg. von B. Gajek, München 1986.
2 An L. von Raesfeldt, Traunstein 09.09.1887, LB, S. 19.
3 Ebenda, S. 21.
4 An J. Frankl, München 25.2.1893, AL, S. 26. Neueste: Münchner Neueste Nachrichten.
5 GW1, S. 152.
6 L. Melitz, Der Schauspielführer, Führer durch das Theater der Jetztzeit, Berlin, o. J. (1903).
7 An J. Frankl, München 5.3.1893, 12.7.1894, AL, S. 27/49.
8 GW1, S. 153/4.
9 GW1, S. 157.
10 GW1, S. 162. Vgl. A. Roeßler, Neu Dachau, Bielefeld/Leipzig 1905.
11 Ebenda.
12 Vgl. W. Friese (Hrsg.), Ibsen auf der deutschen Bühne, Texte zur Rezeption, Tübingen 1976.
13 Siehe Anmerkung 1.
14 Vgl. K. Holm, Farbiger Abglanz, Erinnerungen an L. Thoma, M. Dauthendey und A. Langen, München 1940. L. Thoma war Holms Nachfolger als Redakteur des Simplicissimus.
15 An J. Frankl, Dachau 10.7.1896, AL, S. 130.
16 München 17.4.1897, AL, S. 174.
17 Ebenda S. 174/5.
18 Tagebuch 27.11.1896 – 8.2.1897, TL.
19 Siehe Anmerkung 17.
20 Vgl. Lemp S. 18.
21 Die Nummer wurde wegen Majestätsbeleidigung beschlagnahmt. Wegen des Titelbildes und eines Gedichtes erhielten der Zeichner Th. Th. Heine sechs Monate Gefängnis, der Dichter F. Wedekind sieben Monate Festung. A. Langen mußte ins Ausland fliehen und leitete bis 1903 die Zeitschrift von Paris aus. Vgl. H. Abret/U. Keel: Die Majestätsbeleidigungsaffäre des Simplicissimus-Verlegers A. Langen. Peter Lang, Frankfurt am Main 1985.
22 An A. Langen, München 30.8.1899, LB, S. 31.
23 An R. Lang, München Oktober [1899], LB, S. 32.
24 An A. Langen, München 30.8.1899, LB, S. 31.
25 Vgl. Brief an V. Pröbstl, München 14.10.1899, LB, S. 32.
26 An R. Lang, München Oktober [1899], LB, S. 32.
27 An R. Lang, München 2.12.1899, LB, S. 34.
A. Wolmuth: Schauspieler am Münchner Hoftheater.
Der Probepfeil: Lustspiel von O. Blumenthal (1852–1917).

Der Veilchenfresser: Schwank von G. Moser (1825–1903).
28 Vgl. Brief an A. Langen, München, 13.07.1900, TAB.
29 Vgl. Brief an A. Langen, München, 25.07.1900, TAB.
30 An A. Langen, München, 25.07.1900, LB, S. 53/54.
31 An A. Langen, München, 08.05.1902, TAB.
F. v. Ostini: Redakteur der Zeitschrift Jugend, die seit 1896 in München herausgegeben wurde.
32 An A. Langen, München 13.04.1901, TAB.
33 An A. Langen, München 17.07.1901, TAB.
34 GW1, S. 157.
35 Alte Liebe rostet nicht oder Welche von den Dreien? Schwank in 1 Akt, in GDW, Bd. 22, Leipzig 1880.
Der Talisman, Posse mit Gesang in drei Aufzügen, in: Werke, München 1962.
36 Die Entwicklung setzt mit den Gründerjahren ein. Vgl. V. Klotz, Bürgerliches Lachtheater, München 1980.
37 Vgl. B. Wilms, Der Schwank. Dramaturgie und Theatereffekt. Deutsches Trivialtheater 1880–1930. Dissertation, Berlin 1969.
38 B. Schöller, Gelächter und Spannung. Studien zur Struktur des heiteren Dramas, Zürich 1971.
39 Theater- und Literaturbriefe (1), in: Der Sammler, Jg. 69 (1900), Nr. 84, S. 5/6, Theater- und Literaturbriefe (2), in: Der Sammler, Jg. 69 (1900), Nr. 108, S. 6/7.
40 Vgl. Brief an A. Langen, 13.07.1900, TAB.
41 Vgl. G. Meske, Die Schicksalskomödie. Trivialdramatik um die Mitte des 19. Jahrhunderts am Beispiel der Erfolgsstücke von Charlotte Birch-Pfeiffer, Diss. Köln 1971.
Frau von Hillern, die Tochter von Ch. Birch-Pfeiffer, war auch eine erfolgreiche Autorin, von der Thoma aktive Unterstützung erwartete. Vgl. Brief an A. Langen, München 24.6.1900, TAB.
42 E. Arnold, Illustrierte Literaturgeschichte, Berlin 1906, S. 549, zitiert nach G. Meske.
43 A. Bisson, Der Schlafwagenkontrolleur, Schwank in drei Akten, hatte in Deutschland und Frankreich großen Erfolg.
44 C. Birch-Pfeiffer, Dorf und Stadt, Schauspiel in 2 Abteilungen und 5 Akten, in GDW, Bd. 28.
45 G. Kraatz, Mamselle Tourbillon, Schwank in drei Akten, V 1898.
46 Theater- und Literaturbriefe, a.a.O., Nr. 84, S. 6.
47 An A. Langen, München August 1899, LB, S. 30.
C. Viebig (1860–1952) begann in den 90er Jahren zu schreiben.
E. Meyer, wahrscheinlich Pseudonym von E. Meyer-Foerster. Vgl. S. Pataky, Lexikon deutscher Frauen der Feder, Berlin 1989, 2. Bd., S. 41–42.
48 An A. Langen, München 10.08.1900, TAB.

49 Theater- und Literaturbriefe, a.a.O., Nr. 108, S. 7.
50 Vgl. B. Hillebrand, Nietzsche und die deutsche Literatur, 2 Bde., Tübingen 1978.
51 Theater- und Literaturbriefe, a.a.O., Nr. 108, S. 7.
52 Ebenda.
53 J. Ruederer, Die Fahnenweihe, Komödie in 3 Akten, München 1895. Vgl. Werkausgabe in fünf Bänden, München 1987.
54 Theater- und Literaturbriefe, a.a.O., Nr. 108, S. 7.
55 An A. Langen, 24.06.1900, TAB.
56 An R. Lang, München, 8.4.1900, LB, S. 37.
57 An J. Frankl, München 17.4.1897, AL, S. 175.
58 An A. Langen, München, 24.06.1900, TAB.
59 Theater- und Literaturbriefe, a.a.O., Nr. 108, S. 7.
60 An A. Langen, München, 24.06.1900, TAB.
61 An D. Langen, München 20.04.1900, LB, S. 41.
F. Ostini: siehe Anmerkung 31.
D. Langen ist die Tochter des norwegischen Schriftstellers und Politikers Bjornstjerne Björnson. Vgl. H. Abret/A. Keel, Im Zeichen des Simplicissimus, Briefwechsel A. Langen D. Björnson. 1895–1908, München 1987.
62 Ebenda.
63 O.M. Graf, L.T. zum Gedächtnis des 60. Geburtstags. Aus einer Rede. In: Das Welttheater. Zeitschrift der Müchner Volksbühne, 1925/26, H. 3, S. 61.
64 B. Gajek hat die Bedeutung dieses Motivs bei Thoma hervorgehoben, vgl. sein Nachwort zu L. T., Der Ruepp, Serie Piper, München 1987, S. 209/210.
65 L. T., Magdalena, Ein Volksstück in 3 Aufzügen, München 1912, vgl. die Ausgabe in der Serie Piper, hrsg. von B. Gajek, München 1985.
66 An A. Langen, München August 1899, LB, S. 31.
67 An A. Langen, München 30.08.1899, LB, S. 31.
68 L. T., Moral, München 1908, vgl. die Ausgabe in der Serie Piper, hrsg. von B. Gajek, München 1983.
69 An A. Langen, München 11.07.1900, TAB.
70 H. Arntzen, Satire in der deutschen Literatur, Bd. 1, Darmstadt 1988, S. 15.
71 An A. Langen, Berlin 25.12.1901, TAB.
72 An A. Langen, München August 1899, LB, S. 30.
73 G.M. Rösch, a.a.O., S. 151.
74 An D. Langen, München 19.04.1901, Nachlaß, Kopie des Briefes.
75 R. Lemp, AL, S. 175.
76 GW1, S. 161.
77 An B. Zurwestern, Rottach 28.1.20, TAB.
78 K. Holm an A. Langen, in H. Abret/A. Keel (Hrsg.), Das Kopierbuch Korfiz Holms (1899–1903), Bern 1989.

79 L. T., Hochzeit, München 1902.
80 An M. G. Conrad, München 22. 11. 1902, Nachlaß.
81 Ebenda.
82 Autobiographie, in: Geistiges und künstlerisches München in Selbstbiographien, München 1913, S. 369.
83 Vgl. H. W. Rückle, Die Münchner vom Gärtnerplatztheater, Diss., München 1929, K. Dreher gründete 1892 das Schlierseeer Bauerntheater.
84 An A. Langen, München 6. 2. 1901, TAB. Oskar Blumenthal leitete ab 1888 das Lessingtheater, das er in Berlin gegründet hatte. Thilo von Trotha arbeitete mit Gustav von Moser als Lustspielautor zusammen.
85 Ebenda. Wilhelm Leibl (1844–1900), Franz von Defregger (1835–1921), Ludwig Anzengruber (1839–1889), Peter Rosegger (1843–1918).
86 Ruederer an Hierl, 12. 7. 1906, Nachlaß 41.23.
N. Gogol: Der Revisor, Petersburg 1836, Berlin 1854. Thoma kannte Gogol, vgl. das von R. Lemp zusammengestellte Verzeichnis der Bücher Thomas.
87 An A. Langen, München 6. 2. 1901, TAB.
88 Vgl. D. Schnetz, Der moderne Einakter, Bern 1967.
89 An C. Haußmann, Tuften 26. 10. 1908, AB, S. 97.
90 An A. Langen, München 6. 2. 1901, TAB.
91 Fräulein Julie, 1888, Die Kleinbürgerhochzeit, 1919.
92 Vgl. J. Dewitz, Ludwig Thoma et le théâtre populaire, Peter Lang, Bern 1985.
93 An A. Langen, Berlin 25. 12. 1901, LB, S. 111.
94 An A. Langen, München 24. 06. 1900, TAB.
95 L. T., Die Medaille, Komödie in einem Akt, München 1900.
96 Tagebuch, 6. 04. 01, Charsamstag, TL. Habich: Dr. Georg Habich.
97 An R. Lang, München 16. 03. 1900, LB, S. 35.
98 P. Haida, Komödie um 1900, München 1973, S. 55.
99 Tagebuch, 18. April. Donnerstag, TL.
100 An A. Langen, München 12. 11. 1901, TAB. Das Datum stimmt wahrscheinlich nicht, da Thoma das Stück schon am 25. 1. an Langen geschickt hat. Möglich wäre 22. 1.
101 Tagebuch, Dienstag 28. Mai, TL.
J. Savits: Regisseur am Residenztheater in München.
102 An A. Langen, München 28. 5. 1901, TAB.
Akad. Dram. Verein: Akademisch-dramatischer Verein, 1891 gegründeter Theaterverein, der in München dem naturalistischen Theater zum Druchbruch verhalf. Vgl. R. Hatl, Aufbruch zur Moderne, München 1976.
103 An A. Langen, München 1. 6. 1901, TAB.

E. v. Possart: Intendant (1895–1905) des königlichen Hoftheaters in München.
104 Vgl. M. Gabriel, a. a. O.
Königsbrunn-Schaupp: Pseudonym von F. X. von Schaupp (1857–1916), schrieb 1900 zwei Stücke zusammen mit W. Wolters.
105 Ebenda, S. 17.
106 Brief an A. Langen, München 20.08.1901, TAB.
107 Tagebuch, Samstag 24. VIII, TL.
108 An A. Langen, München 28.8.1901, TAB.
Post: Münchner Post. Thoma erwähnt die Ausgabe vom 27.8.1901.
109 An A. Langen, München 28.05.1901, TAB.
Arthur Langen leitete in Berlin den Bühnenvertrieb des Verlags Albert Langen.
110 An A. Langen, München 12.2.1901, TAB.
111 O. J. Bierbaum, Stilpe. Ein Roman aus der Froschperspektive, Berlin 1897.
112 E. v. Wolzogen, Das Überbrettl in: Das literarische Echo, Jg. 3 (1900/1901), H. 8, Sp. 545.
113 Vgl. R. Otto/W. Rösler, Kabarettgeschichte, Berlin (Ost) 1981, S. 37.
114 An A. Langen, München 4.7.1901, TAB. Vgl. Tagebuch, Berlin 30.10.1901, TL.
115 An A. Langen, München 17.7.1901, TAB.
116 An A. Langen, München 28.05.1901, TAB.
117 An V. Pröbstl, München 27.6.1901, TAB.
118 An A. Langen, 14.11.1901, TAB.
119 An A. Langen, München 20.8.1901, TAB. Anzeige im Simplicissimus, Jg. 6 (1901/02), Nr. 23, S. 186.
120 Neue Presse, Wien, 29.11.1901, Morgenblatt, S. 7.
121 An R. Geheeb, Berlin 16.11.1901, LB, S. 86.
122 Simplicissimus, Jg. 6 (1901/02), Nr. 28, S. 224.
123 Vgl. Nagl/Zeidler/Castle, Dt.-Österreichische Literaturgeschichte, Wien 1899–1937.
124 An A. Langen, München 25.1.1901 und 6.2.1901, TAB.
125 Tagebuch, 18.04.1901, TL.
126 Simplicissimus, Extra-Nr. China, Jg. 6 (1901–02), S. 7.
127 A. Stern, Geschichte Europas, von 1848 bis 1871, Stuttgart/Berlin 1924, Bd. 4, S. 404–5.
128 An Marion, Unterweikertshofen 1.6.1913, TAB.
129 Vgl. R. Lemp, Ludwig Thoma und Dachau, Dachau 1986, S. 53.
130 Abendzeitung München, Jg. 36 (1983), Nr. 299, 27. Dezember, S. 31.
131 H. G. Richardi/G. Winkler, Ludwig Thoma und die Dachauer Lokalbahn, Geschichte und Jubiläum einer bayerischen Nebenstrecke, Dachau 1974, S. 9.
132 Bundesbahndirektion München, Presse und Öffentlichkeitsarbeit. Ich danke Prof. Dr. B. Gajek für den freundlichen Hinweis.

133 L. T., Altaich, München 1918.
Der Ruepp, a. a. O.
134 Richardi / Winkler, a. a. O., S. 17.
135 An Maidi, Rottach 15. 3. 1919, LB, S. 369.
136 Die Medaille, EA, S. 5.
137 An A. Langen, München 17. 7. 1901, TAB.
138 Ebenda.
139 Tagebuch, 20. 04. [1894], TL.
140 Die Reden Kaiser Wilhelm II., in: März, Jg. 1 (1907), Bd. 1, S. 48–60.
141 L. T., Stadelheimer Tagebuch, 21. 10. 1906, G. W. 1, S. 300.
142 P. S., Ruhm und Ehre, in: Simplicissimus, Jg. 6 (1901 / 1902), Nr. 24, S. 187.
143 An A. Langen, München 28. 8. 1901, TAB.
144 Tagebuch, 30. 10. 1901, TL.
145 An A. Langen, Berlin 29. 10. 1901, LB, S. 93.
146 An L. Ganghofer, Rottach 5. 2. 1917, AB, S. 160.
147 Vgl. G. Hallgarten / J. Radkau, Deutsche Industrie und Politik von Bismarck bis heute, Frankfurt / Main 1974, S. 78.
148 An D. Langen, München 28. 4. 1900, Nachlaß, Fotokopie.
149 An die deutschen Mitkämpfer, in: Der Burenkrieg, hrsg. von Dr. L. Thoma, München 1900, S. 28.
150 P. S., Ohm Krüger, in: Simplicissimus, Jg. 5 (1900 / 01), H. 37, S. 295.
151 L. T., Wiegenlied, Bänkel-Lied, in: Ernst von Wolzogen's offizielles Repertoir, hrsg. von K. Freiherr von Levetzow, Bd. 2, Berlin 1902, S. 67–69 u. S. 70–80. Vgl. Lemp, S. 274. E. von Wolzogen: siehe Nachwort zu Die Medaille.
152 L. T., Die Protestversammlung, in: E. von Wolzogen's offizielles Repertoir, a. a. O., Bd. 1, S. 20–31. Überarbeitung von: Deutsche Helden, siehe Anhang.
153 Tagebuch, 5. 12. 1901, TL.
154 Ebenda, 30. 10. 1901.
155 Siehe Anhang.
156 An A. Langen, München 6. 11. 1902, TAB.
157 Die Lokalbahn, GW6, S. 54.
158 A. von Kotzebue, Die deutschen Kleinstädter, in: Theater, Wien 1840, Bd. 15, S. 3.
J. Nestroy, Freiheit in Krähwinkel, in: Werke, München 1962, S. 649.
159 Vgl. O. Rommel, Die Alt-Wiener Volkskomödie, Wien 1952.
160 Vgl. P. Pütz, Zwei Krähwinkeliaden 1802 / 1848, in: W. Hinck (Hrsg.), Die deutsche Komödie, Düsseldorf, 1977, S. 175–184. Jean Paul verwendete den Namen als erster.
161 Ebenda.
162 An A. Langen, Berlin 25. 12. 1901, TAB.
163 Ebenda.
164 Vgl. P. Pütz, a. a. O.

165 Die Lokalbahn, GW6, S. 127.
166 An A. Langen, Finsterwald, Juli 1902, TAB.
167 An C. Haußmann, München, 8. 1. 1904, LB, S. 144.
C. Haußmann war führendes Mitglied der 1868 in Stuttgart gegründeten Deutschen Volkspartei (DVoP).
168 Tagebuch, 30. Oktober 1901, TL.
169 Ebenda, 5. November.
170 Ebenda, 5. Dezember.
171 An A. Langen, Berlin 10. 1. 1902, TAB.
172 An A. Langen, Berlin 2. 2. 1902, TAB.
173 Tagebuch, 20.06. 1902, TL.
174 An A. Langen, München 8. 5. 1902, TAB.
175 An A. Langen, Finsterwald 13.6. 1902, TAB.
L. Thoma war 1890–91 Rechtpraktikant in Traunstein; in den Erinnerungen schrieb er über die Bürger der kleinen Stadt: ...an der Teilnahmslosigkeit war das System schuld (GW1, S. 144).
176 Tagebuch, 12.07. 1902, TL.
177 An A. Langen, Finsterwald 10. 8. 1902, TAB.
178 Tagebuch, 11.08. 1902, TL.
R. Wilke: Künstler des Simplicissimus.
179 Vgl. Tagebuch, 22.08. 1902, TL.
180 An A. Langen, 20.08. 1902, TAB.
181 Tagebuch, 2.9. 1902, TL.
182 An A. Langen, München 21. 10. 1902, TAB.
183 An A. Langen, Finsterwald, 5.7. 1902, TAB.
184 An A. Langen, Finsterwald, 2. 8. 1902, TAB.
185 Tagebuch, 22. 8. 1902, TL.
186 Münchner Post, 21. 10. 1902.
187 Münchner Tagblatt, 21. 10. 1902.
188 M. Gabriel, a. a. O., S. 28.
189 K. Kraus, Wiener Premiere, in: Die Fackel, Jg. IV, Nr. 129, 28. 1. 1903, S. 1.
190 Ebenda, S. 3–4.
191 Tagebuch, 29.9. 1902, TL.
192 An A. Langen, 13. 10. 1902, TAB.
193 Tagebuch, 16. 11. 1902, TL.
194 An A. Langen, 6. 11. 1902, TAB.
195 Tagebuch, 29. 11. 1902, TL.
196 L. T., Andreas Vöst, München 1905. Vgl. die Ausgabe in der Serie Piper, hrsg. von B. Gajek, München 1988.
197 Vgl. Lemp, S. 22/23.
198 In: Simplicissimus, Jg. 9 (1904/1905), Nr. 31. Vgl. O. Gritschneder, Angeklagter L. Thoma. Unveröffentlichte Akten, Rosenheim 1978.
199 Vgl. L. T., Stadelheimer Tagebuch, GW1, S. 295–352.

200 Münchner Zeitung, 28.11.1908.
201 Moral, München 1908. Vgl. die Ausgabe in der Serie Piper, hrsg. von B. Gajek, München 1983.
202 An seine Frau Marion, Stadelheim 24.10.1906, LE, S. 59/60.
203 An C. Haußmann, Rottach 12.9.1908, LB, S. 208.
203 März, seit 1.1.1907 von A. Langen, H. Hesse, L. Thoma, K. Aram als Halbmonatsschrift für deutsche Kultur hrsg.
205 An A. Langen, Rottach, 14.9.1908, LB, S. 209.
206 An C. Haußmann, Tuften 26.10.1908, AB, S. 97
207 L. T., Magdalena, München 1912. Vgl. die Ausgabe in der Serie Piper, hrsg. von B. Gajek, München 1985. Vgl. auch C. Jones, L. Ts Magdalena: A Transitional Volksstück, in: Seminar, Jg. 16 (1980), S. 83–95.
208 Vgl. E. Zöllner, Geschichte Österreichs, 6. Aufl., Wien 1979, S. 400f.
209 Andreas Vöst, a. a. O.
L. T., Der Heilige Hies, in: Süddeutsche Monatshefte, Jg. 1 (1904), S. 173–184. Vgl. die Ausgabe in der Serie Piper, hrsg. von R. Lemp, Neuausgabe München 1989.
210 P. S., Briefwechsel eines bayerischen Landtagsabgeordneten, in: Simplicissimus: die Briefe erschienen in unregelmäßigen Abständen zwischen 1907 und 1912. Vgl. Jozef Filsers Briefwexel in der Serie Piper, hrsg. von Helga Fischer, München 1986.
211 M. Spindler (Hrsg.), Handbuch der bayerischen Geschichte, Bd. IV, verbes. Nachdruck, München 1979, S. 299.
212 Ebenda, S. 307.
213 L. T., Dorfpolitiker, in: März, Jg. 5 (1911), Bd. 2, S. 81–82.
214 Vgl. H. Fischer, Nachwort zu Jozef Filsers Briefwexel, a. a. O., S. 158.
215 P. S. Eröffnungshymne, in: Simplicissimus, Jg. 10 (1905–1906), Nr. 28, S. 316.
216 Vgl. K. Born, Von der Reichsgründung bis zum Ersten Weltkrieg. In Gebhardt, Handbuch der deutschen Geschichte. Neunte, neu bearbeitete Aufl., hrsg. von H. Grundmann, Bd. 16, München 1981, S. 220.
217 P. S., Die zerbrochene Liab, in: Simplicissimus, Jg. 11 (1906/1907), Nr. 40, S. 642.
218 Vgl. Jozef Filsers Briefwexel, a. a. O.
219 Ebenda, S. 7.
220 Vgl. Spindler, a. a. O., S. 301.
221 Jozef Filsers Briefwexel, a. a. O., S. 8.
222 L. T., Bayerische Bauern!, in: Münchner Neueste Nachrichten, Jg. 65(1912), Nr. 14, Morgenblatt, S. 1.
Vollständiger Abdruck im Anhang. Vgl. Lemp 396.
223 Ebenda.
224 Spindler, a. a. O., S. 358.
225 In: Simplicissimus, Jg. 16 (1911/12), Nr. 34.
226 Gegen das Zentrum, München 1911.

227 Ebenda.
228 Vgl. Spindler, a. a. O., S. 359f.
229 B. Schultes, Ein Komödiant blickt zurück, München 1963, S. 38.
230 Vgl. Michl Dengg und seine Bühne, in: Das Bauerntheater, Jg. 1(1954), Folge 1, S. 4–5.
231 Vgl. L. Thoma, Denggs Anzengruberbühne, Handschrift, Juli 1917, L2464.
232 An I. Taschner, München 13. 12. 1909, BF, S. 121.
233 An C. Haußmann, Riessersee 6. 1. 1910, LB, S. 225.
234 Ebenda.
235 An Marion, Rottach 30. 6. 1910, L1952/632.
236 An L. Ganghofer, Rottach 5. 7. 1910, AB, S. 109.
237 Vgl. H. Fischer, Nachwort zu Jozef Filsers Briefwexel, a. a. O., S. 178.
238 Auf bayerischen Bahnen, in: Süddeutsche Monatshefte, Jg. 1(1907), Bd. 4, S. 254. Zitiert nach dem Typoskript L2467/47, S. 2. Vgl. Lemp, S. 203.
239 An Marion, Rottach 2. 7. 1910, TAB.
240 B. Schultes, a. a. O., S. 39.
241 L2324.
242 An Marion, Unterweikertshofen 28. 7. 1910, LE, S. 111.
243 An Marion, Unterweikertshofen 1. 8. 1910, LE, S. 112.
244 Erster Klasse, Verlag Albert Langen, München 1910.
245 Vgl. H. Fischer, a. a. O., S. 176.
246 Vgl. B. Schultes, a. a. O.
247 In München wurde das Stück erst am 4. 3. 1911 im Deutschen Theater als Gastspiel der Truppe Denggs aufgeführt.
248 Vgl. M. Gabriel, a. a. O., S. 53–55.
249 An L. Ganghofer, 7. 8. 1910, Nachlaß Ganghofer.
250 Vgl. Lemp, S. 25.
251 Der Wittiber, München 1911.
252 Magdalena, a. a. O.
253 An I. Taschner, 25. 1. 1913. BF, S. 160.
254 Altötting, in: März, Bd. 4 (1911), S. 1–3.
255 ... Esel bis hoch hinauf ..., in: März, Bd. 4 (1911), S. 234/235.
256 Spindler, a. a. O., S. 358.
257 Das Säuglingsheim, EA, S. 12–13.
258 Blix, Napoleon Orterer, in: Simplicissimus, Jg. 16 (1911/12), Nr. 46, S. 802.
259 Das Säuglingsheim, EA, S. 42.
260 An L. Ganghofer, 7. 8. 1910, Nachlaß Ganghofer.
261 An R. Lang, Rottach 29. 1. 1913, LB, S. 251; an I. Taschner, Rottach 25. 1. 1913, BF, S. 160.
262 Vgl. W. Petzet, Die Münchner Kammerspiele 1911–1972, München 1973.

263 Vgl. M. Gabriel, a. a. O., S. 77.
264 Ebenda.
265 Vgl. Theaterzettel, Nachlaß.
266 L2322. Vgl. Lemp 98.
267 Das Säuglingsheim, Albert Langen Verlag, München 1913, S. 17 und 42.
268 An R. Lang, Rottach 29. 1. 1913, LB, S. 251.
269 An M. Dengg, Rottach 13. 2. 1913, TAB, von M. Dengg 3. 3. 1913 TAB.

SEKUNDÄRLITERATUR (AUSWAHL)

H. Ahrens, Ludwig Thoma. Sein Leben. Sein Werk. Seine Zeit. Pfaffenhofen 1983.
J. M. Bauer, Die Erhebung des Bayerischen zur großen Sprache durch Ludwig Thoma. In: Bayerische Literaturgeschichte in ausgewählten Beispielen, hrsg. von E. Dünninger und D. Kiesselbach, Bd. 2, München 1967, S. 336–352.
E. Cornelius, Das epische und dramatische Schaffen L. Thomas. Diss. Breslau 1939.
F. Dehnow, L. Thoma, München 1925.
J. Dewitz, L. Thoma et le théâtre populaire, Bern 1985.
F. Fenzl, L. Thoma. Ein bayerischer Dichter der Jahrhundertwende, Diss. München 1983.
M. Fritzen, Das satirische Werk L. Thomas, Diss. Frankfurt/Main 1970.
P. Haage, L. Thoma. Mit Nagelstiefeln durchs Kaiserreich, München 1975, 2. Aufl. 1985.
E. Hederer, L. Thoma, München 1941.
W. H. Heilbronner, L. Thoma as a Social and Political Critic and Satirist, Diss. Michigan 1955.
F. Heinle, L. Thoma. Mit Bildzeugnissen und Bilddokumenten dargestellt, Reinbek 1963, 1985.
C. N. Jones, Tradition and Innovation: The Volksstücke of L. Thoma, Diss. Chapel Hill 1976.
R. Lehner, Der Moralist L. Thoma, in: Handbuch der Literatur in Bayern, hrsg. von A. Weber, Regensburg 1985, S. 359–371.
G. Martin, Die Stellung L. Thomas im Münchner Theaterleben, Diss. Wien 1978.
G. M. Rösch, L. Thoma als Journalist. Ein Beitrag zur Publizistik des Kaiserreichs und der frühen Weimarer Republik, Frankfurt/Main 1989.
A. Stark, Die Bauern bei L. Thoma mit besonderer Berücksichtigung der Dachauer Bauern, Diss. München 1937.
B. F. Steinbruckner, L. Thoma, Boston 1978.

Ludwig Thoma

Agricola
Bauerngeschichten. Textrevision und Nachwort von Bernhard Gajek. 164 Seiten. Serie Piper 487

Andreas Vöst
Bauernroman. Textrevision und Nachwort von Bernhard Gajek. 355 Seiten. Serie Piper 806

Der heilige Hies
Merkwürdige Schicksale des hochwürdigen Herrn Mathias Fottner von Ainhofen, Studiosi, Soldaten und späterhin Pfarrherrn zu Rappertswyl.
Nachwort von Richard Lemp. 160 Seiten mit 16 farbigen und 15 Schwarzweiß-Zeichnungen von Ignatius Taschner.
Serie Piper 1144

Heilige Nacht
Eine Weihnachtslegende. Mit Zeichnungen von Wilhelm Schulz.
64 Seiten. Geb. (Auch in der Serie Piper 262 lieferbar)

Der Jagerloisl
Eine Tegernseer Geschichte.
Mit 15 Zeichnungen von Eduard Thöny und 40 Zeichnungen von Julius Widnmann.
Textrevision und Nachwort von Bernhard Gajek.
220 Seiten. Serie Piper 925

Piper 6/6a

PIPER

Ludwig Thoma

Jozef Filsers Briefwexel

Textrevision und Nachwort von Helga Fischer.
Mit 29 Zeichnungen von Eduard Thöny.
272 Seiten. Serie Piper 574
(Auch gebunden lieferbar)

Lausbubengeschichten

Aus meiner Jugendzeit.
Mit 35 Zeichnungen von Olaf Gulbransson.
Textrevision und Nachwort von Bernhard Gajek.
195 Seiten. Serie Piper 853

Magdalena

Ein Volksstück in drei Aufzügen. Textrevision und Nachwort von Bernhard Gajek. 120 Seiten. Serie Piper 428

Moral

Komödie in drei Akten. Textrevision und Nachwort von Bernhard Gajek. 102 Seiten. Serie Piper 297

Der Münchner im Himmel

Satiren und Humoresken.
164 Seiten. Serie Piper 684

Münchnerinnen

Roman. Textrevision und Nachwort von Bernhard Gajek.
209 Seiten. Geb. (Auch in der Serie Piper 339 lieferbar)

PIPER

Ludwig Thoma

Nachbarsleute

Kleinstadtgeschichten. 163 Seiten. Serie Piper 741

Der Ruepp

Roman. Textrevision und Nachwort von
Bernhard Gajek. 247 Seiten. Serie Piper 543

Die schönsten Romane und Erzählungen

Jubiläumsausgabe in sechs Bänden. Herausgegeben von
Richard Lemp. 2053 Seiten. Geb.

Sämtliche Beiträge aus dem ›Miesbacher Anzeiger‹ 1920–21

Kritisch ediert und kommentiert von
Wilhelm Volkert. 512 Seiten. Leinen

Tante Frieda

Neue Lausbubengeschichten.
Mit 41 Zeichnungen von Olaf Gulbransson.
Textrevision und Nachwort von Bernhard Gajek.
151 Seiten. Serie Piper 379

Das Thoma-Buch

Von und über Ludwig Thoma in Texten und Bildern.
Herausgegeben von Richard Lemp.
511 Seiten. Serie Piper 641